EL PASAJE DE LOS PANORAMAS

100% SOSTENIBLE
100% RESPONSABLES
100% COMPROMETIDOS

ASÍ HEMOS HECHO ESTE LIBRO

Salvo casos excepcionales, trabajamos con una empresa papelera que funciona con biocombustibles locales y se abastece de los bosques cercanos, que gestiona de forma estrictamente sostenible. Ha implantado voluntariamente el Reglamento de la Unión Europea de Ecogestión y Ecoauditoría, y WWF la considera una de las fábricas más sostenibles del mundo.

Allí fabrican el papel interior y exterior con el que se ha hecho este libro, con unas emisiones certificadas de 365 kg de CO_2 por tonelada de papel: un 50 % menos que la media europea y un 75 % menos que la media española. En otras palabras: uno de los papeles más sostenibles del mercado (además de tener las certificaciones FSC, PEFC, ISO9001, ISO14001 y EU Ecolabel).

Uno de los mayores problemas ecológicos a la hora de fabricar papel (y de hacer libros) es el consumo de agua: la media europea está entre 10 y 15 litros por kilo según la European Enviromental Agency. La fabricación del papel interior y exterior de este libro ha consumido solo entre 3 y 4 litros por kilo de papel.

Queremos eliminar todos los materiales de origen fósil de nuestros libros y de nuestro trabajo. Por eso este libro no está plastificado (si lo estuviera, su tirada habría consumido más de 500 m^2 de plástico).

El transporte del papel desde la empresa papelera hasta la imprenta se hace, en buena medida, en trenes de larga distancia, e imprimimos a menos de 300 km de nuestra oficina, todo lo cual nos permite reducir notablemente las emisiones contaminantes.

Una vez fabricados los libros, los envíos que dependen de nosotros se realizan mediante una mensajería con una de las flotas eléctricas más importantes de España (no es perfecto, lo sabemos, pero supone un primer ahorro de emisiones). Además, el 100 % del personal es contratado y cobra un sueldo fijo, no por entregas (algo fundamental para garantizar formas de conducción más seguras para los trabajadores y más sostenibles para el planeta).

Toda la energía utilizada para editar este libro es 100 % energía verde renovable y certificada. Además proviene de una cooperativa de la que nuestra editorial es miembro, de modo que consumimos la energía que previamente producimos en instalaciones solares, eólicas o de biomasa.

Todos los recursos económicos utilizados para editar este libro estaban depositados en la banca ética, y allí llegarán también los beneficios (¡esperemos que los haya!). De este modo garantizamos que este dinero solo revertirá sobre proyectos sostenibles, con un interés social, cultural y medioambiental, sin inversiones en la economía de las energías fósiles.

Si quieres más información sobre estas cuestiones puedes leer el apartado «Compromisos» de nuestra página web o escribirnos a info@erratanaturae.com.

LA REPÚBLICA DE LA VERGÜENZA

CÓMO IRLANDA CASTIGÓ A LAS MUJERES DESCARRIADAS Y A SUS HIJOS

CAELAINN HOGAN

TRADUCCIÓN DE ELENA PÉREZ SAN MIGUEL

errata naturae

PRIMERA EDICIÓN: mayo de 2025

TÍTULO ORIGINAL: *Republic of Shame. How Ireland Punished "Fallen Women" and Their Children*

Este libro fue publicado con el apoyo de Literature Ireland

LITERATURE IRELAND
Promoting and Translating Irish Writing

First published in 2019 by Penguin Ireland, an imprint of Penguin General.
Penguin General is part of the Penguin Random House group of companies.

C/ Sebastián Elcano 32, oficina 25
28012 Madrid
info@erratanaturae.com
www.erratanaturae.com

ISBN: 978-84-19158-93-2
DEPÓSITO LEGAL: M-2222-2025
CÓDIGO IBIC: FA
MAQUETACIÓN: Jorge García Valcárcel
IMAGEN DE PORTADA: © One Darnley Road
IMPRESIÓN: Kadmos
IMPRESO EN ESPAÑA – PRINTED IN SPAIN

ÍNDICE

SUPERVIVIENTES QUE SIGUEN ROMPIENDO EL SILENCIO

Introducción a la edición castellana

Debajo de la cueva donde se encuentra la virgen rodeada de flores, sostuve la cabeza de mi bebé de meses junto al agua de una fuente sagrada mientras su padre la mojaba. Sin fe alguna en la Iglesia institucional, nuestra intención era celebrar una suerte de rito natural que, de algún modo, participara de la fuerza de la creencia de todos aquellos que acuden a Nuestra Señora de Covadonga.

Por entonces yo no sabía que la fuente en la que bautizamos extraoficialmente a nuestro hijo, al que jamás bautizaríamos en una iglesia, se conoce como la Fuente del Matrimonio.

Habíamos viajado de Dublín a Asturias para visitar a una vieja amiga española que en aquellos momentos estaba embarazada. Fuimos a una aldea en la cual varios vecinos, ataviados con medias de colores vivos y acompañados por el sonido aún más llamativo de las castañuelas, participaban en un espectáculo de bailes tradicionales. Al enterarse de que esperaba un bebé, varios amigos de la familia, sin poder disimular su alegría, la abrazaron como si fuera su propia hija.

Aunque ambas teníamos parejas que nos amaban y éramos madres, ni ella ni yo estábamos casadas. A nosotras mismas, que habíamos nacido fuera del matrimonio, nos habían criado nuestras madres. Ahora bien, tanto en su tiempo como en la actualidad, en Irlanda y en España, estar encinta sin haber pasado por el altar te convertía en blanco de la vergüenza y la persecución. Cuando yo nací, todavía se enviaba a las mujeres a instituciones donde se les arrebataban a sus hijos a la fuerza por el simple hecho de no estar casadas.

En 2017, comencé a investigar el legado de las instituciones religiosas irlandesas que recluyeron a miles de madres y sus hijos. Era un momento decisivo. Unos años antes, el país había votado con una mayoría aplastante a favor del matrimonio igualitario. Asimismo, se estaba preparando para un plebiscito de cara a la derogación de una prohibición constitucional del aborto, que se aprobaría, también por una gran mayoría, el mismo año de una visita papal. Ante la esperanza de un cambio, muchas mujeres se atrevieron a hablar por primera vez de sus viajes al extranjero para acceder al aborto o de que se les hubiera negado la libertad reproductiva. Al mismo tiempo, los supervivientes de los centros creados por diversas congregaciones religiosas para confinar a madres solteras y a sus hijos rompieron el silencio.

Cuando empecé a escribir este libro, ya se estaba llevando a cabo una investigación oficial sobre estas instituciones. Todo se había precipitado después de que, en 2014, se conociera la noticia de que más de ochocientos niños habían muerto en un «hogar materno-infantil» de Tuam, un pueblo de la Irlanda rural. En 2017, se hicieron públicos los resultados de una excavación de prueba que confirmó que se habían encontrado, dentro de una fosa séptica en desuso, «restos humanos significativos» de bebés que databan de la época en que la congregación de las Hermanas del Buen Socorro y el Consejo del Condado dirigían el establecimiento.

En 2025, mientras mi bebé crecía hasta convertirse en un ser sonriente y curioso que interactuaba emocionado con el mundo, al fin se iniciaron los trabajos para exhumar todos y cada uno de los cuerpos que todavía yacen en cámaras de aguas residuales, bajo una explanada de césped a la sombra de los viejos muros que rodeaban el hogar y que ahora se encuentra en medio de una urbanización. Hace décadas, las autoridades locales decidieron construir un parque infantil en parte de esos terrenos, justo al lado del sitio en el que se ocultaron los cadáveres. Los supervivientes de la institución y varios vecinos han creado un santuario para recordar a las víctimas ante una estatua de la Virgen María donde dejan ositos de peluche, flores y otros recuerdos.

A finales del año pasado, antes de que clausuraran el lugar para comenzar las excavaciones, me uní a los supervivientes y a los residentes de la zona en una vigilia por los fallecidos. Ha tenido que pasar más de una década desde que la historiadora local Catherine Corless revelara al mundo que una gran cantidad de personas había fallecido allí para que por fin se tomara esta medida. Una pancarta dejaba constancia del agradecimiento que le profesaban por haber sacado a la luz las historias de estos niños.

En la pequeña puerta que lleva de la fosa común al espacio que el ayuntamiento acondicionó con columpios, un tobogán e incluso una pista de patinaje, un cartel oficial advertía: PRECAUCIÓN. ZONA DE JUEGOS CERRADA HASTA NUEVO AVISO. La excavación de los restos de cientos de criaturas que podrían haber perecido en el recinto era inminente. Las velas que portaban los asistentes a la vigilia titilaban mientras unos voluntarios leían en voz alta, uno por uno, los nombres y edades de los niños, haciendo tangible la enormidad de vidas perdidas. Bajo la tenue luz del atardecer, compartir aquel momento junto a supervivientes, familias y seres queridos que buscan la verdad, con la esperanza de que la exhumación en Tuam aporte algún dato que les ayude, me conmovió profundamente.

A pesar de que hace más de cinco años que se publicó *La república de la vergüenza* en inglés, los supervivientes con cuyos testimonios conté siguen luchando por obtener respuestas y acceso a la información. Muchos dicen que el plan de reparación ofrecido por el Estado, que se puso en marcha el año pasado, es insuficiente. En la vigilia algunos me contaron que ya habían solicitado la reparación, pero otros habían quedado excluidos por requisitos y plazos arbitrarios o se sintieron incapaces de aceptar el dinero que el Estado les ofrecía porque les impediría emprender acciones legales en el futuro para obtener justicia.

El año pasado, el Día Internacional de la Mujer, llevaba en mis brazos a mi propio bebé «ilegítimo», que, con apenas unos pocos meses de vida, acababa de empezar a relacionarse con el mundo. En un hotel de Dublín, donde había trabajado como camarera, me reuní con la investigadora Pilar Iglesias Aparicio y la cineasta Teresa Lavina, ambas españolas, y con P. J. Haverty, un irlandés que pasó los primeros años de su vida en el hogar materno-infantil de Tuam. *Untold Secrets*, el documental de Lavina —afincada en Galway, una ciudad próxima a Tuam—, se iba a proyectar en el Instituto Cervantes de Dublín, y los demás estábamos allí para participar en el debate posterior, titulado «Encarcelada en nombre de Dios y de la Patria». La película estaba protagonizada por una mujer llamada Anne Silke. De niña, las monjas de Tuam la habían entregado en régimen de alojamiento a una influyente familia de políticos que, según contaba, la había explotado como trabajadora. Había recibido un trato inhumano; incluso había llegado a sufrir abusos físicos y sexuales. Silke murió antes de conseguir la justicia que reclamaba ni forma alguna de reparación por parte del Estado. P. J. Haverty, amigo personal suyo, fue quien me enseñó la ubicación de la fosa común de Tuam. Creo que el embajador español estaba allí aquella noche y recuerdo haber deseado que los testimonios de los supervivientes irlandeses le hicieran pensar en sus homólogos españoles, los «bebés robados» separados a la fuerza de sus madres durante el régimen de Franco. Ellos también claman justicia.

Mi padre mismo contaba que uno de sus profesores, un sacerdote, lo había echado de clase en una escuela católica de Dublín porque, después de una visita a España, había dicho que Franco era un dictador. Irlanda, una teocracia de facto, era, en muchos sentidos, represiva y cruel como una dictadura; sólo que aquí, en lugar de en prisiones, encerrábamos a la gente en instituciones bajo el pretexto de la caridad.

La revista del *New York Times*, de hecho, publicó en 2022 un artículo de Nicholas Casey sobre los bebés robados en España que bien podría haber tratado del «entramado industrial de la vergüenza» en Irlanda, como lo llamo en el libro:

> La Iglesia católica tampoco reconoció públicamente su papel en los secuestros, pero es de sobra conocido que, durante décadas, algunas monjas —empoderadas por una dictadura que les permitió actuar con total impunidad— se tomaron la libertad de decidir quién tenía derecho a criar a un niño y quién no.

Con todo, no fueron los dos únicos países donde existieron instituciones y sistemas que separaban a los niños de sus madres por la fuerza. Cuando hice una lectura de mi libro en Canadá, conocí a personas de las Naciones Originarias que me hablaron de las escuelas residenciales que se establecieron allí para arrebatar, asimilar y borrar a los niños indígenas. Muchos de ellos murieron en aquellos centros a causa de la crueldad y la violencia, y fueron enterrados, como los de Tuam, en fosas comunes ocultas.

Ojalá hubiera explorado más los paralelismos internacionales en este texto, aunque había tanto que cubrir que ni siquiera alcancé a mencionar las instituciones al norte de la frontera en Irlanda. Durante el confinamiento, después de participar en un evento *online* organizado por la Universidad de Vigo, recuerdo que me pregunté por qué un lector español querría conocer el legado actual de estos hogares en mi país. Lo cierto es que estoy convencida de que es fundamental entender el funcionamiento de estas instituciones sin importar las fronteras, pues estaban alimentadas por una ideología internacional y patriarcal que infligía una crueldad indescriptible a las personas marginadas. En todo el mundo se establecieron sistemas similares para separar a las madres de sus hijos y borrar la identidad de estos últimos. Se rompieron familias y se institucionalizaron generaciones con fines de control y lucro; o, si no de lucro directo, sí para ayudar a los Estados a evadir su responsabilidad de apoyar a las personas de nuestras sociedades que se han vuelto vulnerables a causa de la desigualdad y la discriminación.

La Comisión de Investigación sobre Hogares Materno-Infantiles que se instituyó en 2015 tenía previsto divulgar su informe antes de que yo acabara el libro. Después de muchos retrasos, el informe final se publicó en 2021, en pleno confinamiento por la COVID-19. Antes de que se hiciera público y de que el Gobierno irlandés pidiera disculpas, los funcionarios celebraron una reunión privada *online* para los supervivientes. Acompañé a Rose —una madre separada de dos hijos en Tuam cuya historia se incluye en estas páginas— mientras asistía a ella en el jardín delantero de su casa, con mi portátil apoyado en un murete para que pudiera ver bien la pantalla. Con bastante condescendencia, los funcionarios alentaron a los supervivientes a leer el documento con atención y les prometieron «soluciones lideradas por ellos», a pesar de que no les habían enviado una copia física de antemano. De hecho, el Gobierno ni siquiera se tomó la molestia de considerar que no todos los supervivientes contaban con un ordenador o con acceso a internet para participar en la reunión. Y ya en la primera página se describía la institución a la que las habían enviado como un «refugio», contradiciendo las experiencias vividas por mujeres como Rose. «Sólo quiero justicia», me dijo. Rose murió ese mismo año, antes de que la excavación de Tuam le ofreciera explicación alguna.

El informe sostenía que la adopción «se hizo tan popular» debido a la falta de apoyo familiar y comunitario, cuando fue el Estado irlandés el que negó a los progenitores no unidos en matrimonio los derechos que sí tenían las parejas casadas, no brindó asistencia social a las madres solteras hasta los años setenta y, en su lugar, financió instituciones que las hicieron desaparecer de la sociedad. Innumerables mujeres se vieron obligadas a dar a sus hijos en adopción por la desventaja sistémica consagrada en la ley irlandesa, además de que las monjas les insistieron en lo «egoístas» que serían en caso de quedarse con sus bebés. Hasta 1987, el Estado calificaba a sus descendientes de «ilegítimos», lo que, según reconoció el informe, «constituía una flagrante violación de los derechos humanos». La Comisión también culpó a los hombres, pese a que algunos padres recurrieron a los tribunales para sacar a sus hijos de las instituciones y criarlos, cosa que se les denegó por la desigualdad de derechos estipulada por la ley misma.

En 2024, año en que se abrió el programa de reparación para supervivientes de hogares materno-infantiles, el Estado irlandés contaba con un superávit presupuestario de unos dieciséis mil millones de euros. El Gobierno votó a favor de excluir de la reparación a unos veinticuatro mil supervivientes, ignorando los llamamientos a favor de enmiendas para incluir a los niños enviados a vivir fuera de las instituciones y a los supervivientes de ensayos de vacunas infantiles realizados en éstas sin el consentimiento de las madres. Además de negarse a cambiar el arbitrario límite para el acceso a la reparación, que deja fuera a quienes habían pasado menos de seis meses allí de niños, a pesar del impacto de por vida de estancias más breves. Los supervivientes han criticado al Gobierno por calcular estas exclusiones deliberadamente para limitar los costes.

Mientras escribía esto, descubrí un informe que revelaba que, hasta el momento, sólo se habían gastado cincuenta y cinco millones de euros de los ochocientos destinados al plan de reparación. Eso significa que éste lleva un año vigente y todavía quedan setecientos cuarenta y cinco millones sin reclamar. A miles de supervivientes se les obstaculizó el acceso a los fondos debido a unos plazos arbitrarios impuestos por un Gobierno ansioso por recortar costes, aun cuando el Estado nadaba en dinero.

Durante décadas, las órdenes religiosas recibieron dinero público por cada mujer y cada niño enviados a sus instituciones, así como de las familias, obligadas a costear la manutención, y más tarde incluso reclamaron pagos a aquellos que buscaban información; aun así, ahora se niegan a comprometerse con un plan de reparación. Los supervivientes sienten que las congregaciones —muchas de las cuales tienen millones en propiedades, dirigen conglomerados de atención médica privados y siguen recibiendo fondos públicos— no han rendido cuentas.

En este libro, escribo sobre «el Castillo», un hogar para madres y bebés en la frontera entre Irlanda e Irlanda del Norte abierto hasta 2006. Funcionó hasta hace tan poco tiempo que, por edad, yo misma podría haber acabado allí si me hubiera quedado embarazada. Sin embargo, el año límite para el plan de reparación es 1998.

La Comisión de Investigación desestimó las pruebas de injusticias y abusos cometidos en las instituciones, aunque las documentó en los testimonios de las supervivientes. Resulta desconcertante que hayan declarado, por otra parte, que ninguna de las Hijas de la Caridad que trabajaban en Pelletstown seguía viva. No obstante, en estas páginas incluyo el testimonio de una monja que trabajaba como matrona en el mayor hogar materno-infantil de Irlanda y que habló de una mujer que entró con dos corsés apretándole el vientre, aunque la superiora de su orden intentó convencerme de que la monja había perdido la cabeza.

A pesar de las afirmaciones contenidas en el informe de la Comisión, según las cuales la discriminación racial no afectaba a las adopciones, también se enumeran ejemplos de lo difícil que era para los niños referidos como «mestizo», «negro» de un modo peyorativo y otros insultos semejantes que los adoptaran. No hay reparación para los supervivientes discriminados e institucionalizados más tiempo por ser discapacitados, pertenecer a los nómadas irlandeses[1] o por el color de su piel. Estas comunidades estuvieron sometidas durante generaciones al aislamiento y la reclusión mientras quienes ocupaban posiciones de poder apoyaban un sistema que buscaba borrarlas o asimilarlas. El plan «no ofrece reparaciones por el racismo sistémico que sufrieron los niños de ascendencia africana encarcelados en instituciones irlandesas durante años», afirmó la Association of Mixed Race Irish [Asociación de Irlandeses de Raza Mixta]. Su consejero, Conrad Bryan, que pasó sus primeros años de vida en el hogar más grande de Irlanda, calificó la ley de «arbitraria y excluyente».

Muchos de los que dieron su testimonio ante la Comisión de Investigación y que, en consecuencia, revivieron el trauma, se encontraron con que se habían desestimado sus palabras y experiencias, pues nunca se valoraron como pruebas. Por esta razón, los supervivientes presentaron una demanda ante el Tribunal Supremo, lo que finalmente obligó al Estado a reconocer que la Comisión había violado sus derechos al no proporcionarles un borrador antes de la publicación del informe —como sí lo hicieron con las órdenes religiosas— que les hubiera permitido responder. El caso dio lugar asimismo a un anexo que puede consultarse *online* y que destaca que los supervivientes no

[1] Los nómadas irlandeses, llamados *travellers* en inglés, son una minoría étnica originaria de Irlanda, tradicionalmente nómada, con una cultura, lengua y costumbres propias, que ha sufrido discriminación y exclusión social a lo largo de la historia. (N. de la T.).

consideran que el documento sea un reflejo «fiel y completo» de los testimonios y las pruebas presentadas.

El Proyecto CLANN, que apoyó a quienes brindaron testimonio de cara a la investigación oficial y elaboró su propio informe sobre los abusos de derechos dentro de las instituciones, calificó el plan de reparación de «flagrante acto de discriminación» y afirmó que unos pagos tan mínimos para aquellos que sí tenían acceso a ellos hacen que las exclusiones sean «todavía más crueles».

La arbitrariedad de los plazos del plan ignora el «duelo en vida», como lo describe una madre, de la separación forzada, por no hablar de la «onda expansiva» que se transmite a las generaciones futuras. Las madres pueden obtener reparación si pasaron al menos una noche en una institución por motivos relacionados con el embarazo, el parto o el cuidado de sus hijos. Ahora bien, el monto de estos pagos depende de la duración del internamiento y, en el extremo inferior de la escala, las mujeres que estuvieron recluidas menos de noventa días sólo tienen derecho a unos míseros cinco mil euros, con independencia del abuso, la negligencia o de si les arrebataron a sus hijos por la fuerza. Por su parte, es un requisito que la reclusión de los niños se prolongara al menos ciento ochenta días para acceder a la reparación, y quienes fueron derivados a familias afirman que se les excluye porque el tiempo pasado en los hogares sólo se considera consecutivamente.

Al final de este libro recojo el testimonio de una mujer cuyo bebé es uno de los al menos nueve mil niños que murieron en estas instituciones, muchos de ellos por desnutrición o causas inciertas. El plan de reparación no tiene en cuenta ni a los fallecidos ni a las madres que continúan buscando el lugar de inhumación de sus pequeños. Carmel Cantwell y su madre siguen reclamando justicia para William, nacido en la década de 1960 en Bessborough, un hogar en el que murieron más de novecientos niños. Aún se desconoce dónde se dio sepultura a más de ochocientos. William enfermó allí y su familia cree que murió por negligencia. Quieren que se reconozcan y se investiguen los hechos. Para ellos, la verdadera justicia habría sido que la Comisión hubiera respetado y aceptado los testimonios de los supervivientes como prueba: «Entonces el Gobierno y los religiosos se habrían visto obligados a asumir la plena responsabilidad por lo que sucedió».

Los supervivientes de los hogares, pues, no cejan en su lucha por la justicia, a pesar de que ni siquiera se ha iniciado una investigación completa para las personas adoptadas ilegalmente. Con el fin de obtener estatus legal como hija de los padres que la criaron, la abogada Anne O'Meara redactó un proyecto de ley para corregir las partidas de nacimientos falsificadas y se lo presentó a varios miembros del Gobierno. Fue una de las al menos ciento veintiséis personas que, en 2018, se descubrió que habían sido adoptadas ilegalmente a través de la St. Patrick's Guild, dirigida por las Hermanas de la Caridad. Su certificado de nacimiento es falso. No hubo consentimiento oficial para su adopción. A los cinco días de nacer, se la arrebataron a su madre en una institución en Belfast, la pasaron de contrabando a través de la frontera y la entregaron a sus padres adoptivos en la St. Patrick's Guild. En 1997, en una entrevista para un reportaje del *Irish Times* de Padraig O'Morain [«Adoption Society Admits Supplying False Information to Shield Mothers' Identities»], las Hermanas de la Caridad admitieron que habían proporcionado información falsa a algunas personas que indagaban sobre nacimientos y familias, lo que impulsó a O'Meara a buscar con mayor ahínco a su madre. Las monjas le pidieron que pensara en el daño que podría causar. Cuando amenazó con demandarlas, localizaron a su madre en cuestión de días. «Me percaté de lo que eran capaces las monjas y los sacerdotes y de cómo controlaban a la gente. No consideraban que esas mujeres tuvieran derecho a elegir». Consiguió pruebas que demostraban que se habían hecho pagos a la St. Patrick's Guild por su cuidado, a pesar de que había sido adoptada ilegalmente. Aunque se hizo un pago *ex gratia* de tres mil euros a «personas con un registro de nacimiento ilegal», es posible que miles de adopciones ilegales aún no hayan sido investigadas ni reconocidas de cara a una reparación. Por este motivo, redactó una propuesta para cambiar la legislación que le otorgaría estatus legal y la presentó al Gobierno: «Necesitaba legalizarme de alguna manera. Hice todo lo posible por ofrecer una solución y el departamento la desestimó sin más». Cree que el Estado irlandés ve a los supervivientes sólo como personas traumatizadas, cuando en realidad son los únicos expertos en el verdadero impacto de las instituciones. «La forma en que me ha tratado la Irlanda oficial es horrenda», se lamentó.

El informe de la Comisión de Investigación sobre Hogares Materno-Infantiles resta importancia a las pruebas de adopciones ilegales y no incluye en su ámbito de aplicación a las agencias de adopción o los llamados «centros de detención» para niños. Muchas instituciones implicadas en la separación de las madres solteras y sus hijos quedaron fuera de la investigación, de modo que no se las contabiliza en el plan de reparación. Otorgar al delito de falsificación de actas de nacimiento la calificación oficial de «registros incorrectos» también minimiza la ilegalidad endémica de las adopciones gestionadas por religiosos, facilitadas por quienes ocupan puestos de poder. Una revisión oficial independiente de los registros de adopción, realizada antes del informe final de la Comisión, pero publicada después, concluyó que podría haber hasta veinte mil casos de registro ilegal o adopción ilegal, lo que suscitó bastante desasosiego sobre el tráfico de niños en el extranjero y la especulación. Los que están en el poder decidieron eliminar del informe los nombres de las sociedades de adopción implicadas, a pesar de que la investigadora designada por el Gobierno para este asunto, Marion Reynolds, exigió que se excluyera su propio nombre si se prescindía de esas pruebas.

Los registros de la revisión oficial muestran casos de madres demasiado jóvenes o sin capacidad para dar su consentimiento, madres que solicitaban la devolución de sus hijos y un caso en el que a una madre le dijeron que su hija había muerto cuando «en realidad, la habían adoptado». En España, algunos supervivientes han contado que a algunas madres se les enseñó un bebé muerto después de dar a luz mientras que subrepticiamente les arrebataban a sus propios bebés para darlos en adopción.

Las agencias de adopción, tanto las antiguas como las actuales, aún poseen hasta cincuenta mil registros. La revisión recomendó que se facilitara información sobre los nacimientos, que se concedieran reparaciones a todos los afectados y que se realizaran pruebas de ADN. Asimismo, se pidió al Estado que tuviera en consideración a los niños injustamente arrebatados a madres desfavorecidas hoy en día.

Durante la dictadura de Franco, se criminalizó el aborto y se despojó a las mujeres de sus derechos, así como de cualquier cobertura social y atención médica pública, dejándolas, a todos los efectos, bajo el control de los hombres. En una manifestación por la libertad de elección en Belfast, justo antes de que el aborto se despenalizara en Irlanda del Norte, la reconocida activista por los derechos civiles Bernadette Devlin McAliskey se dirigió a la multitud y le advirtió que debía seguir alerta. Hoy estamos asistiendo a una reacción violenta contra los derechos reproductivos en muchos países, hasta en Estados Unidos, donde uno de los jueces de la Corte Suprema que revocó el dictamen del caso Roe contra Wade citó la «oferta nacional de bebés» para adopción. En España, se están realizando grandes esfuerzos para garantizar el derecho constitucional al aborto y Francia lo ha incorporado recientemente a su Constitución, con la firme determinación de proteger los derechos sexuales y reproductivos, y la libertad, de las mujeres. Por otro lado, la mayoría de las personas tiene que pagar para acceder al aborto en centros de salud privados debido a la falta de fondos en los hospitales públicos, y algunas hasta tienen que viajar durante horas para conseguirlo.

En España, la cultura del silencio sigue vigente tras la dictadura. Irlanda, a su vez, tiene su propio Pacto del Olvido, cimentado mediante la censura y la represión de la información a nivel oficial, incluso aunque los gobernantes hacen grandes espectáculos de las disculpas y las investigaciones oficiales del Estado. Los supervivientes consideran que el Estado irlandés de hoy perpetúa esa larga cultura del silencio a través de la censura de actas y el secuestro de los datos sobre los nacimientos, a pesar de los recientes cambios legislativos. En el pasado, cabía la posibilidad de encontrar a una monja más comunicativa, pero, ahora, el Estado irlandés está utilizando (muchos dirían que está haciendo un mal uso) el Reglamento General de Protección de Datos europeo —en teoría diseñado para exigir responsabilidades a las grandes empresas tecnológicas— para censurar y denegar la información solicitada por los supervivientes sobre sus propios nacimientos e identidad.

Noelle Brown, dramaturga y activista por los derechos de adopción, nació en Bessborough, en Cork, la segunda ciudad más grande de Irlanda. Cree que es una de los muchos supervivientes de los ensayos de vacunas realizados en esas instituciones con niños separados de sus madres o cuyas madres nunca dieron su consentimiento para los mismos. Al igual que otros miles, está excluida de la reparación debido al límite de seis meses del plan, pues nació en una institución, pero la adoptaron antes del punto de corte. A pesar de los años de lucha para conseguir consultar sus registros y la información relativa a su nacimiento, todavía se le deniega el acceso total a sus archivos médicos.

Bajo el régimen de Franco, se creía que los hijos de los opositores de izquierdas portaban un gen marxista que se transmitiría y alimentaría la resistencia, lo que justificaba, para ellos, que los separaran de sus padres, muchos de los cuales fueron encarcelados o asesinados, para que los criaran familias leales al régimen. En los primeros años de las instituciones materno-infantiles en Irlanda, la creencia de que los «ilegítimos» eran físicamente más débiles debido a la naturaleza inmoral de su concepción también se utilizó para racionalizar y normalizar las inquietantemente altas tasas de mortalidad infantil en los mal llamados «hogares». En realidad, estas cifras, desproporcionadas en comparación con las de los «legítimos», eran el resultado de la discriminación y la desigualdad sistémicas impuestas por la doctrina de la Iglesia y la política. La existencia de criaturas nacidas fuera del matrimonio, prueba física de una sexualidad extraconyugal, constituía un desafío directo a la autoridad de la Iglesia, por lo que era necesario hacerlas desaparecer. De este modo, se asimiló por la fuerza a los que portaban la marca de la inmoralidad colocándolos en familias «respetables».

Pero, más allá de la motivación política, estas separaciones forzadas tenían un componente económico fundamental: se buscaba castigar a las madres necesitadas y a las que acabarían empobreciéndose debido a la discriminación. En definitiva, a sus hijos no se los consideraba ciudadanos iguales, sino una carga para el Estado y el contribuyente. Una vez que comenzó el comercio de «bebés robados», se expandió más allá de los objetivos iniciales y se convirtió simplemente en un negocio que consistía en quitarles los hijos a quienes tenían menos recursos. La influencia de las monjas en los hospitales durante el régimen franquista apenas tenía freno cuando se trataba de pacientes señalados como casos de caridad. No sólo las monjas, también los médicos, los trabajadores sociales, las enfermeras y las matronas participaron en estas separaciones forzadas. Una vez que se crea un mercado, una vez que se establece una institución, existe un impulso para mantenerla.

He dicho antes que mi amiga española y yo no sufrimos el estigma o la vergüenza que separaba a algunas madres de sus hijos hace apenas una generación. Ahora bien, no podemos ignorar que nosotras no somos mujeres marginadas por la sociedad actual: nuestras familias nos apoyan y cuentan con dinero para ayudarnos si lo necesitamos. Hemos estudiado en la universidad, tenemos trabajo, vivienda segura y pareja. Todavía hoy hay muchas madres a quienes les arrebatan a sus hijos o que se sienten presionadas a renunciar a ellos. Madres que se enfrentan a la falta de un techo en medio de las crisis de vivienda. Madres que son trabajadoras sexuales y que aún sufren la violencia de la criminalización. Madres que pertenecen a comunidades de clase trabajadora o racializadas que siguen sometidas a la discriminación. Madres indocumentadas. Madres solteras que dependen del apoyo del Estado y a quienes muchos en el poder aún vilipendian como una «carga» para el contribuyente. En nuestras sociedades supuestamente progresistas, algunos niños aún tienen tasas de mortalidad más altas y una menor esperanza de vida debido a la discriminación sistémica.

Existen, todavía, movimientos de rescate que causan mucho daño. Las órdenes religiosas que recluían a las «mujeres descarriadas» han creado organizaciones moralizadoras contra la prostitución que reciben dinero público y se oponen a la total despenalización que, según muchas trabajadoras sexuales, mejoraría su seguridad. La participación de la Iglesia en los servicios sociales, desde la educación hasta los hospitales, es continua y nunca se trata sólo de ayudar a los necesitados, sino de ejercer el poder, de tener influencia, a menudo sobre los más vulnerables. Más del noventa por ciento de las escuelas primarias de Irlanda son propiedad de la Iglesia. Las órdenes religiosas que antes regentaban hogares materno-infantiles o lavanderías de la Magdalena ahora dirigen hospitales privados, no públicos.

Muchas supervivientes dieron testimonios dolorosos con la esperanza de que las injusticias no se repitieran. Pero los sistemas de alojamiento de emergencia en Irlanda insisten en dar dinero público a empresas privadas para amparar a quienes han sido relegados a los márgenes. Las personas embarazadas y trans se ven obligadas, a día de hoy, a abandonar Irlanda para recibir atención médica, pues se les deniega la autonomía corporal. Mientras se construye un Centro Nacional para la Investigación y la Memoria en el emplazamiento de la última lavandería de la Magdalena en Dublín, una superviviente de esa institución que conozco está hoy sin hogar y sin ninguna justicia por los abusos que sufrió.

Espero que los testimonios de los supervivientes en este libro ayuden a otras personas a hablar de sus propias experiencias, a desafiar los relatos oficiales que normalizan las injusticias y a romper más silencios. El trauma infligido por estas instituciones se transmite de generación en generación, pero también lo hace la determinación por la justicia.

Caelainn Hogan
Dublín, febrero de 2025

1
UN TÉ EN LA CASA PROVINCIAL

En las sombrías primeras horas de aquel año nuevo, el parque situado frente a la casa donde crecí estaba vacío, indómito en la penumbra. Tras una bronca familiar monumental, un inicio desastroso, mi madre sugirió que saliéramos a pasear para despejarnos. Los perros se adelantaron y, mientras atravesábamos la hierba húmeda a horas tan intempestivas, el aire pareció llenarse de posibilidades y por fin conseguimos respirar.

Conozco tan bien los senderos y prados de «The Rockies» —así llaman los lugareños al parque Rockfield— que sería capaz de recorrerlos con los ojos cerrados. Era el antiguo escenario de las carreras de patatas y cucharas de nuestra época de colegialas, con uniformes azul marino del Guardian Angels', la escuela primaria que linda con el parque. Las escaleras que los conectan solían ser el lugar de reunión de grupos de chicas mayores que, envueltas en nubes de humo de cigarrillo, estrujaban latas entre las manos. Pronto fueron mis amigas quienes ocupaban aquellos peldaños y se agazapaban bajo la araucaria, donde compartían botellitas de licor durante los sofocantes veranos para luego besarse con chicos en la hierba. El padre Gaughan, el párroco local, con su espectacular sotana negra y su alzacuellos blanco, solía rondar la zona. En la oscuridad, nuestro terrier mestizo enloqueció con el olor de los zorros que llegaba del otro lado de los muros.

Mi madre, mi hermano pequeño y yo llegamos hasta un muro con una estrecha puerta con teclado electrónico; un poco más allá, en un poste, había una cámara de vigilancia. A través de las rejas de la cancela se vislumbraba una imponente edificación rosada rodeada de colinas bien cuidadas y jardines. Me sonaba que en ella vivían «las monjas», pero no habría podido decir a qué orden pertenecían ni cuál era su labor. Jamás había visto a ninguna. Y, a pesar de que había pasado incontables veces por allí, nunca había reparado en el nombre grabado en los pilares de la entrada principal, que daba a la transitada carretera del otro lado del parque: HIJAS DE LA CARIDAD.

Unos pocos años después de aquel paseo de Año Nuevo con mi madre, yo misma recorrí el sinuoso camino que conducía al edificio rosado para tomar el té con la superiora provincial de las Hijas de la Caridad. En los meses previos, había aprendido unas cuantas cosas sobre esta parte de Dublín, Blackrock, y sobre la orden. Sabía, por ejemplo, que habían adquirido parte de la finca Rockfield poco después de la creación del Estado Libre Irlandés. También había descubierto que gestionaron durante décadas el hogar de St. Patrick, en Navan Road, Cabra: el mayor el «hogar materno-infantil» de Irlanda, donde acudían a dar a luz en secreto las mujeres que se habían quedado embarazadas fuera del matrimonio.

Por aquel entonces, todos conocíamos los hallazgos de Catherine Corless, historiadora local de Tuam, en el condado de Galway. Su investigación reveló que, a pesar de que no existían registros de los entierros, casi ochocientos niños habían fallecido en el hogar para madres y bebés dirigido por las Hermanas del Buen Socorro de aquella localidad entre 1925 y 1961. Corless sugirió que al menos algunos podrían haber sido sepultados en lo que parecía ser una fosa séptica en los terrenos de la institución. Sus descubrimientos alcanzaron repercusión internacional en 2014 y, un año después, el Estado creó la Comisión de Investigación sobre Hogares Materno-Infantiles.

Muchos consideraban a las religiosas, antes veneradas, figuras crueles y resentidas por la pérdida de su influencia. Aun así, o quizá precisamente por eso, me preocupaba mi aspecto: ¿sería adecuado presentarme ante la hermana Goretti Butler con vaqueros y botas? Sonaba el zumbido tenue del timbre de la entrada principal, y eché un vistazo al césped y los jardines que hasta entonces sólo había atisbado a través de los barrotes de aquella estrecha puerta.

En el umbral, la hermana Goretti me invitó a pasar a una acogedora sala, con sillones azules desvaídos y una mesa cubierta de encajes en la que descansaba una cruz. Desapareció unos instantes y regresó con una bandeja con té y galletas. Sentada a mi lado, con una rebeca sencilla y una falda larga, parecía más bien una abuelita afable.

La había conocido a principios de mes, en la iglesia de enfrente de mi casa. Caminaba por el pasillo principal de una nave abarrotada, portando una Biblia en alto hacia el altar, en una procesión que conmemoraba los cuatro siglos de la orden vicenciana. Y allí estaba ahora, sentada junto a mí, con el destello dorado de un cofre de comunión a sus espaldas, único adorno en la austera habitación. Mientras mojaba una galleta en el té, me preguntaba si trataría de adivinar hasta qué punto había perdido mi vínculo con el catolicismo.

Estaba decidida a abordar un tema delicado: mis padres no estaban casados cuando nací, razón por la cual mis abuelos paternos dejaron de hablarles durante un tiempo. Aun así, opté por no mencionar los dos abortos a los que mi madre había decidido someterse antes de tenerme a mí. Por su parte, tampoco ella los había mencionado hasta que, en medio del revuelo generado por la campaña en favor de la Derogación[1], yo misma le pregunté. El interior de su antebrazo izquierdo está cubierto de tatuajes de flores y no pisa una iglesia. Nunca tuvo miedo de destacar ni temió contarle su vida a un desconocido. Sin embargo, a pesar de que me acompañó a poner carteles en favor de la Derogación, le preocupaba que yo pudiera juzgarla.

Abortó por primera vez siendo adolescente, en Estados Unidos. En el centro de planificación familiar le explicaron todas las opciones con calma y respetaron su decisión. Su madre, sin saber muy bien qué hacer, le llevó caramelos tras la intervención. La segunda vez fue a mediados de los años ochenta, después de haberse mudado a Irlanda y poco antes de conocer a mi padre. No se sentía preparada para ser madre, así que viajó a Inglaterra para abortar. Regresó a Dublín el mismo día y acudió directamente al club nocturno donde trabajaba de camarera. Al principio, mi padre, siempre preocupado por el qué dirán, no quería que escribiera sobre esto. La vergüenza sigue ahí, latente.

Nací en noviembre de 1988, de nalgas, empujando con tanta fuerza que me disloqué la cadera. Tan sólo un año antes, la ley irlandesa me habría considerado ilegítima, pero en 1987 la Ley sobre el Estatus de los Niños había eliminado el concepto legal de ilegitimidad.

Cuando mi madre se quedó embarazada de mí, mi padre le propuso matrimonio. Ella aceptó, aunque dejó claro que ése no era el motivo por el que se casaba. Insistió en que la boda se celebraría después de mi nacimiento. Así, embarazada de cuatro o cinco meses, enseñando el anillo y dándoles la noticia de que

[1] Tras una importante campaña, en un histórico referéndum el 25 de mayo de 2018, el pueblo irlandés votó abrumadoramente (66,4 %) a favor de derogar la Octava Enmienda —que concedía igual derecho a la vida a la madre y al feto, de modo que el aborto sólo estaba permitido cuando la vida de la mujer estaba en riesgo, pero no en casos de violación, incesto o anomalía fetal mortal—, eliminando la casi total prohibición constitucional del aborto en Irlanda. (Salvo que se indique lo contrario, las notas al pie son de las editoras).

pronto tendrían descendencia, fue como se lo contaron a mis abuelos paternos. A mi abuela le costó asimilarlo. Aunque iba a misa cada domingo, no la recuerdo particularmente religiosa. Más bien parecían preocuparle los chismorreos de los vecinos. En un arrebato de angustia, llegó a reconocerles que aquello era lo peor que le había pasado en la vida y que no podría volver a salir a la calle. Eso sí, me adoró desde el primer momento.

La vergüenza social no era nueva para ella. Mi abuelo paterno, el hombre con quien se casó, era hijo único y lo había criado, para colmo, una madre soltera. Cuando su familia anunció el compromiso en el periódico, afirmaron que su padre, panadero, había fallecido, aunque la realidad era bien distinta. En sus últimos años, mi abuelo me confesó que probablemente seguía vivo cuando se celebró la boda. Alegaba que sus padres estaban casados —tenía el certificado—, y que, o bien su madre lo había echado, o que él había decidido marcharse. En la Irlanda de esa época era imposible reconocer algo así.

Hace unos años, cuando empecé a investigar las experiencias de personas vinculadas a las instituciones para «mujeres descarriadas», la madrina de mi hermano compartió conmigo una historia que le había contado su madre, Angela. En una ocasión en que estaba en el jardín de su casa, el sacerdote local la había obligado a meterse corriendo dentro, pues no había sido «purificada» tras sufrir un aborto espontáneo. Al principio, no comprendí del todo lo que intentaba decirme; mi generación ya no maneja el lenguaje de aquella Irlanda. Pues bien, hasta los años setenta, las mujeres católicas casadas debían acudir a la iglesia tras cada parto para agradecer a Dios ese «regalo» y recibir la bendición del sacerdote, quien las conducía al altar para bendecirlas de nuevo. De hecho, se las consideraba impuras hasta que no hubieran pasado por aquel ritual, y algunas llegaban a creer que no podían preparar comida ni asistir a misa... Ni, por lo visto, estar en el jardín de su propia casa.

Angela, una mujer encantadora que siempre abría la puerta pulcramente vestida, maquillada y con el pelo plateado rizado con primor, vivía cerca del hogar materno-infantil de las Hijas de la Caridad, en Navan Road. Cuando se mudó a la zona con su marido, en los años cincuenta, ya proliferaban los rumores sobre la institución. Se hablaba del trato que recibían las mujeres que ingresaban allí. Por aquel entonces, incluso para una mujer casada, el embarazo y el sexo, aunque fuera con el fin de procrear, se consideraban temas indecorosos. «Teniendo un hijo ya estabas cometiendo un pecado», me contó. «Luego pedías cita con el cura para que te "purificara" y lo borrara».

La cultura de la vergüenza no se limitaba al sexo y la reproducción. Angela perdió a edades muy tempranas a dos de sus hijos, el mayor y el tercero, ambos con espina bífida. «Nadie hablaba de ello», aseveró.

A lo largo de mi vida, he asistido al ritmo vertiginoso del cambio cultural de mi país. El referéndum que legalizó el divorcio se celebró al día siguiente de mi séptimo cumpleaños. De adolescentes, hacíamos bromas sobre los «viajes de compras» que haríamos a Londres si nos quedábamos embarazadas. En secundaria leímos *An Triail*, la obra de Máiréad Ní Ghráda escrita en 1964. En ella, una madre soltera, aterrorizada por la idea de que su hija padeciera la misma deshonra, la mata. A nosotras, que crecimos en la Irlanda de la bonanza económica, nos sonaban tan remotos como un mito. Qué equivocadas estábamos.

La hermana Goretti me refirió que, recientemente, su cuñada le había preguntado cómo lograba levantarse cada mañana y enfrentarse a la avalancha de condenas hacia las órdenes religiosas que inundaban los periódicos, la radio y la televisión. Su respuesta parecía dirigida también a mí, como si pretendiera hacerme reflexionar sobre ello: lo difícil que es ser una religiosa en un mundo que percibe su existencia como una provocación. Por el contrario, no estaba tan dispuesta a abordar el fondo de las acusaciones. «Hubo cosas que se hicieron mal en el pasado, y cosas que se hicieron mal en todos los ámbitos de la vida», afirmó con ambigüedad.

Se esforzó en recordarme que los que trabajaban para las órdenes religiosas eran hermanos, hermanas o sobrinas de «personas corrientes»; como ella decía: «No venían del espacio exterior ni nada por el estilo». Añadió que sus propias sobrinas estaban recorriendo el mundo: una como abogada y otra como ingeniera civil. No quería malgastar energías pensando en la hostilidad hacia la Iglesia, prefería centrarse en la misión de la orden. «Ya no llamamos "pobres" a los pobres, pero para eso se fundó esta comunidad. Para ayudarles».

Mientras escuchaba, mi mente no podía evitar regresar a los vastos jardines que nos rodeaban, a los altos muros y a la majestuosa casa señorial en la que estábamos tomando el té.

Un martes tempestuoso de 2017, tras la festividad del primero de junio, asistí a una manifestación frente a Leinster House[2] organizada por personas que habían pasado por instituciones religiosas. Se hacían llamar «supervivientes». Apenas había una docena de manifestantes, luchando por encender velas rojas bajo la lluvia y sosteniendo carteles caseros que el viento amenazaba con arrancarles de las manos. Un hombre llevaba una camiseta azul con la inscripción HIJO ILEGÍTIMO. Dos mujeres habían venido desde Cork. Una de ellas había crecido en instituciones católicas y, más tarde, había dado a luz en un hogar materno-infantil. «Quiero encontrar a mi hijo», me dijo la otra. «Han pasado treinta y nueve años». Se había quedado embarazada a los dieciocho, en un baile, y su familia la había echado de casa. En St. Patrick la pusieron

[2] Sede del Oireachtas o Parlamento de Irlanda desde 1922, donde se reúnen el Dáil Éireann (cámara baja, elegida mediante sufragio directo) y el Seanad Éireann (cámara alta).

a trabajar y la trataron como si no valiera nada. Me habló de un «pabellón de rechazados», donde alojaban a niños con discapacidades que no serían adoptados. Otro hombre, que vivía en Nueva York pero había crecido con una familia adoptiva en Sligo, había rastreado a su madre biológica revisando registros de bautismo y anuncios de defunción. Un cuarto hombre, que pasó cuatro años en St. Patrick, me confesó que había estado al borde de la muerte por desnutrición, que lo habían sometido a ensayos clínicos de vacunas sin consentimiento y que llegaron a administrarle la extremaunción en dos ocasiones. «A mi madre biológica le dijeron que había muerto», contó a la pequeña multitud.

Conocí a toda una comunidad de supervivientes activistas en actos conmemorativos y protestas. Terri Harrison, una de ellas, fundó en los años noventa una organización clandestina de apoyo para mujeres que hubieran dado a luz en estas instituciones. Fue allí donde, por primera vez, compartieron sus experiencias: abusos, abandono, privación de atención médica y la presión para que renunciaran a sus hijos. Cuando comencé a trabajar en este libro y a hablar de él con mi círculo cercano, descubrí que todos mis conocidos tenían algún vínculo con estas historias: un amigo, una tía, un primo, un compañero de clase o un vecino al que enviaron a una de estas instituciones o que había nacido en una de ellas. No trataba con una subcultura aislada, sino con una red de experiencias comunes, ocultas a plena vista.

Antes de mi encuentro con la hermana Goretti, traté con otra gente que me proporcionó diversos detalles acerca del tema. Me interesaba averiguar los orígenes, la lógica, los métodos y consecuencias de aquel sistema. ¿Qué llevaba a las mujeres a los hogares y lavanderías? ¿Cómo se justificó, durante décadas, la institucionalización de personas vulnerables o estigmatizadas? ¿Hasta qué punto formaban parte estos espacios de la construcción de nuestra identidad nacional? ¿De qué manera configuraron la familia irlandesa? ¿Era Tuam una anomalía o las altas tasas de mortalidad y los enterramientos secretos eran la norma? ¿Hubo alguien dentro de las órdenes religiosas o la Iglesia que alzara la voz contra el trato dispensado a mujeres y niños? ¿Por qué los ciudadanos de a pie nunca cuestionaron estas prácticas?

El juicio moral, reconocer que estas instituciones y la cultura que las sustentó eran crueles, controladoras y profundamente misóginas, resulta sencillo. Lo complejo, desde nuestra perspectiva actual, es intentar adentrarse en la mentalidad y los métodos de quienes las construyeron y perpetuaron. Las monjas que las crearon y gestionaron, los eclesiásticos y políticos que las respaldaron, los funcionarios públicos que redactaron informes sobre ellas, los médicos, sacerdotes y trabajadores sociales que les enviaron mujeres, las familias que les entregaron a sus hijas, y, por supuesto, las madres y los niños que vivieron allí.

Miles de mujeres y niñas cruzaron las puertas de St. Patrick, el hogar materno-infantil de las Hijas de la Caridad. Entre 1924 y 1930, murieron allí seiscientos sesenta y dos niños, casi dos por semana. Entre 1940 y 1965, se donaron los restos mortales de hasta cuatrocientos cadáveres para investigaciones médicas sin el conocimiento de sus madres. Además, cientos de bebés fueron adoptados en Estados Unidos por familias que, a cambio, hicieron generosas aportaciones económicas.

La hermana Goretti se unió a las Hijas de la Caridad en 1970 y trabajó brevemente en Navan Road, aunque no en el hogar materno-infantil, sino que se dedicó a atender a personas con «retraso severo» en otro centro, que describió como un «sitio encantador», y afirmó que nunca llegó a entrar en la casa destinada a las madres solteras. Según ella, se recomendaba a las religiosas que no la visitaran, por si se encontraban con alguna vecina o miembro de su parroquia criando a un hijo clandestino. La Junta de Salud se hacía cargo de los sueldos, por lo que Goretti consideraba a las religiosas empleadas del Estado. «Lo que hacía la Iglesia era dar una solución a familias en apuros», afirmó. «Era un lugar seguro al que acudir. Y eso era todo, en realidad. Se trataba de un lugar seguro. Y el problema se resolvía, aunque no del todo».

Su análisis sobre la necesidad de ese tipo de organizaciones abarcaba dos aspectos. Primero, recordó la presión social de los años cincuenta y sesenta en su Tipperary natal, donde habrían repudiado de inmediato a cualquier madre soltera. «La verdad es que tampoco creo que a mis hermanos les hiciera mucha gracia a estas alturas que una de sus hijas... Supongo que lo tolerarían... En fin, ya me entiendes». Más tarde, planteó el problema desde el punto de vista económico: «[Muchas] querían quedarse con los bebés, pero no reunían las condiciones necesarias. No podían tener un empleo». Sugirió que la gente tendía a culpar a la Iglesia porque era un blanco más fácil que sus propias familias, o incluso que ellos mismos. En su opinión, la Iglesia y las hermanas de su orden habían proporcionado un santuario a las mujeres rechazadas por la sociedad.

El Gobierno aún se debatía entre exhumar o no los cuerpos hallados en Tuam. «Desconozco lo que ocurrió allí. Debió de ser un *shock*». En cuanto a las altísimas tasas de mortalidad infantil señaló que, en la época, era normal debido a la falta de vacunas. «Los niños de hoy están mucho más sanos. Por eso creo que es muy complicado juzgarlo desde la actualidad».

En realidad, quise incidir en que, más allá de cómo hubieran muerto, lo que había suscitado el escándalo era el hecho de que los hubieran enterrado en una fosa séptica.

«No, eso no estuvo bien», reconoció, negando con la cabeza. «Desde luego, no fue lo correcto [...]. No se puede hacer eso. No estuvo bien».

La siguiente vez que me reuní con la hermana Goretti, poco antes de la Navidad de 2017, la encontré ocupada escribiendo cartas de agradecimiento a las representantes de los numerosos consejos de la orden. «Me ha sorprendido la cantidad que hay», me comentó. Las órdenes religiosas, en colaboración con el Estado, siguen siendo pilares fundamentales de los servicios sociales en este país. Las Hijas de la Caridad, además, tienen varias misiones en el extranjero. Goretti, en concreto, se estaba preparando para su viaje anual a Kenia, donde había tres jóvenes listas para hacer sus votos.

En Irlanda, todavía existía un goteo de mujeres que entraban en órdenes de clausura, aunque ya nadie se unía a las de vida activa. A pesar de todo, ella hablaba con entusiasmo de la labor de las Hijas de la Caridad, destacando las campañas contra la trata de seres humanos, un problema moderno en el que intentaban implicar a estudiantes y jóvenes. Pensé en recordarle las acusaciones que ya pesaban contra ellas y otras por el tráfico de bebés enviados en adopción a Estados Unidos, pero me abstuve.

La conversación derivó hacia Gerry Adams, que acababa de renunciar como presidente del Sinn Féin[3]. Señaló entonces que otros partidos continuaban sacando a relucir los antiguos pecados de los republicanos. El paralelismo con su propia situación era evidente, aunque ninguna de las dos lo expresó de viva voz. Sí hablamos de las consecuencias de décadas de escándalos clericales. Me explicó que, cuando la misa aún era popular, había un sentido de comunidad que se reflejaba hasta en gestos como el saludo de la paz: estrechar la mano de quienes te rodeaban suponía una conexión momentánea.

Le mencioné un grafiti que había cerca de mi piso, en el centro de la ciudad: la imagen del papa con un jersey en favor de la Derogación. No tardó en encontrar la conexión entre el aborto y los hogares materno-infantiles: «Hablamos de hogares materno-infantiles y de niños no deseados hace cuarenta, cincuenta,

[3] Partido político irlandés asociado históricamente con el movimiento republicano y nacionalista de Irlanda. (N. de la T.).

sesenta años. En mi opinión, en la actualidad el número de abortos es el mismo, aunque tal vez los motivos sean distintos».

Cuando le pregunté si quedaba alguien en la orden que pudiera darme más información sobre el St. Patrick, me dijo que la hermana Maeve era una experta en la materia, pero, por desgracia, había fallecido hacía poco, a los noventa y ocho años. Fue una trabajadora social pionera en los servicios de acogida modernos en Irlanda. Por casualidad, descubrí que había sido compañera del padre de un amigo mío, quien me contó que en los años ochenta el conocido consultor de relaciones públicas Terry Prone les había asesorado sobre la mejor manera de promover la acogida entre el público, con el objetivo de desinstitucionalizar el sistema.

¿Por qué no me habría remitido a Maeve en nuestro primer encuentro? En aquel momento, aún vivía y, según Goretti, había conservado la lucidez hasta el final. «No deja de ser injusto, porque ninguno de los que están aquí ahora estuvieron allí», reflexionó. «Todos los que trabajaron allí ya han fallecido, o casi».

Me explicó también que las Hijas de la Caridad se sentían divididas entre la lealtad a la comunidad y a la orden. Aun así, intentaban centrarse en el presente. «Culpar a las monjas de hoy por lo que sucedió en aquellos tiempos sería como culparme a mí por algo que hizo mi abuelo». Describió la Irlanda del pasado como una isla marcada por la pobreza, donde la mayoría de las familias no podían afrontar la carga de una mujer soltera con un hijo. La vergüenza y la miseria eran un cóctel abrumador que llevaba a los padres a echar de casa a sus hijas embarazadas. «Era duro, era duro por la vergüenza».

Pero ¿de dónde provenía esa vergüenza?

2
LA COCINA DE LECHE

A apenas unos cientos de metros de la casa provincial de las Hijas de la Caridad, en una calle retirada llamada Temple Hill, en la ladera que desciende hacia la bahía de Dublín, se alza una antigua y majestuosa mansión georgiana. Hoy en día, Neptune House está rodeada por un anillo de casas modernas, parte de una urbanización privada con coches caros aparcados en los caminos de entrada. Cuando era adolescente, antes de que construyeran este nuevo barrio, solía pasar frente a ella, con mi uniforme azul marino, cinco días a la semana, de camino a la estación de tren para ir al colegio. No conocía su nombre, ni mucho menos lo que había ocurrido entre sus muros.

Neptune House tiene una historia dilatada y pintoresca. Fue hogar del conde apodado como Copperfaced Jack[4] y más tarde sirvió como refugio a tropas británicas enviadas a sofocar el Alzamiento de Pascua. Sin embargo, mi interés se centra en lo que sucedió allí desde octubre de 1930, cuando admitieron al primer

[4] «Copperfaced Jack» fue el sobrenombre de John Scott, un destacado abogado y juez irlandés del siglo XVIII conocido por su carácter polémico y su afición a la bebida. El mote, que hacía referencia a su tez rojiza, ha perdurado en el folclore irlandés. (N. de la T.).

bebé en el hospital para niños gestionado por religiosas, hasta 1986, cuando el Departamento de Salud ordenó su cierre.

Las primeras décadas de la St. Patrick's Guild pueden reconstruirse a partir de los registros conservados en los archivos diocesanos de Dublín. En 1910, una tal Lizzie Hawthorn Carr, entonces responsable de un hogar infantil protestante en la ciudad, acudió a su vecina, Mary Cruice, con una solicitud: que asumiera el caso de una joven católica y su hijo. Cruice, sin experiencia previa en este campo, quedó impactada por la ausencia de organizaciones católicas que atendieran a los llamados «bebés no deseados»; un vacío que la llevó a fundar la St. Patrick's Guild, para la que no tardó en encontrar aliados. Un sacerdote del centro de Dublín, la condesa Plunkett y un miembro influyente de la Sociedad de San Vicente de Paúl se unieron a su causa. Los casos comenzaron a llegar rápidamente. En 1917, la St. Patrick's Guild abrió su propia oficina en el número 50 de Middle Abbey Street. Un año después, la Junta de Gobierno Local les otorgó una subvención.

Esta organización publicaba informes anuales en sencillos folletos en blanco y negro. Las portadas llevaban el lema «Salvemos a los niños» y una ilustración de San Patricio, con su túnica y su cayado en la mano. Los llamamientos para donar prometían: «Salve a los niños y salvará a la nación», «La obra es nacional, es irlandesa, es católica». En la contraportada, se invitaba a los lectores a apadrinar una cuna. Por cinco libras se le podía poner el nombre de un ser querido fallecido; por veinticinco, se apadrinaba una durante un año; y por doscientas cincuenta, dotar una cuna a perpetuidad, asegurando «un ruego constante a Dios todopoderoso para que la cubra de gracias y bendiciones». Tras la muerte de la señora Margaret Rowe, miembro del comité y benefactora, se creó la «cuna de Santa María Magdalena».

Algunas de las octavillas incluían fotos en blanco y negro de bebés y niños pequeños con calcetines y zapatos blancos rodeados de ilustraciones de rosas, junto a una lista de sus cualidades anunciando que estaban «en adopción». A Winnie, por ejemplo, se la describía como «una de nuestras preferidas, una niña de seis años encantadora». Lo mismo ocurría con Joseph, «un saludable pequeño de dos». Se animaba a las parejas adecuadas a presentar su solicitud.

En 1919, Mary Cruice fundó en Mountjoy Square un «hogar para bebés» que también servía como centro de formación para enfermeras. Tras la independencia de Irlanda, la cuestión de los embarazos fuera del matrimonio se convirtió en una preocupación nacional. Además, persistía el temor, heredado del siglo XIX, de que los niños cayeran bajo la influencia de organizaciones protestantes proselitistas. En el supuesto de que la fe de una madre o un niño pareciera correr peligro, la St. Patrick's Guild remitía el caso a la Catholic Protection and Rescue Society [Sociedad Católica de Protección y Rescate].

La misión de la St. Patrick's Guild, rezaba uno de los folletos, era asistir a las madres solteras «cuyos antecedentes ofrezcan esperanza de redención», así como a madres y niños cuya confesión corriera peligro si no recibían ayuda. Su objetivo era asegurar que se bautizaría a los bebés en el catolicismo y se los colocaría con familias respetables. Gestionaban adopciones, proporcionaban alojamiento y empleo a las mujeres, e incluso, «ocasionalmente», concertaban matrimonios. En el mismo texto se subrayaba, sin embargo, que, aunque ofrecieran protección, no pretendían ser un refugio del que se pudiera abusar. Sólo ayudaban a aquellas que «deben su desdichada situación a la credulidad, la insensatez o el impulso, más que a una maldad inherente».

Un documento enviado al arzobispo de Dublín revelaba que, entre 1923 y 1926, la organización se había hecho cargo de más de quinientos casos, al menos uno de cada uno de los treinta y dos condados, junto a veintiocho «procedentes de Inglaterra». Desde 1910, Mary Cruice afirmaba haber «tratado no menos de entre cinco mil y seis mil», incluidos algunos provenientes de Inglaterra, Escocia, América y hasta uno de Francia. «Pertenecían a todas las clases, desde las hijas de profesionales a las de granjeros», escribió. «Algunas eran muy cultas; otras, analfabetas. Y, en su mayor parte, muy ignorantes de su religión». Describió a la mitad como «un poco anormales», aunque destacó que la mayoría «salieron adelante satisfactoriamente, y muchas se casaron». Una cuarta parte, sin embargo, «recayó». A las mujeres se les exigía que pagaran por la manutención de sus hijos. Los casos que no podían ser atendidos se remitían a otras instituciones, a las autoridades locales o a los párrocos.

En los folletos se publicaban asimismo «casos de muestra» numerados, acompañados de titulares sensacionalistas como «El caso de la esposa descarriada», el «de la lisiada» o el «de la desamparada». El número 2059 describía a «una muchacha muy respetable» que había sido traicionada con una promesa de matrimonio. La joven, muy encariñada con su bebé, rechazó la propuesta del padre de contraer matrimonio a cambio de renunciar al niño y decidió mantenerlo con sus propios ingresos. Otro, el 1859, relataba la historia de un bebé nacido de «una joven de padres decentes» que al final adoptó una pareja «de vacaciones procedente de las colonias». Más tarde, se descubrió que el adoptante era el tío abuelo biológico del pequeño, lo que calificaban como «un cuento de hadas». Una joven con un destacado cargo público fue seducida por un hombre que no podía casarse con ella. La situación la llevó «al borde de la autodestrucción» hasta que intervino la organización.

En un caso más inusual, el número 1733, «las simpatías recaían principalmente en el hombre», un esposo que se había «enredado» con una joven que amenazaba con arruinar su hogar. Otra joven embarazada y soltera que, para «evitar el escándalo», había huido a Liverpool, constituía el 483. Después de que una sociedad católica de rescate la devolviera a Dublín junto con su bebé, ella, enamorada del padre de su hijo, también casado, trató de abandonar el país con él y con el pequeño. «La Providencia actuó», documentó Cruice: sus intenciones llegaron a oídos de la organización y se la interceptó. A todas luces, las sociedades de rescate dependían de una red de informantes. «Se tomaron medidas de inmediato y se frustraron sus planes. Por supuesto, se la mantiene bajo estricta vigilancia».

En 1923, cuarenta y un niños dependientes de la organización fallecieron, diecisiete de ellos a causa de «marasmo» o desnutrición. El doctor Reddin, encargado de las revisiones médicas, lo explicó razonando que «nuestros bebés son de una clase tal que están predestinados a la enfermedad». Consideraba que las tasas de mortalidad resultaban satisfactorias, dadas las circunstancias. A los bebés sanos los describía como «aves de paso camino de sus padres adoptivos».

En 1929, la organización adquirió Neptune House y estableció allí el St. Patrick's Infant and Dietetic Hospital, conocido más tarde como Temple Hill. Aunque se le llamaba hospital, no admitía a los bebés por problemas de salud, sino por hallarse a la espera de la adopción. La mayoría eran hijos de madres solteras remitidas desde hospitales públicos, hogares de maternidad o instituciones materno-infantiles. El primer bebé ingresó en octubre de 1930. El personal incluía a una matrona, «doctoras» residentes, dos hermanas enfermeras certificadas por el Estado, una enfermera titular, un ama de llaves y dieciocho enfermeras en formación.

En los años treinta, Mary Cruice describió Temple Hill como un lugar destinado a «mujeres embarazadas de clase acomodada, infractoras primerizas, con una reputación intachable». Estas representaban diversos sectores de la sociedad, entre ellos enfermeras, profesoras, «hijas de granjeros respetables y, ocasionalmente, de profesionales». Le preocupaba que las «primerizas» pudieran relacionarse con mujeres que ya se habían quedado embarazadas varias veces fuera del matrimonio en los hogares materno-infantiles. Tenía estadísticas de un sacerdote de Londres que reportaban un descenso en el número de chicas irlandesas que acudían a la ciudad «con problemas», algo que ella atribuía a la apertura de nuevos hogares en Bessborough y Roscrea, así como al de Tuam, que aceptaba casos prenatales.

En 1938, Cruice escribió al arzobispo Byrne para informarle de que el número de «madres solteras» que solicitaban ayuda estaba aumentando. En su carta adjuntó detalles de casos registrados en la archidiócesis de Dublín. La mayoría llegaba con la recomendación de un sacerdote local, como una cocinera a la que el párroco de Blackrock persuadió para que ingresara en el St. Patrick. Muchas de las mujeres trabajaban como sirvientas domésticas y, en algunas ocasiones, estaban embarazadas de sus empleadores. También había mecanógrafas, limpiadoras, obreras, modistas y una confitera. Los hombres, por su parte, solían estar ausentes del proceso: «El padre putativo no contribuye» o «El padre putativo se negó a colaborar». Las «observaciones generales» resumían historias complejas en pocas palabras. En un caso, una joven de veintitrés años se quedó embarazada mientras vivía con unos parientes en Limerick. «El padre putativo es el tío de la chica», rezaba el informe. No se mencionaba su nombre, ni se indicaba si se había informado a los *gardaí*[5].

Hacia 1937, la organización cerró la residencia de Mountjoy Square y abrió St. Gerard, un hogar para madres y bebés en honor de San Gerardo —patrón de las mujeres embarazadas— en un edificio llamado Lowville de Herbert Avenue, en el acomodado barrio dublinés de Merrion. En 1938, el arzobispo recibió una

[5] *Garda* es el término en irlandés para referirse a la policía irlandesa, tanto a sus agentes como a la institución en general. (N. de la T.).

copia de la carta escrita por los residentes de éste, quienes se dirigían a un agente inmobiliario para expresar su descontento por la presencia de madres solteras en el vecindario. Consideraban que su uso como «hogar de maternidad para madres solteras» era desafortunado y que, de haber tenido oportunidad, «habrían reaccionado sin dilación» contra esta «intrusión no deseada» en su comunidad. «Uno se imaginaría que una institución de este tipo tendría el decoro de ocultar su actividad», cuando, por el contrario, según protestaban, las mujeres andaban por la avenida sin ningún pudor, «no siempre recatadas», y «se relacionaban con algunos hombres». En particular, les preocupaba la cercanía de la escuela de equitación local y sus mozos de cuadra. «La atmósfera que el hogar genera y la ausencia del digno enclaustramiento que debería caracterizarlo ha producido en el vecindario la incómoda convicción de haber dejado de vivir en un buen barrio», se lamentaban.

Una tal señorita Jennings, de la National Society for the Prevention of Cruelty to Children [Sociedad Nacional para la Prevención de la Crueldad contra los Niños], también escribió al arzobispo sobre las internas de St. Gerard: «Chicas que, incluso en avanzado estado de gestación, se atreven a entrar en las tiendas, a caminar por la calle o a interactuar con hombres indeseables que merodean cerca de los portales». «Cabe afirmar que existe cierta desvergüenza en la libertad con la que se comportan en público», añadía. Tal vez por estas objeciones, St. Gerard sólo proporcionó esos servicios unos años.

La carta de la señorita Jennings detallaba asimismo las cuotas que pagaban las mujeres. Si podían abonar tres guineas, se les permitía dar a luz allí mismo; de lo contrario, se las remitía a la maternidad de Holles Street. «Luego regresan con sus bebés y la señorita Cruice les consigue a una madre adoptiva o se queda con el niño». La madre, u otra persona responsable, pagaba noventa libras si el bebé era niño y ochenta si era niña, de las cuales cuarenta se destinaban a una madre de acogida durante dos años. Que la señorita Cruice se quedara con el bebé acarreaba un gasto de treinta chelines al mes «hasta amortizar la suma acordada» o hasta que el niño cumpliera tres años y pudiera ser «enviado a una escuela industrial».

Ya en 1927, Mary Cruice había intentado transferir la administración de la St. Patrick's Guild a la archidiócesis, aunque finalmente no cedió su control a las Hermanas de la Caridad hasta 1943.

Una de las principales inquietudes de la organización bajo la gerencia de las hermanas fue la adopción en el extranjero. Para la Iglesia, el problema no radicaba en que no existiera una base legal para la adopción —que no se estableció en Irlanda hasta 1953— ni que los niños fueran adoptados en otros países, sino en que las familias adoptivas no fueran católicas. En 1950, la hermana Joseph Byrne escribió al arzobispo de Dublín, John Charles McQuaid, asegurándole que estaban investigando rigurosamente la fe católica de los adoptantes de Estados Unidos. La respuesta del palacio arzobispal fue clara: las hermanas debían «tener la amabilidad de conseguir una declaración jurada explícita en cada caso de que los adoptantes educarán a los niños en escuelas católicas y presentarla antes de permitir la salida de los niños».

En 1951, la publicación de varios artículos que expresaban desasosiego por la «exportación» de niños irlandeses a Estados Unidos provocó un intercambio de correspondencia entre el secretario del arzobispo McQuaid, el padre Chris Mangan, y los abogados de la St. Patrick's Guild. Al principio, consideraron «imprudente» responder de manera pública, ya que cualquier declaración tendría que abordar «la principal denuncia que plantean», de modo que decidieron redactar un texto de disculpa y presionar para que el *Irish Times* hiciera lo propio por lo que habían publicado sobre el tema.

En los años sesenta, tras la construcción de un nuevo anexo, Temple Hill tenía capacidad para albergar a casi un centenar de bebés. Aunque las mujeres y los niños entraban y salían constantemente de sus instalaciones, mi padre, que se crió en la misma calle, no sabía nada sobre la institución. Un amigo de la familia, que trabajó como *garda* local durante una década en los años setenta, me confesó que siempre pensó que era un convento.

Los documentos de los archivos diocesanos proporcionaban una perspectiva reveladora sobre la historia institucional de la St. Patrick's Guild y de Temple Hill, así como sobre la mentalidad de quienes los supervisaban. Sin embargo, apenas suministraban pistas sobre el ambiente que reinaba en su interior.

Un día, me topé con un artículo sobre Niall Fortune, fundador de la cadena de comida rápida Eddie Rocket's, en el que hablaba del peor empleo que había tenido. Fortune relataba que, de adolescente, había trabajado en Temple Hill con su tía monja, la hermana Joseph Fortune: «Pasé tres meses lavando miles de pañales al día. Conseguí endiñarle el puesto a un amigo en cuanto me salió algo mejor».

Intrigada, me puse en contacto con él. Me confirmó que, en efecto, había estado allí a mediados de los años setenta y describió una enorme lavandería con barriles rebosantes de pañales, de la que se encargaban una monja muy mayor y otra mujer. Las salas eran luminosas y espaciosas, y el lugar parecía bien gestionado. Aun así, se preguntaba si las enfermeras eran «de verdad» o, quizá, madres solteras que trabajaban allí mientras sus hijos estaban al cuidado de la religiosas. Recordaba que, de vez en cuando, llegaba un coche y se llevaba a un niño. En aquel momento, no le dio mayor importancia.

En foros y grupos de Facebook, encontré a adoptados que buscaban información sobre el lugar donde habían pasado los primeros meses o años de su vida. ¿Quién los había cuidado? ¿Alguien los abrazó o les dio cariño? Formaban una comunidad unida por el desconocimiento compartido. También intervenían antiguas enfermeras y de familiares de mujeres que se habían formado y trabajado en Temple Hill.

Aunque la mayoría de los hogares materno-infantiles estaban dirigidos por religiosas, Temple Hill dependía de un equipo en constante renovación de jóvenes laicas que cuidaban de los bebés al mismo tiempo que se formaban como enfermeras. Ellas fueron testigos de primera mano del funcionamiento interno de la institución. En una publicación de Facebook, una mujer contaba que había llegado allí desde Cobh en 1979, con sólo dieciocho años, para aprender el oficio. El Viernes Santo de 2017, el último oficialmente seco[6] en Irlanda, quedé con Jennifer Sadurski en una cafetería de la última planta de los almacenes Arnotts, en el centro de Dublín, justo encima de la sección de ropa y lencería femenina.

Durante nuestra charla, Jennifer dejó, en la mesa que se encontraba entre nosotras, una pila de fotos en color que sacó de un sobre blanco que llevaba en el bolso. Me permitió examinarlas con detenimiento. Tenía ante mí instantes capturados dentro del «hospital infantil».

Pequeñas y borrosas, estas imágenes clandestinas se habían tomado en los turnos de noche, cuando la monja, la matrona y las enfermeras titulares más veteranas ya estaban en la cama. En ellas, aparecían joviales rostros adolescentes: enfermeras en prácticas con tocados blancos puntiagudos y vestidos de cuello alto, también blancos. Posaban en posturas exageradas y dramáticas, animándose entre ellas, suspendidas al borde de la risa o atrapadas en estallidos de carcajadas. Sobre un fondo de papel

[6] Hasta 2018, las leyes irlandesas prohibían la venta de alcohol durante el Viernes Santo como parte de las tradiciones religiosas del país. El de 2017 fue el último Viernes Santo seco antes de que se levantara esta prohibición. (N. de la T.).

pintado de flores rosas, una joven encaramada al alféizar de una ventana hacía equilibrios con un pie mientras extendía la otra pierna hacia atrás, como si estuviera actuando en un cabaret. Con las contraventanas de madera blanca abiertas, se aferraba al cordón de la cortina como si fuera Tarzán. Debajo, otra enfermera, con una rebeca oscura y andrajosa, sonreía con un aire culpable señalando un cartel de PROHIBIDO FUMAR a los pies de una estatua religiosa. Otra fotografía muestra a la propia Jennifer con una pierna en la encimera de la cocina y una sonrisa rebelde en su rostro tratando de demostrar que saltando por encima de la isla de acero alcanzaría el armario donde se guardaban las galletas. No pasó mucho tiempo antes de que una de las monjas lo descubriera y lo cerrara con llave. La comida que les daban resultaba difícil de tragar, recordaba. No dejaba de ser una buena manera de cuidar la línea.

Y luego estaban los bebés. Vi a Jennifer y otra enfermera sentadas dentro de una cuna, una de muchas, con las piernas colgando de los barrotes metálicos con la pintura blanca desconchada, cada una con dos bebés en el regazo. Éstos, ya casi en edad de dar sus primeros pasos, vestían camisetas y chaquetas de punto en tonos suaves. Uno abría la boca para reírse; Jennifer pellizcaba las mejillas del otro. En las cunas, bastante grandes, cabía más de un niño.

Jennifer me confesó que por aquel entonces no tenía «ni idea» de la existencia de los hogares materno-infantiles. Sus padres no hablaban de ese tipo de cosas. Según dijo, cuando empezó a trabajar en Temple Hill, «No era consciente de por qué estaban allí esos bebés, que se daban en adopción porque sus madres no podían quedárselos». Las enfermeras en prácticas charlaban a menudo, especulando sobre las posibles razones por las que les llegaban tantos recién nacidos en apariencia sanos.

Con el tiempo, fue entendiéndolo. Disfrutaba cuidando a los pequeños, pero odiaba la cocina de leche, dos salas separadas por una ventanilla en la parte delantera del edificio donde la enfermera titular, con guantes y cofia, mezclaba la fórmula y preparaba los biberones. Las aprendizas se encargaban de fregar las enormes ollas donde se hervía la leche. Cuando le tocaba trabajar allí, debía atender la puerta principal. Recibía a mujeres de todas las edades, muchas más jóvenes que ella, que se presentaban en el hogar con sus bebés en brazos. A menudo lloraban; a veces iban acompañadas de padres lívidos o amistades visiblemente nerviosas, y entregaban a sus hijos a las monjas.

«Era descorazonador», me reconoció. «Rompía a llorar, sobre todo al ver a los padres, que las obligaban, incluso recurriendo a la fuerza, a entregar a sus bebés».

Ella las conducía a una sala y esperaba a que bajara la monja que las atendería. Nunca escuchó lo que se decía en esas reuniones, pero tenía la impresión de que el procedimiento no era del todo justo, y eso la carcomía por dentro. Sospechaba que se tomaban decisiones por las madres. Se acordaba de un padre muy alto al que asoció con un *garda* y de una chica, que aparentaba poco más de veinte años, que iba con una amiga. «No nos permitían hablar con ellas. Mi labor era guiarlas hasta esa sala donde tratarían con la monja. Por lo general, su llegada estaba prevista».

El hospital de Coombe depositaba a los bebés en Temple Hill con etiquetas identificativas. No olvidaba a una niña prematura. Cuando fueron a bañarla, descubrieron que alguien le había garabateado su nombre y su fecha de nacimiento con tinta roja en la espalda. Pensaron que las enfermeras que la habían enviado debían de carecer de empatía para escribir así en el cuerpo de una recién nacida. Jennifer aún recordaba el nombre. Resultó ser una bebé sana, que adoptaron poco después. Sin embargo, la imagen de su espalda seguía atormentándola. Suponía que aquello no habría ocurrido si no hubiera nacido fuera del matrimonio.

En un rincón de una cafetería, escondida al fondo de una tienda abarrotada de marcos de fotos, cachivaches y material para manualidades en el centro comercial de Blanchardstown, quedé con otra mujer que se había formado como enfermera en Temple Hill. Catherine Garton me esperaba sentada a una mesa con una bolsa repleta de planos trazados a mano y fotos. Estuvo en prácticas entre 1974 y 1976 y tenía apenas veinte años cuando obtuvo el título. Los cerezos comenzaban a florecer como nubes de papel rosado cuando, en la penumbra, tras su último turno de noche, se marchó de allí para siempre.

Ahora, con más de sesenta años, hablaba con una voz dulce que podía volverse cortante en cualquier momento: un tono apropiado para una enfermera. Al igual que Jennifer Sadurski, me enseñó algunas fotos. En una salía con una cofia con dos picos, cual orejas de gato.

Cuando terminó la escuela, Cathy empezó a estudiar diseño de vestuario, pero su padre la convenció de que una ocupación tan frívola no tenía futuro. Como le gustaban los niños, le sugirió que se hiciera enfermera. Y lo que él decía solía ser ley.

El sábado anterior a iniciar su formación en Temple Hill, asistió a un baile. Le encantaban los bailes. A veces actuaba el cantante Red Hurley, con su melena cobriza, vestido de lino blanco. Aunque no recordaba quién tocó aquella noche en particular, sí se acordaba del que más tarde se convertiría en su marido. Él la invitó a otro baile la noche siguiente, al que no pudo ir porque se incorporaba a su nuevo trabajo el lunes por la mañana. Además, se mudaría allí, y era la primera vez que se alejaba de casa. Cuando llegó, la matrona responsable la acompañó a su habitación y le entregó un uniforme y un velo. A las ocho debía estar lista para el desayuno.

A la mañana siguiente, se encaminó hacia las demás jóvenes, reunidas en la recepción. Sus risas la tranquilizaron. El aire olía a polvos de talco y en las salas se oía el murmullo de los bebés. Sus compañeras se quejaban del rigor de las monjas, pero, como ella era la mayor de su familia, estaba acostumbrada a las tareas pesadas. Se volcó en el cuidado de los pequeños. Un abrazo o una canción transformaban su mundo, y eso era lo más gratificante para ella. «Los adultos pueden ser distantes y secos, los niños siempre te aceptan». No sabía por qué estaban allí, sólo que eran muchos. Nunca hizo preguntas.

En su época, la directora era la hermana Francis Lombard. Trabajaba con una matrona y varias enfermeras titulares. Falleció en 2015, y Cathy me recomendó leer su obituario en la página web de las Hermanas de la Caridad. Describía a una amante de la música, de los caballos y de la familia real británica: una sobrina solía enviarle recortes de la revista *Hello!* con fotos de la aristocracia. Nacida en Cork en 1928, tuvo tres hermanas, todas religiosas. Ingresó en las Hermanas de la Caridad en febrero de 1947, a punto de cumplir diecinueve años, y en agosto tomó el hábito y el nombre de Teresa Aloysius. Pasó «breves temporadas» en Donnybrook, el hospital de St. Vincent y Cork, entre otros destinos, antes de completar una formación de dos años en gestión de guarderías. Trabajó en Temple Hill desde 1958 hasta 1987. «Su ministerio incluía el cuidado de los niños antes de su adopción y la dirección de una escuela de formación para enfermeras especializadas en puericultura», señalaba la nota, y añadía: «Había una gran demanda de este tipo de profesionales tanto por parte de familias como por la de maternidades y unidades de neonatología».

«No quiero dedicarles ni un minuto de mi tiempo», comentó en alusión a las monjas. «Me formaron, hice prácticas, trabajé con ellas, y no conocí a ninguna decente». Meneaba la cabeza al decirlo: «A ninguna». Luego hizo una excepción: había una en el colegio a la que tenía cariño. Era la única a la que consideraba un ser humano normal. «Les faltaba esa conexión», caviló. «No sé si es que se la sacaban a palos o es que nunca la tuvieron».

Cathy desplegó en la mesa un folio con una fotocopia del plano de Temple Hill, dibujado a mano a partir de sus recuerdos, con las distintas salas del hospital, cuidadosamente etiquetadas con sus nombres. Neptune House, a la que ella llamaba «el convento», era donde residía la hermana Francis Lombard junto con otras monjas, suponía. Desde la entrada, se encontraba a la izquierda, mientras que justo enfrente estaba el anexo en forma de L que databa de los años sesenta. Esta construcción de dos plantas y techo plano albergaba las habitaciones de las enfermeras en formación y las salas de los bebés.

La primera en la que Cathy trabajó fue St. Mary, destinada a los más pequeños. Según señaló, una puerta la conectaba con el convento, proporcionando a las religiosas un acceso directo. En el extremo opuesto del edificio, en paralelo a St. Mary, estaba St. Joseph, donde se cuidaba a los bebés mayores, que tenía unas puertas dobles que conducían al convento y servían de entrada a la capilla. «En mis tiempos, los niños salían por allí». Una enfermera titular les indicaba a qué bebé debían preparar. Entonces, Cathy cogía un bodi y una mantita amarillos, calentaba un biberón y atravesaba con el pequeño las puertas dobles hasta las suntuosas dependencias del convento, donde lo esperaban sus futuros padres adoptivos. En aquella época, la entrada de personas ajenas al hospital estaba estrictamente prohibida, salvo a las madres que visitaban a sus bebés, a quienes se escoltaba hasta una sala de la planta baja. La demanda era tan alta que Cathy sospechaba que existía una lista de espera de matrimonios que «reservaban» criaturas.

Me explicó que, en sus conversaciones recientes con adoptados, la primera pregunta que solían hacer era cómo los cuidaban y cómo era en verdad el lugar. Habían escuchado historias de ropa sucia y habitaciones oscuras y heladas, abarrotadas de catres. Ella insistía en que no se correspondían con su experiencia. Podían decirse muchas cosas de las religiosas, pero, durante su estancia en Temple Hill, los niños siempre estuvieron atendidos, bien vestidos y rodeados de lo mejor. Llevaban batitas de algodón hasta cumplir seis semanas y después bodis de colores. Si se estropeaban, los tiraban, sin más. La ropa de cama era de buena calidad y las salas estaban pintadas de colores Berger, una empresa moderna especializada en tonos atrevidos para la época: rosas, lavandas y amarillos. El lugar que describía parecía un mundo muy distinto al hospital donde había trabajado Jennifer Sadurski unos años más tarde, donde la ropa era donada y las enfermeras competían por quedarse con las mejores prendas para sus pequeños. En las fotos de Jennifer, las camisetas nunca acababan de quedarles bien.

Con un boli, Cathy fue señalando las distintas salas en el croquis que había esbozado. En la planta baja del edificio anexo estaba el comedor del personal y, subiendo tres escalones, la sala de St. Joseph, cuyas puertas dobles conectaban con el convento. Ésta alojaba a bebés desde los nueve meses hasta que aprendían a caminar. Había diez cunas, aunque sólo nueve se ocupaban; la décima se usaba para cambiar a los niños. Las aprendizas lavaban y abrillantaban de rodillas el suelo de parqué. La entrada al convento tenía que estar reluciente. Algunas caminaban con trapos en los pies y se deslizaban de un lado a otro para pulirlo.

A lo largo del pasillo principal se encontraban la enfermería, la cocina de leche y una sala de espera. Un corredor conducía a una amplia sala de juegos en la que los niños pasaban parte del día. Desde allí, unas puertas daban acceso a un pequeño jardín donde, en algunas ocasiones, disfrutaban del sol. En la planta baja estaban asimismo el despacho de la matrona, una lavandería y dos dormitorios para niños mayores —desde que aprendían a caminar hasta los tres años aproximadamente—, con diez cunas cada uno. Además, había un lavadero para los pañales sucios y los cubrepañales impermeables que se utilizaba igualmente para enseñar a los pequeños a usar el orinal.

Aunque en bastantes casos la estancia se alargaba más de lo habitual por problemas de salud, creía que, por lo general, esto se debía a otras razones. «Puede que la mamá no hubiera firmado el formulario que autorizaba la adopción. O tal vez pagaba para que se quedasen allí hasta que consiguiera poner su vida en orden». Mencionó que muchos fueron devueltos tras haber sido «dados en adopción».

Las escaleras llevaban al primer piso, en el que estaba la sala de St. Bernardette, dotada con diez cunas para bebés de entre seis y nueve meses. Más adelante estaba St. Agnes, dedicada a la santa Inés de Roma, con cuatro cunas para los más pequeños. Representada por un cordero, a santa Inés se la venera por su martirio a la tierna edad de doce o trece años después de haber rechazado repetidas propuestas de matrimonio. Estaba desposada con el Señor y Él la quería intacta. Según la tradición, la arrastraron desnuda por las calles hasta un burdel como castigo, pero su cabello creció milagrosamente para cubrir su cuerpo, y los hombres que intentaron violarla quedaron ciegos. Más tarde, cuando intentaron quemarla en la hoguera, las llamas no la alcanzaron y tuvieron que decapitarla. Los fieles limpiaron su sangre con paños. Murió como virgen y mártir y se convirtió en una santa patrona a la que las jóvenes rezaban para conocer el nombre de su futuro esposo.

A la vuelta del pasillo, estaba la sala de St. Camillus, con la misma disposición que St. Agnes. Al otro lado, en la St. Gabriel, había cuatro cunas para recién nacidos. Estas tres salas eran conocidas como las «privadas», aunque Cathy desconocía el motivo. Eran más pequeñas que las demás y su rotación era más rápida. Frente a ellas, se hallaba St. Teresa, con diez cunas para bebés de entre nueve semanas y seis meses. Santa Teresa de Ávila fue una monja que experimentó episodios de mutismo, dolores trascendentales durante una enfermedad y epifanías sobre el pecado original. Más tarde, practicó mortificaciones de la carne y soportó la visión recurrente de un ángel que le atravesaba el corazón con una lanza, gimiendo con agonía en un éxtasis gozoso del que nunca lograba saciarse. Cuando murió, acogió con entusiasmo el ansiado encuentro con su santo esposo. Enviaron a Roma su pie derecho y parte de la mandíbula, entregaron a España su ojo y mano izquierdos. Franco conservó una de sus manos hasta su propia muerte. París recibió un dedo.

Cada sala contaba con un «libro de baño» donde se registraban los aseos y cualquier anomalía o problema; se anotaba la temperatura de cada bebé y se vigilaban síntomas como dolores de garganta o los más leves indicios de conjuntivitis. Las enfermeras que trabajaron en Temple Hill en años posteriores habían conservado esos libros, que le enviaron a Cathy. También había fichas de ingreso, en las que figuraban el nombre de la madre, el hospital, la residencia o la institución de origen del niño, y una nota indicando si había sido bautizado o no.

Ella recordaba a un bebé que cuidó desde el día en que llegó a St. Agnes, y que apenas había pesado setecientos gramos al nacer. Una mañana, la hermana Francis Lombard miró al pequeño y comentó: «Ay, menuda rata…». Cathy le pidió que no hablara así. «Es con cariño», replicó la religiosa. Al día siguiente, la trasladaron a otra sala. «Era diminuto, pero no era una rata», afirmó, negando con la cabeza.

Para completar su formación, las enfermeras pasaban por todas las secciones, avanzando desde las salas de recién nacidos hasta las de los mayores. Además de cuidar a los pequeños, limpiaban los suelos y hacían turnos de noche. Cathy tenía especial cariño a la sala de St. Mary, la primera en la que trabajó, donde los bebés, muy pequeños, necesitaban una atención constante. Allí, en un ático, había siete cunas para los recién nacidos, que abandonaban a las seis semanas de vida. Fue su primer destino, que duró varios meses, antes de que la asignaran a St. Bernadette, a St. Joseph y, por último, a la cocina de leche.

Como a Jennifer, no le gustaban nada esos turnos. La cocina recibía enormes contenedores de leche sin pasteurizar de las granjas para tratarla y almacenarla. Ésta se transfería de las cubas a gigantescas ollas donde la hervían y le añadían suplementos. Cathy pasaba horas removiendo el cremoso líquido hasta que alcanzaba el punto de ebullición, contando cada vuelta del cucharón para saber cuándo debía cambiar el sentido. La leche tardaba una eternidad en empezar a borbotear, pero, una vez que lo hacía, podía quemarse en un instante, arruinando así toda la olla. En aquella estancia imperaba un silencio casi total, roto sólo por el roce de la madera contra el metal y el gluglú líquido del remolino.

Sin embargo, de repente, un timbrazo interrumpía el sosiego.

Algunas jóvenes se presentaban solas; otras lo hacían acompañadas por una trabajadora social, su madre, una tía o una amiga. Rara vez con un hombre.

«No llegaban llorando», recordó, «pero siempre se marchaban entre lágrimas».

Las había que regresaban para visitar a sus bebés. Con nerviosismo, entregaban a Cathy una tarjeta con un nombre escrito, soslayando su mirada. Ella las conducía a la sala de espera, una habitación pequeña con dos sillas donde debían aguardar a que, después de entregar la tarjeta en el control de enfermería, les llevasen al bebé. Se les concedía entre cuarenta y cinco minutos y una hora con ellos. (Varias de las que más tarde hablaron conmigo me contaron que, en su experiencia, el tiempo se reducía a media hora). Cathy suponía que aún albergaban la esperanza de llevárselos a casa; o bien que iban a despedirse antes de firmar los papeles de adopción.

Rememoró un día en el que, a través de la ventana de St. Joseph, vio a una pareja joven. Ambos eran sorprendentemente altos y llevaban abrigos de cachemira a juego. Se encaminaban hacia la puerta principal cogidos de la mano. Los abrigos le hicieron sospechar que se trataba de padres adoptivos. Sin embargo, poco después los vio marcharse por la misma ventana. La mujer caminaba con dificultad, cojeando, como si le hubieran arrancado las entrañas. «Hay cosas que no se olvidan jamás», susurró.

A mediados de los setenta, los salones de baile seguían siendo muy populares. Terminaba la Guerra de Vietnam, Queen cantaba «Bohemian Rhapsody» y las jóvenes enfermeras de Temple Hill se las ingeniaban para escaparse e ir a bailar. Cathy solía ponerse rulos la noche anterior, ocultándolos bajo su velo lo mejor que podía, aunque siempre se escapaban algunos rizos, lo cual exasperaba a la hermana Francis. «Yo llevaba una vida que ella nunca disfrutó», reflexionó. «Las metían en conventos muy jóvenes, así que no tenían ni idea».

A las diez de la noche, las puertas de Temple Hill se cerraban con llave, así que las chicas reservaban cuartos juntas en pensiones de la ciudad para pasar la noche y regresaban con sigilo por la mañana temprano. La hermana Francis las recibía con miradas de desaprobación. En una ocasión, una enfermera se encerró en una habitación después de una de estas escapadas arguyendo que se encontraba mal. Nadie podía visitarla. «Una noche nos colamos y nos contó que estaba embarazada».

Una familia prominente contrató a Cathy cuando acabó su formación. Sin embargo, el trato era muy injusto y pronto tuvo que volver a buscar un empleo. La propia hermana Francis la colocó en Madonna House, un orfanato en Blackrock administrado también por las Hermanas de la Caridad. (En 1999, la serie documental *States of Fear* de Mary Raftery para RTÉ reveló los abusos físicos y sexuales que se produjeron allí). Solía tener turno de noche. Después de seis meses, cayó tan gravemente enferma que llegó a perder pelo. El orfanato estaba pegado a Linden House, una residencia de ancianos gestionada por la misma orden, donde murió De Valera[7]. La madre Joseph, antigua responsable de Temple Hill, la dirigió antes de que la relevara la hermana Dennis.

Esta última «tenía un libro de contabilidad en la entrada de Linden House, las chicas venían con sus tres libras semanales», me contó Cathy. Con «chicas» se refería a las madres de los bebés, que, según dedujo, sufragaban la manutención de sus hijos. La hermana Dennis registraba las cantidades con meticulosidad. Cuando ella preguntó por aquellos desembolsos, le respondieron: «La gente debe saldar sus deudas».

Las trabajadoras sociales le explicaron lo que ocurría si alguna se retrasaba: «Las monjas se presentaban en su casa en un taxi negro, vestidas de punta en blanco, y la humillaban para que pagara, o hacían lo propio con su familia».

[7] Éamon de Valera (1882-1975). De madre irlandesa y padre español, nació en Nueva York y más tarde se convirtió en una de las figuras dominantes de la política irlandesa del siglo XX: presidente de Irlanda, primer ministro y principal autor de *Bunreacht na hÉireann*, la constitución del país, aprobada en 1937 por referéndum.

3
EN EL ARCHIVO DIOCESANO

Las creencias y estigmas que sustentaban los hogares para madres y bebés, así como las lavanderías de la Magdalena, existían en Irlanda mucho antes de la creación del Estado irlandés independiente. La infraestructura institucional que las respaldaba también se remonta a siglos atrás. Aunque ninguno de los elementos que conformaban este entramado industrial de la vergüenza era intrínsecamente irlandés ni intrínsecamente católico, la Irlanda católica independiente los llevó a una siniestra perfección.

En la Francia del siglo XVII, las Hijas de la Caridad —la orden a la que pertenecía la hermana Goretti— gestionaban un hogar para niños expósitos: bebés abandonados en las calles de París.

Más de un siglo antes de la Gran Hambruna irlandesa[8], se abrió un hospital para niños expósitos en los terrenos de la House of Industry de Dublín. Su objetivo principal era salvarlos del abandono o el infanticidio. En 1730, cuando la institución se dedicó exclusivamente a este propósito, se instaló en sus muros una cuna giratoria. Este dispositivo permitía depositar a los bebés desde el exterior manteniendo en el anonimato la identidad de quien los entregaba.

[8] La Gran Hambruna irlandesa (1845-1849) fue un periodo de altísima mortalidad y emigraciones masivas que cambió de manera radical y permanente el panorama demográfico, político y cultural de la isla. La enfermedad de la patata (*Phytophthora infestans*) arrasó los cultivos de patata en toda Europa durante la década de 1840, pero fue especialmente nociva en Irlanda.

El hospital funcionó hasta 1835. En un panfleto de 1876 titulado «Breve historia del antiguo hospital de niños expósitos de Dublín», publicado por William Dudley Wodsworth, antiguo «inspector de niños expósitos inválidos», se recogían sus conversaciones con «los pocos individuos que aún vivían» con experiencia directa en la institución. Había quedado «muy impresionado por el sentimiento de dolorosa curiosidad y ansiedad» que expresaban muchos de ellos cuando se preguntaban por sus padres biológicos. Miles de huérfanos se enviaban a hogares de acogida antes de ser contratados o «cedidos» a familias protestantes, donde trabajaban hasta cumplir los veinticuatro años, en el caso de los chicos, o los veintiuno, en el de las chicas. Aunque el propósito del centro era evitar la muerte y el «asesinato» de los hijos ilegítimos, la tasa de mortalidad infantil tanto allí como en los hogares de acogida era alarmantemente alta. Durante la década que finalizó en marzo de 1760, la mitad de los más de siete mil ingresados fallecieron, y cincuenta y dos permanecieron en paradero desconocido. Los cadáveres se trataban de manera «indecente e impropia»: se depositaban ocho o diez cuerpos desnudos en un hoyo y se cubrían con cal.

Lady Arabella Denny, quien dedicó tiempo y recursos al hospital de expósitos, fundó en 1767 el Magdalen Asylum for Penitent Females [Asilo de la Magdalena para Mujeres Penitentes] en Leeson Street, Dublín. Fue la primera institución de este tipo en Irlanda y, como muchos de los primeros asilos de la Magdalena, tenía carácter protestante. Numerosas lavanderías de este tipo surgieron como centros de transición dirigidos por laicos, en una época en que el Estado encarcelaba a personas vulnerables, pobres o consideradas moralmente peligrosas. Tras la emancipación católica y la Gran Hambruna, varias órdenes católicas abrieron sus propios asilos de la Magdalena, y, a comienzos del siglo XX, ya existían doce instituciones de gestión católica.

Las Hermanas de los Sagrados Corazones de Jesús y María, una orden francesa con una casa madre en Gran Bretaña, estaban al frente de uno de los primeros «hogares» religiosos de Londres para mujeres embarazadas fuera del matrimonio, el St. Pelagia. Creado por la archidiócesis de Westminster en 1890, tenía como misión principal la reforma espiritual de las jóvenes que ingresaban, que se quedaban allí todo un año. A los bebés los enviaban a una guardería gestionada por las monjas hasta que algún orfanato católico los acogía o admitía. Las Hermanas de los Sagrados Corazones llegaron a dirigir tres instituciones materno-infantiles en Irlanda.

Otro componente clave del entramado industrial de la vergüenza fue el sistema establecido por la Ley de Pobres del Reino Unido y la red de casas de trabajo[9] que se creó en virtud de ésta. Daniel O'Connell[10] ya advirtió en 1839 de que «Irlanda es demasiado pobre para tener una ley de pobres». La pobreza allí, donde millones de personas luchaban por la mera supervivencia, era más extrema que en cualquier otro lugar de Europa. Sin embargo, algunos miembros de la jerarquía católica veían en esta ley una oportunidad para otorgar a la Iglesia a nivel parroquial el poder de exigir a la población que cuidara de sus padres ancianos o de sus hijos abandonados. El país estaba dividido en más de un centenar de uniones de la Ley de Pobres[11], cada una de las cuales gestionaba su propia casa de trabajo, supervisada por una Junta de Guardianes.

[9] Las casas de trabajo nacieron como instituciones de caridad destinadas a albergar a los más desfavorecidos de la sociedad, especialmente lisiados, ancianos, niños y mujeres, donde se les proporcionaba comida y refugio a cambio de trabajo forzado. (N. de la T.).

[10] Daniel O'Connell (1775 -1847). También conocido como «el Libertador», fue un líder nacionalista del siglo XIX en Irlanda. Su apellido da nombre a una de las calles más emblemáticas de Dublín, en cuyo extremo se encuentra una estatua dedicada a él.

[11] Las uniones de la Ley de Pobres eran divisiones administrativas territoriales que se crearon bajo el sistema de la Ley de Pobres en Irlanda y el Reino Unido durante el siglo XIX. (N. de la T.).

A principios del siglo XX, la casa de trabajo de Pelletstown, ubicada en Navan Road, se transformó en una institución para mujeres embarazadas fuera del matrimonio que también acogía a hijos enfermos de parejas casadas que no podían cuidarlos. Este centro público, gestionado por la Junta de Guardianes de Dublín, pasó más tarde a depender de la Junta de Salud del Este. La administración quedó en manos de las Hijas de la Caridad, la orden de la hermana Goretti, que la renombraron como St. Patrick. Con el tiempo, el Estado certificó su capacidad para atender a ciento cuarenta y nueve madres y quinientos sesenta bebés.

En 1913, se fundó la Catholic Protection and Rescue Society con el objetivo de «proteger la fe de los católicos bautizados en Irlanda frente a influencias proselitistas y rescatar a los ya captados por éstas». Su labor se centraba en repatriar a mujeres irlandesas que habían huido a Gran Bretaña para dar a luz, asegurando que sus hijos fueran adoptados por familias católicas.

El Bethany Home, un hogar protestante para madres y bebés, se creó en 1921 tras la anexión de dos organizaciones protestantes de rescate: la Dublin Midnight Mission y la Dublin Prison Gate Mission. Inicialmente situado en Blackhall Place, en el norte de la ciudad, más tarde se trasladó a Orwell Road, en Rathgar. Según los informes, este hogar no distinguía entre «infractoras» primerizas o reincidentes, términos con los que se clasificaba a las mujeres. Los tribunales locales lo usaron como «prisión preventiva» y entre las internas había algunas encarceladas por delitos como el infanticidio. También llegaban madres y niños remitidos por las sociedades de rescate protestantes. Entre 1925 y 1949, más de doscientos niños murieron en el hogar y fueron enterrados en tumbas sin nombre en el cementerio de Mount Jerome.

Tras la independencia de Irlanda, se fundaron numerosos hogares materno-infantiles, muchos en antiguas casas de trabajo o residencias señoriales compradas a la nobleza protestante en decadencia. Según la historia de las Hermanas de los Sagrados

Corazones de Jesús y María escrita por la hermana Rosemary Clerkin, la fundadora de la Catholic Women's Aid Society [Sociedad Católica de Ayuda a la Mujer], una tal señora Neville recorría el campo en busca de familias católicas dispuestas a emplear a madres solteras y acoger a sus bebés. Los consejos locales pagaban un chelín semanal por cada niño acogido, aunque éstos carecían de estatus legal en dichas familias. La señora Neville persuadió a las Hermanas de los Sagrados Corazones para abrir un hogar en Cork. La archidiócesis de Westminster adquirió una finca de ochenta y cinco hectáreas en Bessborough, con vistas al río Lee, y, en febrero de 1922, inauguró allí una institución que recibía niños derivados desde la casa de trabajo local. Dos años después, el obispo de Cork sugirió que también se admitiera a embarazadas. Las mujeres trabajaban en las tierras de la propiedad, donde se producían frutas, verduras, mantequilla y queso. La maternidad se ubicó en un antiguo establo, de modo que, como la Virgen María, las internas daban a luz en lo que alguna vez fue un pesebre.

En 1931, se celebró la primera misa en la institución que las Hermanas de los Sagrados Corazones bautizaron como abadía de Sean Ross, una propiedad adquirida a un pequeño aristócrata en Roscrea, en el condado de Tipperary, con capacidad para ciento cincuenta y dos madres y doscientos niños. Muchas de las mujeres que acudían a la abadía de Sean Ross para dar a luz en secreto habrían contemplado, desde la capilla, una vidriera especialmente diseñada con la inscripción: SI DIOS ESTÁ CON NOSOTRAS, NADIE PUEDE ESTAR CONTRA NOSOTRAS. En 1934, a solicitud de la Junta de Gobierno Local, las Hermanas de los Sagrados Corazones abrieron un tercer hogar en Castlepollard, en el condado de Westmeath. Una subvención de la lotería[12] ayudó

[12] Estas subvenciones eran fondos obtenidos a través de loterías organizadas en Irlanda, conocidas como *sweepstakes* y muy populares en las primeras décadas del siglo XX. Los participantes compraban boletos para optar a premios, y las ganancias se destinaban a diversas causas benéficas, como hospitales u otras instituciones. (N. de la T.).

a costear una nueva unidad de guardería, y la orden instaló en el lugar una lavandería comercial donde las mujeres podían trabajar. Aunque estas instituciones se describían a menudo como «privadas», la denominación era engañosa. Si bien el Estado no participaba de forma directa en su apertura o gestión, todos los hogares materno-infantiles recibían pagos de capitación estatales. Así como resulta inconcebible que existieran sin el papel crucial de las órdenes religiosas, también es imposible imaginar su expansión sin la financiación y el respaldo gubernamental.

El hogar materno-infantil de Tuam, al igual que St. Patrick, nació como una casa de trabajo. Establecida en torno a 1840 por la unión local de la Ley de Pobres, estaba diseñada para albergar a ochocientas internas. Durante la Gran Hambruna, el *Tuam Herald* documentó que, en un solo día, al menos dos mil «desdichadas» hacían cola frente a la casa de trabajo de Dublin Road, esperando ser admitidas. El cementerio local estaba tan saturado que los médicos que informaban a la Junta de Guardianes advirtieron de que se había convertido en un riesgo para la salud pública. Durante la Guerra de Independencia (1919-1921), tanto soldados británicos como del Estado Libre ocuparon sus instalaciones. En 1923, ejecutaron a seis hombres contrarios al Tratado[13] ante sus muros, seguidos por otros dos un poco más tarde. Conocidos como los «mártires de Tuam», sus cuerpos se enterraron dentro del recinto.

En octubre de 1925, se decidió trasladar a los «niños desamparados y huérfanos» de la casa de trabajo de Glenamaddy a Tuam. Sin embargo, este traslado se retrasó debido a que los soldados del Estado Libre aún ocupaban el lugar, y algunas zonas estaban cubiertas de maleza. Con una subvención pública y

[13] El «Tratado» se refiere al Tratado Anglo-irlandés de 1921, un acuerdo entre el Gobierno británico y representantes de Irlanda que puso fin a la Guerra de Independencia Irlandesa. Este tratado sentó las bases para la creación del Estado Libre Irlandés. (N. de la T.).

fondos provenientes de la lotería, en 1934 se inauguró un ala de maternidad en la que se atendían partos.

En 1927, Frank Duff, fundador de la Legión de María, estableció un albergue en el antiguo emplazamiento de la casa de trabajo de la North Union en Dublín. Tres años después, abrió una sección segregada llamada Regina Coeli, destinada a mujeres embarazadas fuera del matrimonio. Éstas debían pagar una pequeña suma de dinero, y la mayoría acudía al cercano hospital de Coombe para dar a luz. El albergue tenía capacidad para más de cien madres y otros tantos niños. Un equipo rotativo de «madres cuidadoras» se encargaba de los bebés y Duff aprovechaba su red de contactos empresariales para encontrar trabajo a las madres cuando estaban listas para marcharse. Aunque este modelo del albergue era quizá más comunitario y menos punitivo que el de las instituciones gestionadas por órdenes religiosas, no difería demasiado en su esencia. Tras una inspección gubernamental que reveló las precarias condiciones del centro, recibió una subvención de la lotería para realizar mejoras. Actualmente, Regina Coeli sigue funcionando como albergue para mujeres.

Al intentar contactar con algunas órdenes religiosas para acceder a sus archivos con el fin de recabar información para este libro, obtuve respuestas similares a las de otros investigadores. Las Hermanas de la Misericordia, responsables de las lavanderías de la Magdalena, me denegaron el acceso a sus registros salvo que representara a mujeres interesadas en recuperar sus propios datos personales. Por su parte, las Hermanas de los Sagrados Corazones de Jesús y María, que contaban con un historiador encargado de asistirlas en su presentación ante la Comisión de Investigación, señalaron que preferían no colaborar con periodistas o investigadores independientes hasta que no concluyera dicho proceso.

El padre Francis Mitchell, secretario diocesano de la archidiócesis de Tuam, me indicó que no disponían de un archivero residente con el que pudiera contactar. Reconoció, además, que la archidiócesis desempeñaba «un papel muy secundario» respecto a las más de cuarenta casas religiosas, como las gestionadas por las Hermanas del Buen Socorro, responsables del hogar de Tuam. «Por lo tanto, no tenemos nada sobre el hogar de Tuam en nuestros archivos, salvo algunas cartas sin ninguna relevancia de los propietarios del hogar, es decir, el Consejo del Condado de Galway». Según Mitchell, las cartas, fechadas entre 1952 y 1957, trataban sobre propuestas de mejora y, posteriormente, de la clausura del hogar. Cuando les escribí manifestando mi interés por revisarlas, me respondieron que nadie había accedido a ellas desde el inicio de la investigación de la Comisión, excepto la propia Comisión. Ignoraron asimismo mi solicitud de entrevista con el arzobispo Neary, a quien había conocido en Knock el año anterior. Cuando pregunté si él mismo estaría dispuesto a hablar conmigo, contestó con un escueto correo electrónico de cuatro palabras: «No, no concedo entrevistas».

Responsables de la libertad de información, investigadores y archiveros diocesanos me explicaron que era común que los obispos y las órdenes religiosas destruyeran documentos, bien quemándolos, bien recurriendo a servicios de trituración profesional. Sin embargo, la archidiócesis de Dublín, ubicada en una enorme edificación dentro de los terrenos del colegio diocesano de Clonliffe, cerca de Croke Park, era una notable excepción, pues operaban con lo que parecía una verdadera transparencia. Su archivera, Noelle Dowling, gozaba de un gran respeto.

Un día estaba allí revisando enormes clasificadores repletos de documentos que databan del mandato del arzobispo McQuaid, entre 1940 y 1972, cuando Diarmuid Martin, el actual arzobispo, entró en la sala con su larga sotana negra. Hizo una discreta solicitud a la archivera, y aproveché para presentarme. Le comenté que había contactado varias veces con su responsable de relaciones públicas para pedirle una entrevista. Murmuró algo acerca de que la Comisión de Investigación aún no había concluido y abandonó la sala.

Un historiador me sugirió que tal vez en los archivos de la diócesis de Killaloe hubiera registros relacionados con la abadía de Sean Ross, de modo que tomé un tren hacia Ennis. En el camino desde la estación, pasé junto a una furgoneta de lavandería que estaba estacionada al lado de un gran centro parroquial cercano a la iglesia principal. Atravesé las pintorescas calles antiguas y dejé atrás el pilar con la estatua de Daniel O'Connell hasta llegar al lugar señalado en Google Maps. En su día, esta parcela había formado parte de las tierras del obispo. Los archivos estaban en lo que parecía un antiguo establo o cobertizo, junto a una vieja mansión donde residía el obispo.

Una amable mujer a la que pedí indicaciones me ofreció llevarme en su coche hasta las puertas de la propiedad. Mientras conducía, me preguntó el motivo de mi visita, y le conté que estaba escribiendo sobre los hogares para madres y bebés.

«Qué bien», observó, «ya era hora». No añadió mucho más, pero en su tono percibí una determinación tácita. Me pregunté si alguien cercano a ella habría tenido algún vínculo con esos lugares.

El padre Ger Nash, un hombre de cabello oscuro y un aire de auténtica hospitalidad, me recibió en la entrada y me acompañó hasta una cocina en la parte trasera. Varias mujeres, sentadas alrededor de la mesa, disfrutaban de una amena charla, tazas de té y tartas de queso caseras cortesía de una familia polaca. Al final, me envolvieron el último pedazo en papel de aluminio para que me lo llevara a casa. Allí conocí al archivero, un hombre alto, con chaleco acolchado y gafas, al que me presentaron como Joe. El obispo estaba ausente ese día, ocupado con confirmaciones.

Por teléfono y correo electrónico, el padre Nash, secretario diocesano, me había advertido de que, dado que la Comisión de Investigación seguía en curso, no estaban seguros de poder mostrarme nada. Le expliqué que ya había visitado los archivos diocesanos de Dublín, también involucrados en la investigación, y que, en cualquier caso, estaría encantada de ir a verlo.

El padre Nash y Joe me llevaron a una sala reconvertida en archivo. Joe extrajo dos carpetas grises de un estante inferior y me explicó que contenían registros y correspondencia relacionados con la abadía de Sean Ross. Mencionó que había cartas dirigidas a la diócesis por adoptados o madres que buscaban información, además de avisos de matrimonio y otros documentos personales. Me contó que nunca habían dejado de recibir solicitudes de personas interesadas en acceder a sus fichas. Aproveché para mostrarle un PDF que llevaba en el teléfono con el documento de identidad de una mujer adoptada en Estados Unidos desde Sean Ross, así como su permiso para realizar pesquisas en su nombre. Le pregunté si podría enviárselo para intentar localizar su partida de bautismo.

El padre Nash me aclaró que, en virtud de la legislación sobre adopciones, no era posible enviar registros ni datos de identidad. Sólo podían confirmar la información que ya tuviera la persona adoptada. Si deseaba obtener documentos con detalles sobre la identidad de su madre, tendría que dirigirme a Tusla, la Agencia de la Infancia y la Familia de Irlanda, o a otra entidad autorizada.

«¿A quién protegemos con esto?», preguntó Joe, en tono retórico.

Joe me enseñó la casa principal. Me condujo hasta el despacho personal del obispo y elogió una estancia empapelada en verde, una antigua lámpara de araña y un impresionante estuco blanco. En la planta superior, pasamos por una especie de vestidor con gran cantidad de libros de temas variados, entre ellos uno sobre moral sexual. En un estante alto, llamó mi atención una caja de cartón con una etiqueta que hacía referencia a la protección de la infancia. En las dependencias que se usaban como despachos diocesanos, extrajo dos antiguos libros de registro de bautismos de un archivador metálico de la balda inferior. Observé que se habían actualizado algunas entradas para reflejar acontecimientos como la comunión o el matrimonio de los niños. Según me explicaron, no existían registros generales sobre las instituciones, más allá de una o dos cartas enviadas por las religiosas al obispo local para informarle de la apertura de un hogar en su parroquia. Le expliqué a Joe que ése era exactamente el tipo de documentación que andaba buscando.

De vuelta en la planta baja, conversamos largo y tendido con el padre Nash en la sala de recepción, rodeados de fotos enmarcadas de líderes revolucionarios y políticos irlandeses, entre ellas dos retratos de Michael Collins. Me trajeron una bandeja con té y sándwiches.

Allí habló con total libertad del pasado de la Iglesia y la historia del institucionalismo en Irlanda, señalando que las órdenes religiosas «perdieron su carisma fundacional» cuando comenzaron a internar a personas vulnerables «a escala industrial». Coincidimos en que el abuso es aún un problema en contextos institucionales. Joe intervino para hablar de una generación que, según él, evita enfrentarse a las complejidades de esta historia y de una tendencia a buscar chivos expiatorios, lo que impide una atribución más amplia de responsabilidades. Alabó el trabajo de Mary Robinson como «la *bête noire* de la Iglesia» y su contribución a los derechos de las mujeres desde su rol como abogada y senadora.

Además, el padre Nash dijo que, al intentar comprender el pasado, «exploramos una tierra que nos es desconocida».

Le pregunté sobre el papel de los sacerdotes que derivaban a las mujeres a las instituciones.

«Creo que el cura de la parroquia local debía de tener un poder enorme», apuntó, pues ya fuera predicando desde el altar o en consultas privadas, ejercía una influencia considerable sobre las decisiones familiares. Puso el ejemplo hipotético de una familia cuya hija de diecisiete años se hubiera quedado embarazada: «Mientras el problema se resolviera, poco importaba si era la Iglesia o el Estado quien se ocupase de ello. Cualquier sector de la sociedad se sentía aliviado de que alguien tomara las riendas. Diría que se unieron en un círculo que les convenía a todos, excepto a las víctimas».

Después de comer, Joe me acompañó de nuevo a la sala de archivos y me entregó carpetas con documentos que abarcaban desde 1904 hasta 1955, el periodo del mandato del obispo Michael Fogarty. Entre los expedientes, que no contenían datos identificativos, había correspondencia de la St. Patrick's Guild y cartas de departamentos gubernamentales. «Las llamaban "infractoras"», comentó, desaprobando el término. Luego me informó de que me dejaría sola durante una hora.

Cuando se fue, sólo el zumbido del sistema de refrigeración rompía el silencio.

A sabiendas de que no tenía mucho tiempo, saqué fotos de cada página con mi teléfono, cuya batería estaba a punto de agotarse. Iba y venía del enchufe, intentando aprovechar al máximo la carga para continuar con mi tarea. Cuando, en un momento dado, el padre Nash entró para despedirse, estaba tan absorta intentando tomar nota de todo que me sobresalté.

Entre los documentos, había peticiones de donativos de la Rotunda Girls' Aid Society, una sociedad de rescate del centro norte de Dublín que asistía a «infractoras primerizas». «Salvaban» a bebés huérfanos e ilegítimos de una vida de penurias y los colocaban con familias católicas respetables. Actuaron varias décadas como intermediarios en adopciones, incluso después de que se legalizaran y regularan.

En un folleto promocional de 1923, había una carta escrita por una madre que había regresado al hogar familiar tras ausentarse bajo el pretexto de someterse a una intervención médica. «Ay, si hubiera sabido de qué tipo de operación se trataba», escribía, en alusión a su propia madre: «No podía contarle que yo también soy madre; que, aunque sonrío e intento mostrarme alegre, mi corazón se rompe de añoranza por mi hijo». Lo había entregado una semana antes, que se le antojaba una eternidad. «Intento soportar la separación como parte de mi castigo por el cruel error de traerlo al mundo, pero el único amor puro de mi vida es más fuerte que yo, y mi corazón clama por mi niño día y noche». Concluía pidiendo a la sociedad que rezara por ella: «Ustedes, que han llevado una buena vida, no alcanzan a entender lo que siento». Era extraño y perturbador que aprovecharan el dolor de esta mujer para promover los servicios de la sociedad.

En una carta de 1930, las Hermanas de los Sagrados Corazones de Jesús y María, desde Chigwell, mencionaban la compra de unas doscientos cincuenta hectáreas en Roscrea para lo que se convertiría en la abadía de Sean Ross. Declaraban que, aunque el terreno excedía sus necesidades, tenían que asegurarse de que las salvaguardara de las miradas indiscretas. La superiora general declaró que el objetivo era establecer un hogar para «las madres solteras de Irlanda» y le pidió al obispo que «autorizara el uso del sitio como hogar para débiles mentales de la misma clase». En una carta posterior tuvo que aclarar que, cuando hablaba de «débiles mentales de la misma clase», se refería a mujeres «que habían caído y que eran tan débiles de mente y voluntad que podría ser necesario retenerlas en el hogar para evitar otra caída».

Tres años después, la Junta de Salud local escribió al obispo solicitando sus recomendaciones sobre el cuidado de las madres solteras. «En la actualidad, la junta envía a las infractoras primerizas a la abadía de Sean Ross», decía la carta, en alusión a las Juntas de Salud locales. «En la medida de lo posible, se retiene allí a las madres durante dos años». Sus hijos permanecían bajo custodia hasta los quince años, tras lo cual se convertían en aprendices o contratados. Había una media de cincuenta «infractoras primerizas» al año y la junta pagaba diez chelines semanales por cada interna en concepto de manutención. El autor de la carta firmaba como «obediente servidor» del obispo, pidiéndole que «favoreciera» a la

Junta de Salud con sus puntos de vista y que nombrara a un comité de párrocos que pudiera asesorar sobre el tema.

En su respuesta, el obispo señaló que las monjas se esforzaban por conseguir empleo para las jóvenes tras abandonar la abadía de Sean Ross y, al parecer, tenían cierto éxito. «Y esto es así, al menos para las internas de cierta clase», añadió.

A continuación, el obispo dividía a las mujeres en tres categorías. A la primera pertenecían aquellas «incapaces de cuidar de sí mismas y que son presas fáciles de los malvados», para quienes «la única forma de protección» era «reunirlas en instituciones al cuidado de las monjas». Según él, mientras se quedaran en estos centros, «estarían tranquilas, felices y no cometerían infracciones». La segunda categoría comprendía a las «decentes por naturaleza» que habían caído por accidente. Las religiosas de Sean Ross se encargaban de ellas, y algunas lograban encontrar trabajos e, incluso, casarse. La tercera correspondía a mujeres «de carácter salvaje y vicioso, que son una influencia dañina dondequiera que estén». A estas últimas, afirmaba, las acogían como penitentes permanentes en casas gestionadas por las Hermanas del Buen Pastor.

Al año siguiente, el Departamento, evidentemente satisfecho con la evaluación del obispo, estableció los requisitos para un nuevo hospital materno en los terrenos de la abadía de Sean Ross y aprobó el pago de capitación que abonarían.

En un cuaderno dentro de una carpeta que llevaba el rótulo MONASTERIO DE ROSCREA, encontré notas manuscritas que mencionaban a «seculares en el extranjero» que obtenían información sobre una acusación contra un hermano. También había rumores de un «monje y su mujer» que habían llegado a Nenagh, las camareras comentaban que un hermano religioso había tenido un hijo con una mujer casada. Mientras se escondía a las mujeres en las casas, los religiosos las dejaban embarazadas.

Entre los documentos, hallé una lista manuscrita con nombres y donaciones entregadas a la Catholic Protection and Rescue

Society. Esta sociedad, al parecer endeudada, registraba pérdidas de «muchas almas» para la Iglesia por este motivo. Una carta de Mary Cruice, de la St. Patrick's Guild, detallaba solicitudes presentadas por mujeres de la diócesis a lo largo de seis meses en 1939. Firmada como «su obediente hija», incluía iniciales de cada mujer, parroquia, ocupación, observaciones generales y la decisión de la organización en cada caso. Por ejemplo, una de ellas, recomendada por un coadjutor católico, regresó a su hogar tras el parto. Había sido admitida en St. Gerard y la St. Patrick's Guild «aceptó su custodia». A otra, una empleada doméstica, se la trataba como «un caso para la abadía de Sean Ross». Me pregunté si estas evaluaciones se basaban en un criterio moral o en su valor laboral percibido.

Un documento refería el número de mujeres recibidas en Sean Ross entre 1950 y 1965, así como el de bebés nacidos, bautizados y adoptados. En 1950, había ciento cuarenta y nueve madres ingresadas y ciento treinta y cuatro niños. Las admisiones alcanzaron su culmen en 1962, tras el cierre del hogar de Tuam y el traslado de muchas de sus internas. Aquel año, nacieron o fueron transferidos al hogar ciento setenta y nueve niños.

Los documentos sobre las normas de adopción ofrecían una visión de la realidad a la que se enfrentaban las mujeres que daban a luz en secreto. La mayoría temía ser objeto de habladurías en sus pueblos una vez que su embarazo se hiciera evidente. «Tenemos constancia de casos en los que una paciente tenía que ingresar en su propio hospital de distrito de noche y esconderse del personal hasta ser trasladada aquí horas después», afirmaba un informe. «Aquí todas las chicas asumen un nombre falso». En los listados figuraban maestras, enfermeras generales y psiquiátricas, fisioterapeutas, mecanógrafas, dependientas de banca, de correos y de comercio, peluqueras, empleadas domésticas y colegialas de entre dieciséis y dieciocho años, «de buenas familias y de todas las clases sociales, de hecho».

Cuando Joe volvió, le pregunté si podía ver material relacionado con un obispo más reciente, Michael Anthony Harty, al cargo desde 1967 hasta su muerte, en 1994.

En 1969, el año en el que se cerró la abadía de Sean Ross, el obispo Harty recibió una carta de la hermana Hildegarde informándole de que los certificados de bautismo serían entregados a la parroquia para garantizar su custodia. También había informes de 1971 de la Catholic Protection and Rescue Society, acompañados de folletos con cubiertas brillantes en tonos blancos y naranjas, y una ilustración de niños acercándose a un Jesús resplandeciente. Los agradecimientos plasmaban la estrecha colaboración entre la Iglesia y el Estado: la jerarquía, el clero y los laicos; los ministros de Salud y Asuntos Exteriores; los directores generales de la Junta de Salud, las comunidades religiosas de los hogares materno-infantiles y la Junta de Adopciones. La Catholic Protection and Rescue Society se jactaba de haber orquestado más de doscientas adopciones y de haber «repatriado» a treinta y tres muchachas irlandesas embarazadas desde Inglaterra el año anterior.

Un recorte de periódico de 1970, evidentemente conservado por el obispo, hablaba de la «mala suerte» de los niños entregados a «familias nómadas o parejas neuróticas de edad avanzada». Citaba a una azafata aérea que opinaba que el traslado de niños a Estados Unidos «apestaba a mercantilismo, como si los bebés transportados en avión se hubieran vendido».

¿Qué pensó el obispo al leer estas palabras? ¿Se sintió aliviado de que, bajo su mandato, las monjas de la abadía de Sean Ross ya no gestionaran las adopciones? ¿O le preocupaba que el cierre de la institución significara un debilitamiento del estigma hacia el sexo y los embarazos fuera del matrimonio?

El tiempo se agotó antes de que pudiera encontrar algún documento que respondiera a mis preguntas.

4
«TODO EL MUNDO SABÍA QUE ESTABA ALLÍ»

Mi primera visita a Tuam fue bastante inoportuna: era pleno agosto, época de vacaciones, y la mayoría de gente estaba ocupada disfrutando con sus familias o viajando. Aun así, durante el trayecto, llamé desde el asiento del copiloto mientras mi novio conducía y conseguí ponerme en contacto con Teresa Killeen-Kelly, que me propuso que nos viésemos en la calle principal, en la planta superior de un restaurante indio en donde servían hasta tarde.

Teresa se unió a nuestra mesa. Era una mujer de mediana edad, con una llamativa melena oscura y una voz áspera y profunda. Mi novio, sentado frente a mí, comía un *pasanda* de cordero de un amarillo intenso. Yo mordisqueaba un *papadam* y tomaba notas de la información que iba recibiendo acerca del Tuam Home Babies Graveyard Committee [Comité del Cementerio de Bebés del Hogar de Tuam].

Desde niña, Teresa sabía que, bajo los bloques en forma de H del hogar para madres y bebés de Tuam, había una fosa. En los años setenta, unos chicos habían encontrado allí huesos humanos, que se enterraron de nuevo rápidamente. «Todo el mundo lo sabía», me dijo. «No tenía nada de extraño, estaba bien cuidado. ¿Que si sabíamos cuántos había? No».

En 2012, Catherine Corless, una mujer de Tuam, publicó un artículo en el *Journal of the Old Tuam Society* sobre el hallazgo:

unos ochocientos niños habían muerto en ese hogar. Tras empezar a recopilar los certificados de defunción, Corless se puso en contacto con Teresa y juntas impulsaron la creación del Tuam Home Babies Graveyard Committee, cuyo objetivo era erigir un monumento en memoria de los fallecidos en la institución.

Como madres y abuelas, ambas sentían la necesidad urgente de devolverles un nombre y un lugar en la historia a aquellos niños olvidados. Todos los miembros del comité coincidían en esto. Pero, cuando constataron la ausencia de un gran número de registros de enterramiento y Corless sugirió la hipótesis de la fosa común, no lograron decidir qué hacer con los restos hallados. Teresa, por su parte, no quería que los exhumaran: «Los niños nacieron aquí, murieron aquí y aquí deberían quedarse». Y punto.

Me explicó que había otras zonas de la antigua propiedad que seguían levantando sospechas, como una pequeña colina cubierta de hierba junto al parque infantil, un montículo por el que a los niños les encantaba tirarse rodando. Intenté imaginármelo, pues sólo había visto imágenes del lugar en las noticias. Para entonces, afirmó, ya estaba acostumbrada a que gente como yo llegara a su pueblo creyendo que iba a descubrir algo nuevo.

Era el mes de agosto de 2017. Habían pasado más de tres años desde que Alison O'Reilly, del *Irish Mail on Sunday*, informara sobre los hallazgos de Catherine Corless.

Cuando la historia dio la vuelta al mundo, yo era becaria en la sección de salud y ciencia del *Washington Post*. Terrence McCoy, un joven reportero muy incisivo, habló con Corless por teléfono y escribió un artículo sobre el número de muertes. «Los huesos aún continúan ahí», le contó. El titular del *Washington Post* mencionaba que se habían «encontrado» ochocientos cadáveres, aunque se enmendó enseguida. Otras publicaciones cometieron el mismo error. No tardó en armarse un revuelo y hasta surgieron rumores que lo tachaban todo de bulo. Se publicaron extensas correcciones y se debatió amplio y tendido, aunque pocos cuestionaron la investigación archivística desarrollada por Corless. Terry Prone, cuya agencia de relaciones públicas trabajaba para la orden de las Hermanas del Buen Socorro, escribió un correo hoy tristemente célebre. Estaba dirigido a una reportera francesa que había solicitado entrevistar a la hermana Marie Ryan. La historia de «¡Ay, Dios mío, una fosa común en el oeste de Irlanda!», como Prone se refería a ello, «había sorprendido a todo el mundo, y en particular a las Hermanas del Buen Socorro. Ninguna había trabajado jamás en Tuam y la mayoría ni siquiera había oído hablar de ello». Además, aseguró con determinación: «Si viene, no encontrará fosas comunes ni pruebas de que haya niños sepultados».

En un comunicado, el arzobispo de Tuam, Michael Neary, se declaró consternado, horrorizado y desolado al conocer «el número de niños». Aseguró que su diócesis no tenía constancia del enterramiento de menores y que no había desempeñado ningún papel en el funcionamiento de la institución. «Apenas alcanzo a imaginar el enorme dolor que sufrieron las madres al dar a sus bebés en adopción o tener que presenciar su muerte», declaró. El «padecimiento y quebranto» de estas mujeres iba «más allá de nuestra capacidad de comprensión». Abrió las puertas a una investigación. Las Hermanas del Buen Socorro tenían el «claro imperativo moral de asumir sus responsabilidades en pos del bien común». En el año revolucionario de 1916, uno de sus predecesores, el doctor Thomas Gilmartin, había dicho: «El futuro del país está ligado a la dignidad y la pureza de las mujeres irlandesas». El futuro de Irlanda dependía ahora de lo que descansaba bajo un pedazo de tierra en un rincón de Tuam.

En 2015, el Gobierno creó una Comisión de Investigación sobre Hogares Materno-Infantiles y Asuntos Relacionados. En noviembre de 2016, se inició una excavación de prueba en el presunto enterramiento de Tuam. En marzo de 2017, se anunció que se habían hallado dos estructuras, una de las cuales se asemejaba a un amplio sistema de contención de aguas residuales, rellenado con escombros y desechos, y cubierto de tierra. La otra, alargada y dividida en veinte cámaras, y también parecía relacionada con la contención o el tratamiento de aguas negras. En estas cámaras se descubrió «una cantidad considerable de restos humanos». Se recuperaron varios para su análisis. La edad en el momento de las muertes oscilaba entre las treinta y cinco semanas de desarrollo fetal y los dos y tres años de vida. Las pruebas de radiocarbono realizadas indicaron que correspondían al periodo de actividad del hogar materno-infantil, entre 1925 y 1961. En el comunicado de prensa, la Comisión expresaba su «conmoción por el descubrimiento» y anunciaba que «investigaría hasta dar con el responsable que hubiera decidido deshacerse de los restos humanos de esa manera».

El primer ministro, Enda Kenny, describió el hallazgo como una «cámara de los horrores». Además, subrayó que ninguna religiosa «se coló en nuestras casas para secuestrar a nuestros hijos. Fuimos nosotros quienes se los entregamos, convencidos de que cuidarían de ellos y para protegerlos de la brutalidad de las habladurías» y debido a la «perversa y morbosa relación de los irlandeses con lo que llamamos "respetabilidad"». También denunció el doble rasero que eximía a los hombres de responsabilidad, como si las mujeres «tuvieran la asombrosa capacidad de autoembarazarse». Finalmente, reconoció que la existencia de cuerpos sepultados en Tuam se conocía desde 1972.

Teresa Killeen-Kelly me explicó que, en un principio, el objetivo del Tuam Home Babies Graveyard Committee era únicamente pedir al Gobierno la instalación de una placa o monumento en honor a los que allí yacían. Las Hermanas del Buen Socorro les habían ofrecido dos mil euros para apoyar su campaña. Teresa creía que, de haberse erigido cuando se solicitó por primera vez, antes de que se hubiera revelado la magnitud de las muertes infantiles y las tumbas anónimas, el tema podría haber quedado zanjado y el lugar nunca habría sido investigado a fondo.

Su madre, ahora octogenaria, había residido toda su vida en Tuam. Cuando el hogar estaba en funcionamiento, le contó, no podías hacer preguntas ni verlo por dentro, a menos que una misma fuera enviada allí. Había un abismo entre su generación, cuando todo se silenciaba, y la de Teresa, empeñada en recopilar listas con los nombres de los fallecidos, hasta llegar a la siguiente generación, que ahora crece en un pueblo marcado por el descubrimiento. «Hasta mis hijas me preguntan cómo pudimos permitir que sucediera».

Dando un paseo a la mañana siguiente, a plena luz del día, el pueblo me pareció más grande de lo que esperaba. Fuera del Supermac's, P. J. Haverty me esperaba en su coche para llevarme a la fosa. Este hombre, de rostro amable, suéter de color suave, cabello blanco y la piel tostada propia de un campesino o jardinero, se lanzó enseguida a contarme su historia.

Había nacido en el hogar y vivió allí hasta los seis años. En el trayecto, me explicó que dos religiosas los escoltaban hasta la escuela, adonde llegaban diez minutos antes que los «legítimos». Concluida la jornada, salían diez minutos más tarde que el resto.

Su madre, Eileen, tenía veintisiete años cuando lo trajo al mundo, en 1951. El cura local fue hasta la casa de sus abuelos en bicicleta para darles instrucciones: en cuanto el embarazo comenzara a notarse, había que enviarla al hogar. Haverty se quedó con las monjas hasta que éstas se lo cedieron a una familia de granjeros. «Eres uno de ésos», le decían de pequeño. «Un bastardo, un desviado». La familia de acogida, muy religiosa, celebraba misas para los vecinos en su propia casa, con confesiones en el salón. La hermana de su padre de acogida quiso devolverlo a la institución, convencida de que representaba una mancha para su apellido.

Dimos una vuelta por el pueblo y después nos encaminamos a la urbanización de Dublin Road, donde antaño se erigía el hogar. La carretera estaba salpicada de instituciones, desde escuelas nacionales con nombres de santos hasta lo que fue la residencia de los Hermanos Cristianos, convertida ahora en una escuela laica y un centro comunitario para hombres. Además, por lo visto, por allí cerca, oculto por unos setos, había un seminario. En un edificio sombrío se encontraban las oficinas locales de Tusla, que custodiaban los registros de los hogares materno-infantiles.

En la entrada de la urbanización de Dublin Road, destacaba una parte del muro que antaño había rodeado la institución. Tras recorrer un laberinto de calles estrechas y bordeadas de casas, llegamos a un parque infantil asfaltado y a una cancha de baloncesto. Un niño hacía equilibrios distraídamente con una pelota y un *hurley* y una niña con coletas jugaba en los columpios cercanos. En la esquina opuesta, y tras la excavación de prueba, el enterramiento permanecía cercado con tablones, oculto a miradas ajenas.

Lloviznaba y el cielo estaba plomizo, así que charlamos un rato dentro del coche, con la vista fija en el patio, antes de salir al aire húmedo y caminar alrededor del parque. Dejamos atrás varios jardines traseros y cobertizos antes de alcanzar el terreno vallado. A través de un hueco redondo en el tablón de madera, atisbé la estatua de la Virgen María y la gravilla oscura rastrillada sobre el suelo removido, con marcas de pintura en aerosol en ciertos puntos, hechas presumiblemente por el equipo técnico.

En la parte externa de la cerca, había folios plastificados pero no impermeables a la lluvia con listados de nombres escritos a máquina en hileras ordenadas: los nombres de cientos de niños que constaban como fallecidos en el hogar y que se sospechaba que estaban sepultados en aquel pedazo de tierra. Osos de peluche empapados y muñecos de ángeles se acumulaban frente a los tablones y se colaban en grietas o se sostenían contra las paredes cercanas. El camino era accesible desde los jardines de varias casas, y uno de ellos colindaba directamente con el enterramiento.

El único recuerdo que P. J. conservaba del hogar era que se mecía por las noches hasta quedarse dormido. Me reconoció que, después de tanto tiempo, todavía lo hacía a veces. En cuanto caía el sol, lo encerraban en el dormitorio con otros doce niños y, en ocasiones, no les quedaba más remedio que orinar en el suelo. Hacía unos pocos años, P. J. conoció a un hombre que también había crecido en el hogar, quien le contó que el sacerdote solía entrar y abusar sexualmente de los menores.

Ya de adulto, P. J. le contó a una mujer que había nacido en el hogar. Ella, entonces, le reveló que su padre había ocultado en su desván a una joven que había escapado de una de las lavanderías. Los *gardaí* se presentaron en su casa buscándola y les advirtieron que era muy peligrosa, pero él la escondió hasta que consiguió huir a Inglaterra. En otra ocasión, estaba en la peluquería y se enteró de que un hombre al que conocía desde hacía años se había criado en el hogar.

Cuando, por fin, tras años de búsqueda, P. J. se reencontró con su madre, ella le contó que había trabajado como limpiadora en el hospital Grove, situado en la misma calle que el hogar y administrado por las Hermanas del Buen Socorro. Durante cinco años y medio, acudió cada semana a llamar a la puerta del hogar para suplicar a las monjas que le devolvieran a su hijo. Siempre le respondían que no estaba capacitada para ser madre. Para P. J., el verdadero problema no era otro que su pobreza: «De haber tenido mi madre cien libras, podría haberme comprado». Ella le confesó que rezaba todos los días a la Virgen María para que estuviera sano, vivo y a salvo con otra familia en otro lugar. Por su parte, él sabía que su madre de acogida dirigía sus oraciones al Padre Pío para que encontrara a su madre biológica. Es por estas dos mujeres que aún sigue yendo a misa, aunque ya no tenga demasiada fe en la Iglesia como institución.

«Nuestro Señor fue crucificado, como lo fueron también las mujeres de este país, en particular las solteras», me dijo. «Las religiosas tenían el poder absoluto; todo giraba en torno al dinero y al poder». Su mayor anhelo era conseguir una disculpa, visitar la tumba de su madre y contarle que lo había logrado, tanto de la Iglesia como del Estado: «Saber que no era una pecadora, que habría sido una buena madre, que me amaba y que quería recuperarme, como ella misma me dijo».

Después de hablar con P. J., regresé sola a la urbanización. Un hombre de unos treinta años, con un trébol verde tatuado en el cuello, había escuchado mi conversación con unos vecinos y decidió seguirme. Daniel había nacido en la urbanización, pero desconocía el asunto de los restos de los niños hasta que salieron a la luz las recientes revelaciones.

«¿Quién iba a pensar que correteábamos por encima de lo que, en realidad, es un cementerio?», reflexionó. «Cuesta seguir siendo religioso después de lo ocurrido».

Señaló hacia el cementerio principal, detrás de las casas del otro lado de la carretera. La proximidad del suelo consagrado parecía acrecentar el agravio.

«¿Qué escondían?», se preguntó en voz alta. «Dudo mucho que Dios estuviera aquí».

El corazón de Tuam palpita entre dos catedrales, enormes construcciones grisáceas: una protestante y otra católica. Aquel domingo de agosto de 2017, me equivoqué de catedral. Dentro del cavernoso templo apenas había un puñado de personas y mi mente especulaba sobre que la gente habría dejado de asistir a misa tras descubrir que las monjas habían enterrado a niños en una fosa séptica. Ahora bien, cuando terminó el servicio e invitaron a los asistentes a té y sándwiches, caí en la cuenta de mi confusión.

Acabé charlando unos minutos con el cuidador de la catedral, que era católico. Me contó que sabía de dos religiosas que habían trabajado en el hogar: aunque una tenía alzhéimer, la otra, con noventa y siete años, gozaba de buena salud. También conocía al médico que atendía los partos, pero precisó que las monjas eran las únicas que sabían lo que ocurría tras los muros.

Cuando me apresuré hacia la catedral católica, curiosa por saber cuántos seguían asistiendo a misa en un pueblo sacudido por tal descubrimiento, la ceremonia había terminado; no obstante, el atasco en el aparcamiento me dio la respuesta.

El cura, ocupado con el ensayo de un bautizo, daba instrucciones a un grupo de jóvenes ataviadas con vestidos cortos y tacones que avanzaban hacia el altar.

Desde un banco en el fondo, dos mujeres mayores cuchicheaban entre dientes; eso sí, tan alto que sus voces resonaban por toda la nave.

—Es una cinta cutre, parece un gato atropellado —soltó una, en alusión al tañido de las campanas.

—¡Ay, por Dios! Estas chicas van de mal en peor —comentó la otra—. Los hombres se merecen una medalla. Esos vestidos, esos escotes... ¡Tremendo!

Su compinche asintió con un murmullo de aprobación.

—Las mujeres se han traicionado entre ellas de mala manera. ¡Son mucho peores que ellos!

En diciembre de 2017, el Gobierno publicó un informe técnico sobre el enterramiento de Tuam. En él se planteaban distintas opciones de actuación, ahora que ya se había confirmado la existencia de una fosa común. Muchas personas reclamaban una excavación completa, mientras que las familias con parientes fallecidos en la institución estaban ansiosas por comenzar con las pruebas de ADN.

En enero de 2018, el Gobierno anunció que se consultaría a la ciudadanía acerca de las «vías de actuación adecuadas». Se publicaron avisos en periódicos nacionales y locales informando de cuatro reuniones de consulta pública: la primera en Dublín y las otras tres en Tuam. Las cinco opciones propuestas estaban disponibles en internet. Los encuestados podían identificarse como antiguos residentes en el hogar, familiares de antiguos residentes, vecinos actuales de la urbanización y las calles colindantes, o como simples ciudadanos. Se les pedía que marcaran con una x la casilla de su elección:

1. Conmemoración.
2. Exhumación de restos humanos conocidos.
3. Excavación forense y recuperación de restos humanos conocidos.
4. Excavación forense y recuperación de restos humanos conocidos con evaluación / excavación adicional de otras zonas de interés.
5. Excavación forense de toda la zona disponible.

Fui a Tuam para asistir a la segunda reunión pública. Después de una terrible ola de frío que había cortado las carreteras y vaciado los supermercados de pan de molde, una capa de hielo cubría el paisaje.

Antes de subir al autobús, hablé por teléfono con Catherine Corless, que me explicó que consideraba imprescindible una exhumación forense completa para esclarecer cómo habían sido enterrados los niños, cuántos eran y cuál había sido la causa de su muerte. Ya en camino, escuché a un sacerdote que intervino en un programa de radio para apoyar a Mary McAleese, expresidenta de Irlanda, quien había descrito a la Iglesia católica como «la principal portadora del virus de la misoginia». El cura mencionó que su parroquia había publicado un tuit reconociendo la labor de las mujeres locales. «Nosotros trabajamos con el corazón», afirmó. «Aunque existe otra Iglesia institucional de la que me siento muy distante». En su opinión, demasiados miembros de la Iglesia permanecen encerrados en sus torres de marfil. «Ahora, más que nunca, nos toca ser valientes», concluyó.

El autobús se detuvo en el aparcamiento de la catedral católica. A un lado, se alzan las vetustas construcciones del colegio de St. Jarlath y la residencia del obispo; al otro, el convento de las Hermanas de la Misericordia y el de las Hermanas de la Presentación. En la esquina superior, con casi cien cruces de metal negro dispuestas en hileras perfectamente alineadas sobre una impecable capa de grava color crema, hay un cementerio de religiosas.

Dentro, un letrero de tamaño folio recordaba a los feligreses: UN BEBÉ EN EL VIENTRE MATERNO ES LA CREACIÓN DE DIOS. Faltaban pocos meses para el referéndum sobre el aborto. A continuación, añadía: CUIDEMOS DE LA MADRE Y DEL BEBÉ.

Deambulando por el pueblo, pasé frente a un escaparate repleto de huevos de Pascua gigantes envueltos en celofán, esos símbolos de fertilidad de chocolate. El bar y el restaurante del hotel Corralea Court estaban casi vacíos. Subí al primer piso, a una sala con un suelo de madera más apropiado para una pista de baile que para impartir una conferencia. A las dos de la tarde, había unas dieciséis sillas dispuestas en círculo. El acolchado de las sillas hacía juego con el intenso azul de la moqueta que bordeaba la sala, estampada con estrellas doradas. En una mesa lateral, descansaban grandes mapas antiguos de la zona. Uno de ellos, un plano técnico de 1979, mostraba el trazado de la urbanización que por entonces estaba construyendo el Consejo del Condado de Galway en Dublin Road. En el centro de las líneas de casas, en la esquina opuesta, entre paréntesis, figuraba la inscripción: ANTIGUO CEMENTERIO INFANTIL. Justo debajo, se leía: PROPUESTA DE PARQUE INFANTIL. El jardín trasero de una de las casas llegaba hasta la linde del enterramiento. El Consejo jamás erigió una placa o un monumento oficial para marcar lo que, al menos desde 1979, aparecía en sus propios planos como el lugar donde se inhumaron los cuerpos de los niños.

Las paredes eran de color beis y unas luces navideñas, con un brillo tenue, colgaban inexplicablemente sobre una mesa. El ambiente evocaba una reunión de alcohólicos anónimos o un comité local organizando una tómbola. Dos moderadoras estaban ya sentadas en el círculo. Un miembro del Consejo del Condado de Galway ocupó un asiento a su izquierda. Dos técnicos se acomodaron fuera, a su derecha, cerca de la pantalla del proyector. Un fotógrafo local rondaba inquieto por las esquinas, hasta que se animó a preguntar, con mucha amabilidad, si podía sacar una foto desde atrás. Su petición fue denegada. Escribimos nuestros nombres en etiquetas rosas y nos las pegamos a las camisas y jerséis. Para mantener un orden, se pasaba de mano en mano un pedazo de fieltro gris que llamaban «piedra parlante». Sólo podías hablar cuando estaba en tu poder. Todos asentimos obedientemente. Algunos rezagados se acomodaron en los lugares vacíos. Se pidió a los asistentes que hablaran, uno por uno, de sus sentimientos. Aunque la convocatoria era pública, las moderadoras dejaron claro que los nombres no debían salir de allí.

Un hombre describió Tuam como la «zona cero» y defendió con vehemencia la necesidad de exhumar los cadáveres. «Si tengo que subir con una pala y hacerlo yo mismo, lo haré», afirmó. «Desentierren esos cuerpos, todos y cada uno de ellos, en todo el país. Esos niños merecen recuperar su dignidad. Son los hijos de alguien». Si los restos eran exhumados, sometidos a pruebas de ADN y registrados, sólo con que una madre que buscara a su hijo obtuviera una respuesta, el esfuerzo habría valido la pena.

Una mujer señaló que, mucho antes de que se comunicaran los descubrimientos de Corless, se celebraban misas en el sitio de enterramiento. Se acordó de las latas de Coca-Cola y las bolsas de patatas fritas que les daban de niños mientras los adultos se dedicaban a rezar. Los residentes de la urbanización habían cuidado la zona durante cuarenta años con esmero y respeto, destacó. Sin embargo, cuando se dio a conocer la noticia, se presentó al mundo como un terreno descuidado. El Tuam Home Babies Graveyard Committee y los vecinos de los alrededores se habían hecho cargo de él cuando nadie más lo hacía y se consideraban sus guardianes. Ahora veían que personas ajenas impulsaban campañas para tomar decisiones que afectarían lo que ocurría en sus propios jardines. La mujer, por su parte, no quería que los restos fueran exhumados.

Una señora mayor que había vivido siempre en Tuam recordaba a los niños caminando hacia la escuela desde el hogar. Aunque deseaba que se levantase un monumento en su honor, le preocupaba que «exhumarlos e intentar averiguar qué bebé es qué bebé» se convirtiera en un proceso interminable. Y no era la única.

Algunos asistentes conjeturaron que la mayoría de los huesos nunca podrían vincularse con sus familiares y se plantearon dudas respecto a qué pasaría con los no reclamados. También despertaron recelos en relación con otra fosa común descubierta en Tuam en años recientes. En 2012, durante la instalación de una nueva tubería de agua en el borde de la urbanización de Dublin Road, habían aparecido restos humanos: quince hombres adultos, once mujeres adultas, tres adolescentes, diecisiete niños y dos bebés, de acuerdo con un informe de excavación publicado en 2014. Un bebé yacía a los pies de dos adultos. Se identificaron dieciocho fosas. La presencia de clavos y la disposición sugerían que habían sido enterrados en ataúdes. Se hallaban dentro de los antiguos muros del hogar y debían de pertenecer a víctimas de la Gran Hambruna. Los vecinos de la urbanización mencionaron que seguían en cajas, ya fuera en algún laboratorio universitario o en un depósito de cadáveres. Les incomodaba la idea de que se les hubiera perturbado sin darles después un entierro digno.

Algunos temían que los restos de los niños corrieran la misma suerte. Unos pocos pedían la exhumación con la esperanza de identificar a sus familiares. Anna Corrigan no se enteró hasta después de la muerte de su madre que tenía dos hermanos nacidos en el hogar del Buen Socorro, y quería saber si los habían sepultado allí. Peter Mulryan nació en el hogar y lo enviaron a trabajar en una granja: una vida brutal. A su madre la mandaron a una lavandería de la Magdalena en Galway, donde pasó el resto de sus días. Años después, logró reunirse con ella, pero nunca le contó que tenía una hermana que había fallecido en Tuam. Fue Catherine Corless quien dio con el nombre de Marian Mulryan y se lo hizo saber. Hubo otros que no hablaron pero que querían averiguar si sus parientes estaban enterrados allí.

«No tengo derecho a prohibirle a un superviviente que busque a su hermano o hermana», sostuvo una mujer de la urbanización. «No tenemos derecho a decidir sobre eso». Esperaba que los esqueletos no acabaran abandonados en un «pozo negro con una placa sin más».

Otra mujer, que se levantó en silencio para marcharse, habló con apremio antes de salir: «No puedo decirle a Joe Soap: "Sí, puede que tu hermana esté aquí, pero no lo sabemos, porque, por otro lado, puede que la vendieran en Estados Unidos"». Estaba tensa y abría mucho los ojos. «Tenemos los certificados de defunción, pero nadie puede asegurar que no se hayan falseado». Se sabía que se habían adoptado niños del hogar de Tuam, y esta mujer daba voz a la teoría de que, para ocultar el alcance de tales adopciones, las Hermanas del Buen Socorro habrían informado de la muerte de niños que, en realidad, habían sido enviados al otro lado del océano. Era *vox populi* que, en ocasiones, se amañaban partidas de nacimiento para que las familias adoptantes pudieran reclamar como propios a los niños, borrando así cualquier prueba de sus orígenes. ¿Podrían haberse manipulado los certificados de defunción con propósitos similares?

En ese punto, la mujer volvió a encauzar el debate en el destino de los restos sepultados detrás del antiguo hogar. Miró a los presentes y les preguntó quién sería capaz de despedirse de un hijo en esas condiciones. Aunque deseaba dejarlos descansar, insistió en que era necesario sacarlos. «He visto a hombres adultos, a ancianos, llorando», dijo. «Llorando por no saber dónde reposa su hermana». Confesó que nunca, en su vida, había hablado de esa manera.

Después de que se marchara, y de que un empleado del Consejo del Condado de Galway soltara un discurso bastante hermético, los expertos nos presentaron un recorrido «relámpago» sobre la logística de las distintas opciones. Indicaron que los restos estaban «mezclados»: los huesos se habían desordenado con el tiempo a medida que los cuerpos se descomponían. Las cámaras del antiguo sistema de alcantarillado eran muy profundas y estrechas, y el terreno donde hoy se encuentra el jardín conmemorativo era demasiado pequeño para permitir el uso de maquinaria pesada.

Explicaron que individualizar los restos no era lo mismo que verificarlos legalmente. En casos como accidentes aéreos, por ejemplo, bastaba con emparejar un listado de pasajeros con sus parientes. Pero aquí la situación era distinta: la institución había cerrado en 1961. Los despojos más recientes llevaban más de medio siglo allí, los registros que vinculaban a los niños con sus madres eran incompletos y la mayoría de las madres —casi todas— no vivía. Se planeaba recopilar ADN para elaborar una base de datos, pero el éxito dependería de que los supervivientes se ofrecieran voluntariamente a comparar su ADN y establecer coincidencias.

Casi todos los restos hallados en la excavación inicial eran de bebés, muchos con pocos días de vida. Los niños tenían edades muy similares, lo que complicaba separarlos a simple vista. Los menores tienen más huesos que los adultos, y éstos, además, son más propensos a la descomposición. Se planteó la posibilidad de que el agua hubiera estado filtrándose o fluyendo a través de los tanques durante décadas. En su visita al lugar, la doctora Marie Cassidy, patóloga del Estado, describió los huesos como «desarticulados, oscurecidos y dañados», dispuestos «de forma caótica, sin indicios de haber estado en ataúdes ni de haber sido colocados siquiera». Los expertos advirtieron del riesgo de que la extracción de ADN pudiera destruir buena parte de ellos.

El pitido del proyector señaló el final de la presentación, y la voz animada de la moderadora volvió a llenar la sala: «Uf, ¡cuánta información!», exclamó con entusiasmo.

Las sillas crujieron mientras el público se reacomodaba sin pronunciar palabra. Una mujer preguntó qué pasaría si se analizaban los huesos y nadie los reclamaba. Los miembros del equipo técnico admitieron que no tenían una respuesta concluyente.

Yo pregunté cuánto tiempo podría llevar la identificación. El arqueólogo me respondió que en el caso de las víctimas del incendio de la torre Grenfell[14] había durado entre tres y cuatro meses para unas setenta personas, y que en la Zona Cero aún se recogían «motas pequeñas, diminutas» del 11 de septiembre. Reconoció, no obstante, que las circunstancias no eran comparables. «Interprétenlo como deseen», dijo. Quedaba claro que una fosa común con los restos mezclados de cientos de niños pequeños era un territorio desconocido.

Otra mujer pidió aclarar un asunto que, en su opinión, se había malinterpretado: no todos los fallecidos en la institución

[14] La torre Grenfell era un edificio de viviendas sociales de ciento veinte apartamentos distribuidos en veinticuatro plantas, situado en el distrito de North Kensington, en Londres, que se incendió el 14 de junio de 2017, dejando setenta y dos muertos.

estaban necesariamente enterrados en los terrenos. Relató que, durante la elaboración de una lista de nombres para un monumento conmemorativo, dos personas contactaron con el Tuam Home Babies Graveyard Committee para informarles de que sus hijos no reposaban detrás del hogar. La oradora calificó como una exageración y una manipulación mediática la idea de que setecientos noventa y seis bebés hubieran sido sepultados allí. Si hubiese tantos cuerpos, los huesos habrían empezado a aparecer en los jardines y los huertos del vecindario.

A algunas personas les ofendía que vinieran extraños de cualquier parte para depositar toda clase de ofrendas. «A los osos de peluche les salen gusanos», comentó una mujer. «No se puede dejar ahí toda esa basura».

Y si limpiaban la zona, se los acusaba de insensibles. «El pueblo de Tuam no tiene voz», aseveró otra mujer. «No hemos tenido ni voz ni voto en los últimos tres años».

Para cerrar, las moderadoras preguntaron qué opción prefería cada asistente, lo cual provocó una incomodidad evidente.

Una participante tomó la palabra para recordar que los restos estaban en fosas sépticas: «Hay que excavar, no queda otra».

Otra opinó que no tenía sentido, puesto que sus almas ya estaban en el cielo: «No estamos discutiendo más que sobre carne y huesos».

Un puñado de ellos pensaban que el proceso se había precipitado, otros querían que terminara de una vez por todas: «Estamos hasta las narices», comentó alguien.

Una de las presentes observó que el único modo de cerrar este capítulo sería averiguando con exactitud qué había allí enterrado. Había crecido junto a un cementerio infantil informal, o *cillín*, que su familia todavía custodiaba. «Esos pequeños, inhumados en la quietud de la noche, en la oscuridad y el sigilo, en una caja de zapatos acarreada en la penumbra, recibían más dignidad y amor en sus entierros que los que yacen aquí en Tuam», afirmó. La mayoría eran bebés no bautizados o nacidos muertos. Por todo el país había innumerables enterramientos informales como ése, conocidos y a veces cuidados por las comunidades locales.

Unos meses más tarde, se publicó el informe del proceso de consulta pública. Las setecientas noventa y nueve personas que participaron se dividieron casi a partes iguales entre quienes preferían la conmemoración —un cuarenta y nueve por ciento— y quienes se inclinaban por la exhumación y el análisis de ADN —un cuarenta y ocho por ciento—. La mayoría de los vecinos de la urbanización prefería que los restos no se alterasen, mientras que los antiguos residentes de la institución pedían una excavación forense completa. Las respuestas procedían del Reino Unido, de Alemania, de Bélgica, de Canadá y de Estados Unidos. Tres personas se identificaron como antiguos residentes del hogar y habitantes actuales de la urbanización.

El informe destacaba que los vecinos se sentían acosados por los medios de comunicación, por las constantes llamadas a sus puertas, las cámaras e incluso, en una ocasión, por un dron que sobrevolaba la zona. Debido a un nuevo tipo de turista «morboso», varias personas comentaron que ya no permitían a sus hijos jugar en el parque sin supervisión.

Se notó la ausencia de la perspectiva de las Hermanas del Buen Socorro. Aunque se las invitó a participar, declararon que cualquier decisión debía recaer en los antiguos residentes del hogar, sus familiares y seres queridos. Además, consideraban «inapropiado que la orden influyera en modo alguno». El informe concluía destacando que las razones detrás de las acciones de las hermanas a cargo del hogar representaban «una historia aún no contada».

5

PENITENTES

En lo alto de Shandon Street, en una estrecha callejuela con vistas a la ciudad de Cork, las verjas negras del convento parecen vivir en una eterna primavera: flores de hierro forjado decoran los barrotes, volviéndolos, de algún modo, todavía más prohibitivos. El convento, un vasto e imponente edificio de ladrillo rojo rodeado de muros de piedra tosca de un tono entre rojizo y purpúreo, se alza sobre una colina.

La lavandería de la Magdalena de Peacock Lane fue fundada por laicos en 1809 «para la protección y reforma de las mujeres penitentes de hábitos disolutos, que ahora contribuyen a su propio mantenimiento con una industria honesta», según el *Topographical Dictionary of Ireland* de 1837 de Samuel Lewis. Las Hermanas de la Caridad asumieron su gestión en 1845 y construyeron el convento, que se convertiría en la residencia de las monjas. En 1914, más de mil niños asistían a los centros educativos situados en sus terrenos, y la escuela primaria sigue abierta en la actualidad. Durante muchas décadas, se educó a los niños y se encerró las mujeres «descarriadas» en un mismo complejo religioso. La lavandería tenía capacidad para ciento diez chicas, y en 1986 todavía vivían allí unas sesenta.

A la derecha del convento, había un anexo que en la actualidad es una residencia de ancianos. Lo primero que llamó mi atención, una vez dentro, fue la colcha que cubría un sofá negro en la recepción: un estallido de amarillo yema, rosa sorbete, azul bebé y otros colores vivos.

En el centro de la sala, en su silla de ruedas, me esperaba Mary Gaffney. Unos rulos dejaban entrever los prolijos surcos de su cuero cabelludo, y del cuello le colgaba un pequeño saquito de punto donde guardaba su arcaico Nokia. Me contempló a través unas gafas de montura carmesí. Descubrí que pasaba sus días allí, tejiendo, charlando con la recepcionista y confeccionando colchas que donaba a pacientes con cáncer. Hacía unas semanas que había cumplido setenta y tres años. Mary había pasado toda su vida en instituciones dirigidas por monjas; aun así, seguía aportando color al mundo.

Las inspecciones estatales al centro asistencial revelaron que no se atendían adecuadamente las necesidades de los residentes, que no se había notificado ni investigado una denuncia de malos tratos y que los tratamientos médicos brillaban por su ausencia. Los inspectores, de hecho, habían recibido denuncias de «irregularidades financieras». En 2017, cuando visité a Mary por primera vez, el Servicio Ejecutivo de Salud había asumido la gestión del centro, reemplazando a las religiosas. Las Hermanas de la Caridad habían manifestado su intención de vender la propiedad, lo que implicaba que las mujeres acogidas allí tendrían que trasladarse. Ya no veían a las monjas, que vivían al otro lado del convento.

En una pequeña sala de visitas, apenas lo bastante amplia como para sentarnos frente a frente, Mary me habló de su reciente peregrinación a Lourdes, cinco días de «rezos y demás». Según me contó, había llovido casi todo el tiempo y la gruta llegó a inundarse. Le pregunté si al menos había disfrutado de la comida, y me respondió que había sido «infame». Nos reímos.

El pasado es un terreno movedizo para ella. Nació en 1945, en St. Patrick. «No conocí a mi madre», me señaló. «No me permitieron verla». Estuvo un corto periodo en la escuela Glenmaroon para niños con necesidades especiales, dirigida por las Hijas de la Caridad, pero nunca aprendió a leer ni escribir en condiciones. En algún momento de su infancia, tuvo que regresar al hogar materno-infantil, donde la pusieron a trabajar cuidando bebés en las salas. Dedicaba los días a fregar suelos y a limpiar sin descanso. Su único respiro llegó con la visita a una antigua compañera de clase, cuya madre, que aseguraba conocer a la suya, intentó organizar un encuentro entre ambas. Sin embargo, una de las monjas lo impidió: «La hermana Dympna no me dejó ir a verla». Su madre se fue a Inglaterra, y Mary nunca supo nada sobre el resto de su familia. «Chica, no te decían nada».

Un día la subieron, junto con otras compañeras, a un tren con destino a Cork para trabajar en Peacock Lane. «Como una esclava, ¡madre mía, qué malévolas eran, chica! ¡Por mí que se hubieran ido al demonio! ¡Qué trabajo tan duro, chica!». La jornada en la lavandería empezaba a las ocho de la mañana y no terminaba hasta la noche. En su tiempo libre, las internas se dedicaban a tejer: una monja le enseñó a hacerlo. Recibían un dinerillo a cambio de los jerséis, que se vendían en una tienda.

En un momento dado, me preguntó si siempre había llevado el pelo largo. Le respondí que me crecía rápido. Me comentó que a ella le habría gustado dejárselo crecer, pero no se lo permitieron. De repente, me sentí incómoda por mi melena, sabiendo que ella nunca tuvo esa oportunidad; igual que por mostrarle fotos de los perros de mi familia, sabiendo que, aunque era amante de los animales, nunca tuvo una mascota. Incluso una mera mención a mi madre me hizo sentir mal. Era estremecedor darse cuenta de la magnitud y la cotidianeidad de las cosas que se le habían negado.

A finales de los años noventa, cuando estaba a punto de someterse a una operación quirúrgica importante, las Hermanas decidieron localizar a sus familiares. No pude evitar preguntarme si lo hicieron con la intención de encontrar a alguien que asumiera los costes del sepelio. Dos monjas viajaron a Dublín y dieron con una tía de Mary, que abrió la puerta dispuesta a despacharlas, hasta que le contaron que una chica de su propia sangre residía en el convento de St. Vincent de Cork. Mary recordaba que su tía fue a Cork a visitarla: «Y ésa fue la primera vez que conocí a alguien de mi familia».

Le pregunté si había perdonado a las hermanas.

Me respondió que no.

El movimiento de rescate de la Magdalena utilizó la figura de María Magdalena de un modo similar al que lo hacen las peluquerías baratas con fotos de famosos: como un modelo idealizado para promocionar su negocio. El omnipresente símbolo de la prostituta redimida fue creado en el siglo VI por el papa Gregorio Magno, fusionando a tres figuras distintas: María de Betania; la pecadora anónima que lavó los pies de Cristo en penitencia y los secó con su cabello; y la propia María Magdalena, una de las discípulas de Jesús. En 1969, la Iglesia reconoció el error y, más adelante, en 2016, el papa Francisco determinó por decreto a María Magdalena como «apóstola de los apóstoles», primera testigo de la resurrección, e instauró un día festivo en su honor.

Sabemos mucho menos de lo que deberíamos sobre el funcionamiento de las lavanderías de la Magdalena en la Irlanda independiente. En parte, porque, en general, las órdenes religiosas que las gestionaban no permiten el acceso a sus archivos. Los historiadores —en particular Frances Finnegan, Maria Luddy y James M. Smith— han realizado un valioso trabajo a pesar de estos obstáculos, así como los periodistas —en particular, la ya desaparecida Mary Raftery—. La organización Justice for Magdalenes [Justicia para las Magdalenas] ha recopilado historias orales y ha luchado por los derechos de las supervivientes. No obstante, la imposibilidad de consultar los documentos oficiales plantea un serio problema.

Jacinta Prunty, historiadora y religiosa de la congregación de la Santa Fe, es una de las pocas académicas que logró acceder a un archivo clave. En 2017, publicó una obra sobre la historia de las Hermanas de Nuestra Señora de la Caridad del Refugio, un libro que, mientras yo escribía éste, muchas figuras de la Iglesia me instaron a leer.

Prunty ofrece datos reveladores. La primera lavandería de la Magdalena en Irlanda fue el asilo de St. Mary, fundado en una casa de Drumcondra Road, en Dublín, por un sacerdote bebedor y ludópata. Las hermanas de la orden asumieron el compromiso de trabajar por «la restauración y la reforma de las almas». Cualquier penuria era preferible al riesgo de comprometer la salvación eterna. Para ellas, el alma era propiedad de Dios.

En 1858, inauguraron el primer reformatorio certificado para niñas en High Park, en Drumcondra. Después, abrieron los llamados centros de formación, creados para reinsertar a las internas. Prunty señala que existían instituciones específicas para chicas «involucradas sexualmente», reconociendo que se las consideraba culpables de lo que en el siglo XXI consideraríamos abuso infantil.

Reuniones celebradas entre el Departamento de Educación, jueces, policías y el arzobispo McQuaid abordaban cómo gestionar la «conducta inmoral de las niñas». Tanto las jóvenes que mantenían relaciones sexuales como aquellas que habían sido violadas eran vistas como una «mala influencia» para otros niños. El departamento pidió a las hermanas que abrieran otro reformatorio para niñas «cuyas vidas morales peligren», con el propósito de resolver el problema de adolescentes de entre doce y diecisiete años que, según sus palabras, «a) hayan mantenido relaciones sexuales o b) vivan en circunstancias que puedan conducirlas a la perdición».

Así, en 1944, se inauguró el reformatorio de St. Anne en Kilmacud, definido por McQuaid como «un centro de detención para menores acusadas de delitos contra la moral». Prunty cita a un representante del Departamento del Gobierno Local y Salud Pública, que afirmaba que «las chicas adictas a la inmoralidad sexual [eran] poco menos que enfermas mentales» y que debían ser ingresadas en instituciones psiquiátricas.

En mayo de 1967, los registros estudiados por Prunty mostraban que en la lavandería de Seán MacDermott Street, en Dublín, vivían ciento treinta y cuatro mujeres de entre diecisiete y setenta y un años en calidad de penitentes. Más de dos tercios llevaban internadas seis años o más, unas veinte superaban los treinta años y cinco permanecían encerradas desde hacía casi medio siglo. La mitad de aquellas cuyos motivos de ingreso eran conocidos procedían de hogares materno-infantiles. Los obituarios en los registros de las hermanas se referían a ellas como «una penitente extraordinaria» o «una gran sufridora».

En febrero de 2013, el primer ministro compareció en la Asamblea Irlandesa para hablar sobre los descubrimientos del informe de la Comisión de Investigación liderada por el senador Martin McAleese. Ante un grupo de mujeres que habían trabajado en las lavanderías de la Magdalena, Enda Kenny declaró: «Hoy reconocemos el papel del Estado en vuestro calvario». Recordó el informe McAleese, y concluyó: «A las mujeres de la Magdalena quizá se les hizo creer que estaban lavando un error o un pecado. Ahora sabemos, para nuestra vergüenza, que lo único que lavaban eran las sombras de nuestra nación». En nombre del Estado, pidió perdón por el daño causado, asegurando a las supervivientes que estaban «completamente libres de culpa».

La investigación de McAleese reveló que más de una cuarta parte de las mujeres y niñas ingresaba en las lavanderías a través de agentes del Estado: policías, jueces o asistentes sociales. Desde la fundación en 1922 del Estado Libre Irlandés, al menos diez mil mujeres fueron internadas en estas instituciones. Sin embargo, este dato no incluye las décadas previas ni las admisiones no registradas. Se estima que el número total de mujeres que trabajaron en las lavanderías de la Magdalena, considerando los años anteriores al inicio de la investigación estatal, asciende a más de treinta mil.

La investigación constató que las lavanderías de la Magdalena prestaban servicio al Estado. Hospitales y autoridades sanitarias les enviaban ropa. En un cuaderno encontrado en High Park figuran clientes como los Departamentos de Pesca, Educación, Salud, Justicia y Agricultura, así como la organización nacional de transportes Córas Iompair Éireann, la Biblioteca Nacional, Áras an Uachtaráin[15], la Junta de Suministro Eléctrico o la prisión de Limerick. Los hospitales fueron grandes usuarios hasta hace «bien poco».

Desde al menos 1926, existen pruebas de que los departamentos gubernamentales eran conscientes de que las trabajadoras de la Magdalena no recibían remuneración alguna. A pesar de ello, el Estado continuó empleando sus servicios. En 1954, el Departamento de Defensa lo excusaba, razonando que, «aun sin pagar a las internas, los costes de su manutención, vestimenta, atención médica y demás factores implicados en el funcionamiento de la institución equivaldrían con creces a un salario justo». La lavandería de Seán MacDermott Street siguió realizando labores para el Estado hasta mediados de los años noventa.

En una carta de un consejo de condado al Departamento de Salud, fechada en 1956, se describía a una paciente enviada a High Park como «una mujer soltera que ha dado a luz a dos o más niños y cuya rehabilitación moral evitaría que se convirtiera en un problema sanitario y social». En 1954, el ministro de Salud autorizó personalmente el ingreso de una «paciente» en la lavandería de High Park: una madre soltera procedente del hogar materno-infantil de Castlepollard, considerada «inadecuada para

[15] La residencia oficial del presidente de Irlanda. (N. de la T.).

permanecer allí». Esta decisión implicaba la separación inevitable de su bebé de dieciséis meses. En otro caso, un memorando interno del Gobierno mencionaba la admisión de dos chicas en una lavandería del Buen Pastor en Limerick. Una de ellas, descrita como «retrasada mental», tenía diecisiete años y acababa de ser madre. La otra tenía tan sólo catorce.

La organización Justice for Magdalenes publicó un contrainforme en el que expresaba su profunda preocupación por el hecho de que la investigación de McAleese, al parecer, ignoraba los setecientos noventa y tres folios de transcripciones de testimonios de supervivientes entregados por el grupo. En su declaración, lo criticaron por menospreciar «las vivencias de las mujeres en estas instituciones, minimizar los abusos físicos y psicológicos sufridos y, al mismo tiempo, evitar abordar las violaciones de los derechos humanos».

En 2013, cuando se presentó el informe McAleese, todavía vivían bajo el cuidado de órdenes religiosas cincuenta y ocho internas de la Magdalena, entre ellas Mary Gaffney. En los correos electrónicos intercambiados entre los investigadores, cuyos archivos me mostró una fuente, se mencionaba a veinte de ellas, con edades comprendidas entre los cincuenta y seis y los ochenta y cinco años, todas ellas en la residencia Beechlawn. Este centro, administrado por las Hermanas de Nuestra Señora de la Caridad en los terrenos de High Park, recibía fondos estatales de manera regular.

En 2012, un investigador que colaboraba en la contribución del Servicio Ejecutivo de Salud al informe McAleese llamó a las hermanas para hablar con ellas sobre las mujeres de la Magdalena que todavía vivían allí. La respuesta fue contundente: no se le proporcionaría ningún dato. Ante la negativa, envió un correo electrónico a las religiosas, dejando constancia de lo ocurrido y subrayando que la orden recibía financiación pública. De los correos electrónicos, se desprendía que había rastreado hospitales y archivos lejanos, rebuscando entre archivadores de documentos y reconstruyendo los vínculos entre las lavanderías y los hogares. Incluso consultó un antiguo libro de informes que documentaba denuncias de abusos. Me lo imaginé descolgando el teléfono para formular una pregunta directa en nombre de una investigación estatal, sólo para que lo mandaran a paseo.

Tras las inquietudes expuestas en los correos electrónicos internos del Servicio Ejecutivo de Salud sobre «remover una situación muy delicada», el propio Martin McAleese acabó escribiendo a las hermanas, disculpándose por «el desconcierto y el malestar» que pudiera haber causado la solicitud. Agradecía su «inestimable colaboración» y destacaba que todas las órdenes religiosas habían cooperado «voluntariamente [...], pese a no tener la obligación legal de hacerlo».

Quizá intentaba mantener una relación cordial con ellas, considerando que las órdenes contribuirían a los pagos de las indemnizaciones. O tal vez entendía que su posición carecía de poder para forzar la colaboración de aquellas cuyo apoyo era fundamental. Nunca sabremos si las hermanas estaban en verdad «desconcertadas» o si bloquearon la investigación convencidas de que ni el Estado ni nadie podía ponerles un dedo encima ni a ellas ni a su dotación.

Tras la publicación del informe en 2013, cuatro órdenes religiosas emitieron declaraciones lamentando cualquier daño que las mujeres hubieran sufrido en sus instituciones. Sin embargo, matizaron sus disculpas: afirmaron que las lavanderías eran producto de su tiempo y que actuaron con buena intención al ofrecer amparo. A pesar de varias solicitudes por parte del Gobierno, las monjas se negaron a contribuir al esquema de indemnización multimillonario del Estado, basado en un estudio realizado por John Quirke, exjuez de la Corte Suprema. Quirke entrevistó a trescientas treinta y siete mujeres de la Magdalena cuyas denuncias de trabajos forzosos y no remunerados fueron consideradas plausibles. Además, señaló que las distintas órdenes, en su calidad de «proveedoras de servicios», argumentaban que compensar a las mujeres que aún vivían en sus centros de atención —algunos ubicados en terrenos de las antiguas lavanderías— podría poner en peligro la financiación estatal. Era evidente que, de algún modo, seguían reclamando una suerte de propiedad sobre estas mujeres.

«Por alguna razón que desconozco, no la dieron en adopción», observó Mary Driver, prima de Mary Gaffney. «Se quedó al cuidado de las monjas».

En un pub cercano al paseo marítimo de Bray, en el condado de Wicklow, Mary Driver y yo charlamos mientras comemos una ensalada y una sopa de pescado. A mí me bautizaron en Bray y mis abuelos maternos se conocieron aquí. De adolescente, mi abuela pasó un tiempo en una clínica de reposo de las Hermanas de la Caridad en esta localidad, de la que solía escaparse para reunirse en los bailes con el hombre que se convertiría en mi abuelo. Cuando fallecieron, esparcimos sus cenizas desde la cima del monte Bray Head, frente a una enorme cruz de madera.

«Sabía que tenía una prima en algún lado, pero no nos habían dado ninguna información», continuó Mary Driver. La madre de Mary Gaffney, Dorothy, se marchó a Inglaterra tras dar a luz. El padre de Mary Driver la llevó en coche hasta el ferri. «Todo se hizo muy de tapadillo». Mucho más tarde, Mary Gaffney se enteró de que su madre había ido a visitarla a St. Patrick. La habían obligado a verla través de una mampara de cristal.

Fue en 1995, después de que las monjas se presentaran en casa de la tía de Mary Gaffney en Dublín, cuando Mary Driver supo que tenía una prima en una lavandería de Cork. Fue a pasar un fin de semana con su marido para conocerla y, desde entonces, la visita con regularidad.

Cuando Mary Gaffney descubrió que su madre había muerto apenas un año antes de que pudiera reunirse con su familia, su corazón se reveló contra las religiosas. «No he perdonado a la hermana Dympna, no la he perdonado», me confesó. Sus primos le dieron una foto de su madre en los terrenos del antiguo convento, que ahora conserva en su habitación.

Con los años, Mary Driver ha ido recabando más detalles de la vida de su prima. Cree que Mary Gaffney vivió en St. Patrick hasta pasados los veinte años. Allí, un hombre la llevaba con otras chicas los sábados a Navan Road para que hicieran compras básicas. (Este hombre acumulaba un montón «de recuerdos»; pero, cuando Mary Driver le pidió que hablara conmigo, rechazó la entrevista). El traslado a Cork se presentó como un acontecimiento emocionante. «Llamaron a un par de ellas al despacho un día y les anunciaron que se marchaban, que tendrían un trabajo nuevo. Estaban encantadas». Y las mandaron a Peacock Lane.

«Mary, hasta el día de hoy, plancharía por Irlanda, incluso en la silla de ruedas», bromeó. «Se quedaría ahí sentada, planchando todo el día. Era lo que conocían: fregar y limpiar». Cuando quería sacar dinero del banco, quizá para su excursión a Lourdes, tenía que pedírselo a un hombre que trabajaba con las monjas para que lo hiciera por ella. Las hermanas le explicaron a Mary Driver que el dinero estaba en una cuenta especial. «No me dan ninguna respuesta», comentó.

En la época en que las mujeres de la Magdalena comenzaron a recibir las primeras indemnizaciones, cuando la residencia seguía gestionada por las Hermanas de la Caridad, se contrató a un abogado para redactar sus testamentos. Mary Gaffney, que no sabía leer, dependió de su prima, quien escribió a la hermana Paulina para expresar su preocupación. La respuesta aseguró que habría un abogado presente. «Sólo espero que un día pueda gastarse hasta el último céntimo», apuntó Mary Driver. «Ese dinero es suyo, ganado con sudor, sangre y lágrimas». Luego, levantó la vista de su sopa y se preguntó, como para sí misma, si su prima habría llegado a donar el dinero a las religiosas. Fue lo primero que pensó al saber que Mary recibiría una cantidad considerable, y no sólo una suma simbólica con la que, por ejemplo, arreglarse el pelo.

Cuando en una ocasión le pregunté a Mary Gaffney por la venta del edificio por parte de las monjas, me respondió que no me preocupara, porque tenía claro que iba a gastar hasta el último céntimo de su dinero. «A mí no me van a sacar mucho», añadió.

Había momentos como ése, mientras hablábamos, en los que sentía un nudo en la garganta y un deseo urgente de decirle cuánto lo sentía. Pero la compasión, pensé, no le sirve de nada a nadie.

6
EL ADOPTADO Y LAS HERMANAS

En un gélido día de enero, Karl O'Kelly esperaba en una parada de autobús de Dublín escudriñando la calle a través de sus gafas rectangulares en busca del 39A. Vestía de beis de la cabeza a los pies: una parka abotonada hasta la barbilla y unos pantalones que le cubrían parte de los náuticos. En una mano llevaba una bolsa de plástico de Dunnes Stores del mismo color, vacía salvo por un folio enfundado en plástico. Aquella preciada posesión le había acompañado por todo el país, en su recorrido por cementerios y monumentos en memoria de los supervivientes de los hogares materno-infantiles. Había dos fotos antiguas que le había dado una monja pegadas en el papel. En una salía una religiosa, toda de blanco, con el rostro perdido en las sombras de un hábito desplegado como las alas de un pájaro de origami. La otra era del hogar de St. Patrick, un imponente edificio de ladrillo con una galería de cristal donde había venido al mundo. Nos dirigíamos al punto de Navan Road en el que se alzaba en su día aquella construcción, una peregrinación que él hacía con regularidad.

Mientras el autobús salía de la ciudad, Karl iba contándome cómo había llegado al mundo. Nació a las once y diez de la mañana del 17 de mayo de 1964; era un domingo, lo cual significa que su primer aliento coincidió con el momento en que miles de irlandeses musitaban sus oraciones en misa. En realidad, le hablaba de su nacimiento y de la búsqueda de la mujer que le había dado la vida a todo aquel que quisiera escucharlo. «Mi mamá me llamó Joseph Anthony Ryan», les notificaba incluso a algunos desconocidos que se encontraba en plena calle.

Al parecer, había sufrido privación de oxígeno en el parto, lo que, según me explicó, le causaba ciertas complicaciones con el lenguaje. Estudió, pues, en la escuela St. Augustine, en Blackrock, una institución para niños con necesidades especiales. Había pasado la última década recopilando registros y rastreando números de teléfono con tenacidad para tratar de dar con el paradero de su madre biológica. Para aquellos que habían sido adoptados de hogares materno-infantiles, ahora adultos, la necesidad de averiguar más sobre sus primeros meses o años de vida acababa convirtiéndose en una larga y frustrante búsqueda del tesoro. Sólo algunos habían logrado completarla, gracias a pistas extraoficiales y datos secretos: el apellido de soltera de la madre, que coincidía con el del bebé en el registro de nacimiento; un certificado de nacimiento sin el nombre del padre y con un desconocido como testigo; o la dirección de una institución en el apartado reservado al lugar donde se produjo el alumbramiento.

Años antes, los asistentes sociales también le habían facilitado a Karl cierta información básica sobre sus orígenes, pero tenían prohibido revelar cualquier detalle que pudiera ayudar en la identificación de su madre. En Escocia, los adoptados tienen derecho a obtener su partida de nacimiento desde 1930; en Inglaterra y Gales, desde 1976; y en Irlanda del Norte, desde 1987. En 1998, dos personas adoptadas que deseaban acceder a dicha información llevaron su caso la Corte Suprema de Irlanda. Al parecer, una de las madres deseaba seguir en el anonimato. Finalmente se dictaminó que su derecho a la intimidad pesaba más que el del niño a conocer su identidad. Desde entonces, todos los esfuerzos legislativos por ampliar el acceso de los adoptados a sus expedientes, de acuerdo con los límites establecidos por dicha sentencia, han resultado infructuosos. Incluso ciñéndose a los estrechos márgenes legales, quienes recurren a la agencia gubernamental Tusla —que conserva la mayor parte de la documentación de los hogares materno-infantiles— suelen enfrentarse a esperas de entre dos y tres años.

En 2013, Karl recibió la carta de un trabajador social que le proporcionaba referencias no identificativas de su expediente. Decía que, la semana posterior a su nacimiento, lo ingresaron en el hospital debido a un «trastorno alimenticio» y que se quedó allí más de un mes antes de volver a St. Patrick. Lo entregaron a su familia adoptiva diez días más tarde. Sí se le proporcionaba el nombre de pila de su madre biológica, y algunos detalles más: tenía veintiún años, era del condado de Limerick y había llegado al hogar cuando le quedaba un mes para dar a luz. Firmó el consentimiento para la adopción un mes y cinco días después del parto y dejó St. Patrick al día siguiente para regresar a su domicilio familiar. No dio la autorización final hasta enero del año siguiente, ya desde Londres, de modo que los trámites se formalizaron en marzo. Karl creía recordar que el asistente social había intentado localizar a su madre biológica sin éxito y que, por tanto, el caso quedó cerrado.

Con la ayuda de un «ángel de la búsqueda», una mujer que, de manera extraoficial, echaba una mano a los adoptados, consiguió alguna información por otros medios. Me los enseñó, todos meticulosamente archivados. El informe del parto rezaba: «El bebé parece sano. Llora bien». Había una fotocopia de un cuadradito de papel con la fecha exacta y un dato crucial: el nombre completo de su madre biológica, que, por lo general, se omitía. «Estado del niño» se había rellenado con «ilegítimo», y lo bautizaron en la fe católica en St. Patrick. Figuraban dos nombres distintos: Joseph Anthony Ryan y Domhnall Kennedy Ryan. Karl, que no entendía el porqué, estaba desesperado por saber cuál era el que había elegido su madre.

Al poner el nombre de ella en internet, encontró un teléfono. «No me conoces de nada», le anunció a la mujer que contestó, «pero me llamo Karl y nací en un hogar para madres y bebés», a lo que ella le indicó que los datos de la persona a la que quería encontrar coincidían con los de su cuñada y le facilitó otro número.

Lo primero que hizo, en cuanto escuchó la voz de la persona a la que llamaremos Fiona, fue pedirle que se sentara. «Me saludó. La saludé. Le pregunté si había dado a luz a un niño en una institución materno-infantil».

La línea quedó muda durante unos instantes angustiosos. «No vuelvas a ponerte en contacto conmigo», fue su respuesta, y colgó.

Aun así, semanas más tarde, decidió intentarlo de nuevo. Fiona admitió que casi le había provocado un ataque.

«¿Cómo llegué a este mundo?», le preguntó.

De nuevo, un dilatado silencio.

Karl insistió, quería saber si ella había escogido Domhnall.

Más silencio.

Todos coincidían en que, en realidad, el mutismo de ella debía interpretarse como una confesión muda.

Comenzaron a intercambiar mensajes. Fiona le envió una tarjeta de felicitación por su cumpleaños y otra por Navidad. En aquella primera comunicación, le reconoció que se le hacía extraño escribirle, pero que esperaba que tuviera una vida buena con una familia que le quisiera. «Cuando naciste, te llamé Anthony, porque era devota de San Antonio. Siento mucho que te faltara oxígeno en el parto. Qué te puedo decir... Fue un momento durísimo, estaba sometida a una gran presión. Ser una chica soltera en aquellos tiempos era poco menos que un crimen. Gracias a Dios, pareces una persona cariñosa y atenta, con una fe fuerte. Gracias por rezar por mí».

En otra se leía: «Diez cosas sencillas que no debemos olvidar» en el anverso, acompañada del dibujo de una niña con el pelo alborotado y dos puntos a modo de ojos. El primer elemento de la lista era: «El amor es la razón por la que estamos aquí». En el interior, Fiona había añadido una foto suya y una nota que decía que se la habían hecho el año anterior, antes de que comenzaran sus problemas de salud. «Espero, por Dios, tener pronto una cadera nueva que no me duela». Le había puesto una dedicatoria: «Que Dios te bendiga», con su nombre al pie. También le envió otra doblada y en blanco y negro de él de pequeño.

En ninguna de sus cartas le explicaba lo que había sucedido cuando se quedó embarazada, no mencionaba su estancia en St. Patrick y tampoco si la decisión de darle en adopción la había tomado ella. Fue en una de sus conversaciones telefónicas cuando le reveló cómo había sido concebido: la violaron a la salida de un salón de baile cuando era enfermera en Dublín.

A Karl lo había criado una mujer llamada Peggy. Me llevó a visitarla a la casa que aún compartían, en el barrio dublinés de Terenure. El respaldo del sofá de su salón estaba ocupado por una variopinta colección de ositos de peluche, y los asientos, cubiertos de montones de revistas. Fotos enmarcadas colgaban de las paredes y se amontonaban alrededor de la tele, junto a una anticuada estufa de gas. Peggy, una anciana menuda de más de ochenta años vivaz y parlanchina, regañó con cariño a Karl, que, plantado frente a ella con una camiseta de *Los cazafantasmas*, casi se había acabado sus galletas. Con voz cantarina y manos danzantes, me habló, con la misma soltura, tanto de los problemas que había atravesado su familia como de sus momentos felices.

Tras varios abortos espontáneos, había perdido la esperanza de tener un hijo biológico, cosa que le confesó a un sacerdote local, quien le sugirió un camino alternativo. Hasta entonces, ella no sabía nada de instituciones como St. Patrick, donde las chicas daban a luz en la clandestinidad. Acompañada de su marido, fue hasta el edificio de ladrillo de Navan Road para recoger a Karl. Una monja les hizo pasar a un cuarto privado, pero dejó la puerta entreabierta. Al vislumbrar a una joven embarazada en el pasillo, supo instintivamente que había visto algo que no debía.

Cuando su hijo cumplió dos años, lo llevó a una revisión. El médico, que había trabajado en el hogar y lo conocía desde que era bebé, le preguntó por qué se lo había quedado. Le explicó que era muy probable que la hipoxia le hubiera provocado una discapacidad cognitiva. Y le dijo que, si así lo deseaba, podía devolvérselo a las monjas. Ella no quiso.

Tuvo dos hijos más. Los consideró una bendición, una señal divina de que había hecho bien en no devolver a su primogénito, como el doctor le había insinuado. Los hermanos de Karl nacieron con distrofia muscular y murieron jóvenes. Su marido le siguió poco después, dejándoles solos.

Por lo general, los adoptados esperan a que sus padres adoptivos hayan fallecido para emprender la búsqueda de su familia biológica. A algunos les preocupa que lo consideren una suerte de traición hacia las personas que los criaron. Peggy, en cambio, siempre animó a Karl en su empeño. Cuando Fiona le envió su foto, hasta la enmarcó y la colocó en la repisa de la chimenea del mejor cuarto de la casa. De hecho, me invitó a acompañarla para verla con mis propios ojos.

Con el tiempo, las llamadas y los mensajes de texto de Karl empezaron a quedar sin respuesta. Acabó pidiéndole que no volviera a llamarla. Escuché a Peggy intentando ponerse en el lugar de aquella mujer, esforzándose por comprender lo duro que había debido de ser quedarse embarazada siendo soltera y, peor aún, como resultado de una violación; a lo que después se sumó el haberse reencontrado con su hijo tras décadas de separación. Con todo, también se preguntaba cómo era capaz de negarle a Karl la oportunidad de saber más de ella. No hacía mucho, se había enterado de que una conocida suya había logrado reunirse con la hija que tuvo fuera del matrimonio en un hogar materno-infantil. Habían creado un buen vínculo, hasta quedaban de vez en cuando y hablaban con frecuencia por teléfono.

Cuando le pregunté si sería posible que me la presentara, me respondió que ella era muy reservada al respecto y que no se atrevía siquiera a sugerírselo.

Durante nuestro trayecto en autobús, Karl me confesó que estaba empezando a dudar de que Fiona fuera su madre biológica: «La última vez que la llamé, le pregunté si me echaba de menos. Y me contestó que no».

Sabía que no era raro que las mujeres ingresaran en aquellas instituciones con seudónimos. Y, aunque en su partida de nacimiento constaba su nombre, éste era bastante común. Le recordé que le había enviado postales y un retrato suyo, que habían intercambiado mensajes y hablado por teléfono. Aun así, tal vez le resultara más sencillo aferrarse a la incertidumbre que afrontar el dolor del rechazo. No dejaba de frotar un anillo de oro que llevaba en el dedo, la alianza de su padre adoptivo. En su mente, repasaba las pruebas que había ido acumulando a lo largo de los años. «Karl, ¿me dejarás en paz algún día?», le había suplicado Fiona en su última llamada. Él hizo caso omiso a su petición.

El autobús se detuvo en Navan Road, frente al muro de la urbanización Kempton, ubicada en el extenso terreno en el cual antaño estuvo el hogar de St. Patrick. No quedaba nada de la construcción original, demolida hacía décadas; ni tan siquiera una placa conmemorativa.

«Me encanta venir. Aquí es donde nací», comentó.

Pensé en mi indiferencia hacia el lugar y las circunstancias de mi propio nacimiento. Nunca he sentido la necesidad de visitar el Hospital Materno Nacional de Holles Street. Sí fui varias veces para hacerme pruebas ginecológicas. La sala de las colposcopias, bastante deprimente, se encontraba al lado de una tienda que vendía globos y peluches para recién nacidos. Siempre me pareció cruel que una mujer que temiera tener cáncer de cuello de útero se viera obligada a esperar allí. Por lo demás, estaba desprovisto de cualquier peso emocional para mí; no me vinculaba con una madre desconocida ni me despertaba sentimiento alguno saber que la mía había estado allí en un momento dado.

Para Karl, en cambio, la institución en la que nació era un sitio sombrío. Se imaginaba a su madre con su bebé secuestrada tras unos muros impenetrables, encerrada por unas puertas de hierro que sólo se abrían para dejar pasar a las mujeres avergonzadas y para que salieran los coches de las familias que adoptaban a sus pequeños. Observamos la entrada de la urbanización. Él estaba ansioso por localizar el punto exacto donde se alzaba el hogar, donde la mujer que lo alumbró contempló su rostro por última vez; algo imposible de saber con certeza.

Se adentró en las calles, agitando los brazos y saludando a los transeúntes, mostrándoles su folio y contándoles su historia. Su escaso pelo gris se erizaba como la aleta de un tiburón temblando a cada paso. Una mujer se detuvo a charlar con él. Su madre había pasado casi toda su vida en Navan Road. Karl compartió con ella su teoría de que allí había bebés enterrados en tumbas sin nombre.

Un hombre de mediana edad, con botas de montaña embarradas y bastón, recordaba haber visto en su infancia a chicas jóvenes con cochecitos. Creía que a las madres solteras las mandaban a trabajar a una fábrica de cajas de hojalata cercana. Este terreno era todo campo, nos señaló, no formaba parte de la ciudad. Los ganaderos lo atravesaban de camino a los mercados. En una rotonda, un poco más arriba, hay un monumento dedicado a un miembro del IRA. Cada año, en el aniversario de su asesinato, unos hombres con boina marchan por la zona. Karl comentó que debería haberse erigido otro en memoria de las residentes del St. Patrick.

Apenas unas semanas antes, se había iniciado una investigación de un orfanato administrado por las Hijas de la Caridad en Escocia, el Smyllum Park, tras descubrirse que unos cuatrocientos niños podrían estar sepultados en sus terrenos. Pero, más allá de las especulaciones locales, no existían pruebas que respaldaran las sospechas de Karl sobre una posible fosa común en St. Patrick. A los recién nacidos que morían allí se los inhumaba en el cementerio de Glasnevin o se donaban sus cuerpos a investigaciones médicas sin el consentimiento de sus madres. Karl me acompañó hasta un murete entre un prado y la carretera principal contra el que se había improvisado un pequeño santuario de osos de peluche y postales, empapados y desamparados, medio enterrados en el mantillo de hojas parduzcas, justo donde creían que estaban los niños. Aquellos recuerdos estaban dedicados a honrar a quienes consideraban sus compañeros de cuna perdidos.

De regreso a la entrada, nos cruzamos con una pareja de ancianos que salía de un pórtico de ladrillo, vestigio de la antigua institución. Iban bien abrigados, pertrechados para dar un paseo con sus perros. Peter, al que le quedaba una leve aureola de cabello blanco, nos contó que llevaban viviendo allí casi cincuenta años. Había trabajado como encargado de mantenimiento en el hogar. Señaló a Karl el punto exacto donde estuvo el edificio en que nació, haciéndole notar que los árboles de su foto coincidían con los que aún quedaban en pie. Y entonces se lanzó a defender a las religiosas que dirigían la institución:

—Ni caso a lo que oigas de las Magdalenas: son pamplinas que cuentan por dinero… —replicó, dando a entender que los que acusaban a las órdenes religiosas buscaban una compensación—. Eran maravillosas… Se lo digo yo, que trabajaba con ellas.

La hermana Bernadette, una «señora encantadora» que había fallecido hacía tiempo, era la superiora.

—Solían enviar cartas a Inglaterra para que las firmaran… —comentó, probablemente en alusión a los papeles de adopción que firmaban chicas como la madre de Karl después de marcharse—. Les buscaban un empleo...

Karl les explicó que lo habían adoptado con siete semanas.

—Pues entonces es imposible que te acuerdes, así que... —repuso Peter.

Kay, con sombrero de piel y cejas dibujadas, quiso saber si era feliz. Era una de las preguntas típicas que solían hacerse a los adoptados, como si todos estuvieran deseando comprobar si sus vidas alternativas habían funcionado. Él les contó que su padre había muerto de un infarto, y sus dos hermanos, a causa de la distrofia muscular.

—Les consumió los huesos. Así que sólo quedamos mi mamá adoptiva y yo.

Le recomendaron que hablara con una religiosa que había ejercido de comadrona en el hogar y que ahora vivía con otras monjas en Henrietta Street, al norte de la ciudad. Karl estaba decidido a llamar a su puerta esa misma tarde.

Los asientos del autobús que nos llevó de vuelta estaban ocupados por colegialas, con sus faldas escocesas y sus calcetines blancos inmaculados. Un boletín de noticias iluminó la pantalla de mi móvil: un nuevo plan urbanístico para construir apartamentos en los terrenos de una lavandería de la Magdalena en Cork. El Ayuntamiento de Dublín también planeaba vender el solar de la lavandería de la Magdalena en Seán MacDermott Street a un promotor que pretendía construir un hotel. Karl recordó las huellas de bala en las columnas y mampostería de la Oficina General de Correos, vestigios del Alzamiento de Pascua. La gente todavía acudía a pasar los dedos por encima de las marcas, a tocar la historia. Sin embargo, en el sitio en que nació no quedaba nada en lo que posar la mano. Lo mismo ocurría con muchas otras instituciones similares; era como si quisieran borrarlas de la historia del país. Los terrenos se vendían, se construía en ellos y caían en el olvido.

Henrietta Street es una de las calles más bonitas de Dublín, una cuesta adoquinada franqueada por espectaculares mansiones georgianas. Tres de ellas pertenecían a las Hijas de la Caridad, que usaban dos para ofrecer servicios de apoyo comunitario en la zona centro. Nos plantamos frente al número 10 y tocamos el timbre. Una mujer diminuta con una rebeca azul pálido y una diadema gris sujetando su melena blanca nos abrió con cautela. Cuando le preguntamos por la hermana a la que nos había remitido el matrimonio, nos invitó a pasar. Nos acompañó a un salón de techos altos, con sillas tapizadas de color aguamarina, una chimenea con rejilla ornamentada, un piano y un soporte de madera con ruedas en el que había una televisión arcaica. A través de la pared, nos llegaba un rumor de voces, como si hubiera una reunión del otro lado. En la mesa descansaban un jarrón con rosas y un libro de pinturas impresionistas de jardines. «Ya verás como te ofrecen café y galletas», me susurró Karl.

Esperamos un rato. La mujer a la que buscábamos rondaría los ochenta años; alta y robusta, de pelo corto y canoso, nos observaba con serenidad a través de unas gafas voluminosas sin mostrar el menor indicio de sorpresa ante la inesperada visita de dos desconocidos. Se arrellanó en un sillón entre nosotros, sin dejar de juguetear con uno de los botones de su cárdigan azul marino con los dedos carnosos y rosados, mientras su mirada saltaba de Karl a mí y de mí a Karl. Él le explicó que había nacido en St. Patrick y que estaba recabando información sobre el lugar.

Ella me pidió que usara un seudónimo —hermana Éabha— porque, al ser una mujer de cierta edad, no quería problemas. Había sido comadrona en el hogar durante una década, entre 1966 y 1976. Nos contó que la mayoría de las religiosas y médicos con los que había coincidido en aquella época ya habían muerto, incluido un exdirector de la maternidad de Coombe que también había sido ginecólogo visitante en la institución y que era «muy devoto».

La discreción era primordial, recalcó: «Las madres no querían que nadie se enterase».

Me habló de una joven que había llegado una semana antes de dar a luz. «Se había puesto dos corsés para ocultar el vientre». La chica vivía con su familia y su padre la llevaba en coche todas las mañanas al trabajo. Guardó el secreto hasta el último instante, incapaz de encontrar una coartada que la cubriera más de una semana. Una noche, su madre le comentó que tenía los tobillos hinchados y entonces supo que había llegado el momento de irse. Mientras la escuchaba, me vinieron a la mente otras historias de muchachas a las que les inducían el parto en estos hogares porque las excusas que daban para ausentarse eran endebles y necesitaban a volver a casa lo antes posible.

«El bebé salió con pies zambos», señaló la anciana. «Lo lisió». Me pregunté si el uso de corsés durante el embarazo sería el responsable del problema. La hermana Éabha recordaba que la madre estaba desconsolada por abandonar a su pequeño y, al mismo tiempo, aterrada por que llegaran a descubrirla. El niño no pudo ser adoptado a causa de su defecto de nacimiento.

Apuntó que la mayor parte de las chicas terminaban en St. Patrick cuando sus familias las echaban de casa. Las de Dublín a veces regresaban junto a los suyos con los bebés, no así las de campo. Por otra parte, como estaban allí escondidas, rara vez recibían visitas. Me habló de una que había contado que estaba en Noruega. Se llevó atlas y mapas consigo, y escribía largas cartas a sus padres, describiéndoles sus excursiones, los paisajes y la población local. La comadrona, asustada por que la pillaran, la instó a que se prodigara un poco menos, pero ella continuó con la farsa. Se fue después de dar a luz y encontró un empleo temporal en unos grandes almacenes. A su hijo lo adoptaron. Más tarde, se topó con el nombre de ella en la lista de víctimas de los atentados de Dublín de 1974[16]. «A menudo me pregunto qué habrá sido de su hijo. Jamás olvidaré sus historias. Diría que todo se destapó tras su muerte». Intenté imaginar las secuelas del atentado: unos padres devastados revisando las pertenencias de su hija y descubriendo una foto de un bebé o una entrada en un diario, enterándose así de que tenían un nieto cuya existencia hasta entonces desconocían.

Después de diez años en St. Patrick, la hermana Éabha se marchó como misionera a Nigeria. Allí decidió no volver a trabajar de comadrona: «Vi las complicaciones que pueden surgir y preferí dejarlo».

Karl le pidió que le explicara por qué a su cerebro le había faltado oxígeno durante el parto, y ella le expuso con cautela varias posibles causas. Él reconoció que debería haber sido motivo suficiente para que no lo hubiesen adoptado. «Qué suerte la tuya», asintió la mujer.

Las hermanas encargadas de las adopciones eran muy estrictas en cuanto al estado de los bebés: «Tenían que estar perfectos». En aquella época, se internaba a los niños en instituciones por una cosa tan mínima como un paladar hendido, así que cualquier otro defecto o discapacidad era susceptible de excluir a un posible candidato. Evidentemente, según estos estándares, Karl jamás habría sido considerado «perfecto». Él mismo musitó: «Debieron de cometer un error».

La hermana Éabha tenía dos sobrinas adoptadas a través de la Catholic Protection and Rescue Society (CPRS). Recordaba que, en la primera ocasión, su hermana, que ya se había encariñado con el bebé, había esperado la firma de los papeles en un estado terrible de nervios.

[16] Conocidos como los «atentados de Dublín y Monaghan», se produjeron el 17 de mayo de 1974, cuando tres coches bomba explotaron en Dublín durante la hora punta de la tarde y un cuarto explotó en Monaghan casi noventa minutos después. Mataron a treinta y cuatro civiles, incluido un feto, e hirieron a casi trescientos. En conjunto, fueron el ataque más mortífero del Conflicto norirlandés.

Más tarde, cuando una de sus sobrinas quiso localizar a su madre biológica, ella misma la envió a hablar con la hermana Maeve. Después de cinco años de búsqueda, la chica recibió una carta de su madre, con la que se reunió en la sede de la CPRS en South Anne Street, en Dublín. La mujer sólo les había hablado de ella a su marido y a uno de sus cuatro hijos, y guardó el secreto incluso tras el reencuentro. «No fue capaz. Es una cosa muy dura de contar».

Karl le relató cómo había contactado con la suya, y la hermana Éabha quiso saber si estaba casada. No era la primera vez que oía a algún miembro de la Iglesia hacer hincapié en ese detalle. Para ellos, el único desenlace honroso era el matrimonio, la prueba de que habían cumplido su cometido. Con frecuencia concluían: «Se casó y tuvo hijos», como si ésa siempre hubiera sido la meta. Karl le respondió que no, que nunca se había casado.

Le preguntó cómo era St. Patrick. Ella describió un murete y macizos de flores en el exterior. Y grandes verandas donde sacaban a los bebés para que les diera el sol. «No queda nada». Después de la demolición, llevó a su sobrina a visitarlo. «Para saber quién eres, ¿no?». Conocía a una pareja de la zona que había adoptado a una niña, una pequeña preciosa con el pelo rizado. Habían ido hasta un hogar para madres y bebés de Cork para recogerla. ¿Por qué tan lejos si vivían a un paso del mayor hogar materno-infantil del país? «Me imagino que sería por ocultarlo. La madre biológica podría descubrir dónde estaba el bebé, entrometerse y demás».

Al cabo de una hora, nos invitaron a pasar a otra estancia para tomar té y tarta. En contraste con la suntuosidad de los salones delanteros, el comedor parecía el de una residencia de ancianos. Unas quince mujeres, las más jóvenes probablemente ya rondando los setenta, esperaban a que un hombre detrás de un mostrador les sirviera la comida en unas bandejas de madera marrón y ocupaban luego su lugar en las mesas. Una por una, todas se fueron acercando a la nuestra para saludar a Karl. Las cruces de plata descansando en el pecho y las sencillas alianzas de oro indicaban que estaban casadas con Cristo. Le preguntaron si estaba disfrutando de su té, le insistieron en que comiera más sándwiches y lo mimaron como abuelas a un nieto que ha ido de visita.

Pregunté por la hostilidad que muchas percibían del público general. Una de ellas, que estaba sentada con nosotros, no se anduvo con rodeos y me soltó, con los labios apretados y la nariz fruncida: «Nos echan la culpa de todo. Quieren dinero». Repitió la acusación con resentimiento mientras desmigajaba su pan de soda untado con mantequilla, picoteando pequeños trozos que mojaba en su huevo pochado, como un pájaro. En su opinión, sin las órdenes religiosas no habría servicios públicos de ningún tipo. Sin la Iglesia, los habitantes de esta isla bien podrían haberse quedado en el caldo primigenio. «No habría escuelas, ni hospitales, no habría nada de nada», afirmó, enumerando hermanos que habían sido educados por los Hermanos Cristianos o las Hermanas de la Misericordia. Se quejó de que casi nadie asistiera ya a las misas. «Padre, perdónalos, porque no saben lo que hacen», murmuró, negando con la cabeza.

Un mes después de conocer a la hermana Éabha, Karl me llevó a la Oficina del Registro General, cerca del castillo de Dublín, donde estanterías de volúmenes encuadernados en rojo y negro albergaban los datos de casi todos los nacimientos registrados en Irlanda.

Karl decidió buscar en ellos a mujeres con el nombre de su madre biológica y su misma edad. Si lograba dar con el certificado de su madre, podría obtener la dirección de su familia y quizá así una forma de localizarla. Karl ya tenía la partida de nacimiento de la mujer con la que había contactado, pero ahora encontró a otras dos con su mismo nombre —bastante común— y nacidas en Limerick alrededor de la misma época. Le pidió al empleado que imprimiera sus partidas de nacimiento, sintiendo que su búsqueda volvía a la casilla de salida.

Unas semanas más tarde, Karl se dirigía hacia la casa provincial de las Hijas de la Caridad de Blackrock. Las campanillas habían brotado de repente bordeando el sendero y el canto de los pájaros colmaba el recinto, aislado de los humos y el tránsito de la carretera principal y separado del parque público por un muro. La hermana Helen, de pelo corto y canoso, con los dedos de los pies enfundados en medias que asomaban por unas sandalias azul marino, nos llevó a una sala a la izquierda. En las estanterías había cestas de Pascua repletas de bombones y botellas de *sherry*, así como un soberbio oso de peluche al lado de un tabernáculo dorado, la caja ornamentada que contenía las hostias de la eucaristía: los cuerpos de Cristo.

Karl se sentó frente a la hermana Helen, con la mesa entre ellos cubierta de tazas, platos de galletas y una cesta con bizcochitos. La hermana hablaba con severidad, iniciando casi todas sus frases con un «Pero, Karl», un «Ahora, Karl» o un «Así que, Karl». Él le enseñó las partidas de nacimiento de las dos mujeres que compartían el nombre de su madre, que ella examinó, algo turbada, pues conocía a Karl y pensaba que ya había localizado a su madre biológica.

Cuando ésta lo entregó en adopción, le explicó la hermana Helen, prometió no intentar ponerse nunca en contacto con él ni interferir en su vida. Había una cláusula al respecto en las órdenes de adopción que las madres debían firmar. «Renunció a sus derechos», dijo. «Si no hubiera firmado, podría haber estado llamando a la puerta constantemente o intentando contactar con los padres adoptivos para recuperar a su bebé, bla, bla, bla». El acuerdo funcionaba como una protección tanto para Karl como para sí misma. «Se habrá sentido muy triste, sola y dolida por haber tenido que aceptar una cosa así», sugirió, intentando entender qué experimentaría una madre al prometer no volver a ver a su hijo jamás. «Era una solución rápida para un problema».

Karl bromeó sobre una trabajadora social que, en una ocasión, «le echó un buen rapapolvo» a su madre adoptiva por animarlo a buscar a su madre biológica. La hermana Helen le advirtió de que nadie conocía las circunstancias que había atravesado su madre biológica; si sus propios padres lo sabían o si la habían echado de casa. Aunque los registros de las órdenes religiosas y las sociedades de adopción solían incluir detalles acerca de las circunstancias de las madres, se suponía que no podían compartir nada que las identificara. Las instituciones asumían que un embarazo fuera del matrimonio era algo que había que ocultar, un escándalo que, automáticamente, las madres sentían que debían encubrir.

La hermana Helen proyectaba esta idea sobre una mujer de la que, en realidad, no sabía nada, a menos que estuviera siendo imprecisa de manera deliberada. Al mismo tiempo, era cierto que esos embarazos se llevaban en secreto, y quizá las monjas se sintieran vinculadas para siempre con una privacidad que las instituciones habían prometido, con el fin de posibilitar una nueva existencia. «Nadie tiene derecho a añadir más dolor ni a invadir su espacio», comentó. «Es el dolor de la vida». Su madre biológica, aseguró, había «enterrado ese dolor».

Le habló a Karl de una mujer mayor que se había reencontrado con su hijo. Él iba a volver a Irlanda desde el extranjero acompañado de sus propios hijos y nietos, «un auténtico batallón», para visitarla en su casita. «Los vecinos sabían que era una mujer soltera y sin hijos», explicó. «Jamás podría contarles que aquel hombre era el hijo que había tenido hacía sesenta años». Al saber de la visita, se inventó una coartada: diría que se trataba de un pariente más lejano. Karl recordó una ocasión en que llamó a Fiona y ella le respondió con susurros nerviosos: «Estoy en misa, estoy en misa».

Pregunté si la hermana Helen aún podía mediar en los reencuentros entre un adoptado y una madre. Me precisó que, cuando cerraron las instituciones, decenas de miles de expedientes se entregaron al Estado para que se ocupara de gestionarlos. La labor de localizar y reunir a las personas separadas por la adopción recayó entonces en los trabajadores sociales. El sorprendente resultado de aquello, en algunos casos, fue que el Estado acabó ejerciendo un control más férreo sobre dicha información que las propias monjas. Ahora, tanto las órdenes como los trabajadores sociales están sujetos a la misma legislación: si una madre no desea contactar con un hijo biológico, o viceversa, cualquiera que intente ayudar en una búsqueda formal se encuentra atado de pies y manos.

—Supongamos que tu pobre madre no quisiera que la localizaran. ¿No deberíamos, cualquiera de nosotros, respetar su decisión? —preguntó Helen.

—El dolor no desaparece —replicó Karl.

El sol brillaba a través de la cortina y él daba sorbos a su taza, y su voz comenzó a vacilar, a quebrarse. El desconcierto brotaba despacio desde la boca de su estómago.

Entre todas las personas cuyas vidas se vieron marcadas por estas instituciones, resulta más arduo escribir sobre aquellas madres que deciden no reencontrarse con sus hijos o lo hacen en secreto. Pocas de ellas hablan con periodistas. Lidiaron con un embarazo no deseado y soportaron el peso del estigma en una época en que la amplia mayoría de los bebés nacidos fuera del matrimonio se daba en adopción: el noventa y siete por ciento en 1967, según la Junta de Adopciones. Algunas firmaron formularios de consentimiento en los que, además, se comprometían a no establecer contacto alguno con los niños. Leí el libro de Caitríona Palmer[17] sobre su relación con su madre biológica, quien

[17] *An Affair with My Mother: A Story of Adoption, Secrecy and Love*, Dublín, Penguin Ireland, 2016.

sólo accedió a conocerla bajo la condición de mantenerlo en secreto: una experiencia desgarradora, narrada con honestidad y sutileza. Quizá sea lo máximo que ningún periodista o escritor de memorias nos ha acercado al sentimiento de estas mujeres, aunque ni siquiera Palmer cree comprenderlo del todo.

—Es como un rompecabezas al que le falta una pieza —comentó Karl.

—¿Y si la pieza hubiera caído en la chimenea y se hubiera quemado? —le preguntó la hermana Helen— ¿De qué serviría, entonces?

¿Estaba insinuando que la madre era la pieza dañada del rompecabezas?

La hermana continuó diciendo que nadie tiene todas las piezas. Ser adoptado no era una cosa de la que avergonzarse; seguía siendo amado y valioso a los ojos de Dios. Karl se encogió en la silla, consciente de que saldría de allí sin respuestas.

Le confesó algo que me había dicho a mí antes:

—Una vez le pregunté si me echaba de menos, y me respondió que no.

—Pero, Karl, ¿por qué iba a echarte de menos si no vivió contigo?

—Porque me tuvo.

—La madre que te espera en casa esta noche, ésa es tu mamá —respondió ella—. No te parió, pero te crió, te cuidó y te hizo la persona que eres. Céntrate en lo que tienes y no en la pieza que falta en tu rompecabezas.

También le recomendó que, si algún día se reunía con su madre biológica, lo hiciera en un lugar neutral, donde no existiera el riesgo de encontrarse con ningún conocido, de modo que no se viesen obligados a inventar mentiras sobre quién era en realidad.

7
PRUEBA DE LA DESHONRA DE LA MADRE

El Estado irlandés promovió y financió la expansión de los hogares materno-infantiles y las lavanderías de la Magdalena. Percibía la ilegitimidad y la actividad sexual fuera del matrimonio como serias problemáticas sociales, y delegó en las órdenes religiosas la tarea de abordarlas.

Aunque conocía las terribles condiciones y las elevadas tasas de mortalidad en las instituciones, al analizar documentos de los archivos estatales, debates parlamentarios, memorias y estudios históricos, me sorprendió la pasividad del Estado ante la situación de madres y niños vulnerables, pese a que era plenamente consciente de la gravedad del asunto. Si bien existía cierta preocupación oficial por el bienestar dentro de las instituciones, la prioridad era reforzar las normas sociales relativas a las relaciones sexuales prematrimoniales y los nacimientos fuera del matrimonio. Las condiciones precarias y las alarmantes tasas de mortalidad se consideraban lamentables, pero no tanto como para impulsar un cambio en el sistema.

Uno de cada tres hijos ilegítimos nacidos vivos moría antes de cumplir un año, según un informe de 1924 del Registrador General, citado en la Asamblea Irlandesa. Estos niños fallecían a un ritmo cinco veces superior al de los demás. ¿Qué explicaba una mortalidad tan alta? «Aunque hay muchas razones, queremos destacar una en particular», señalaba el informe. «El hijo ilegítimo, símbolo de la deshonra de su madre, debía ocultarse a toda costa». En la mayoría de los casos, la madre o su familia depositaban al pequeño en un hospital, en una institución o con unos padres de acogida, quienes recibían un pago único o una manutención periódica. Ahora bien, incluso en las casas de acogida, la supervivencia del niño estaba lejos de garantizarse: «Si se pagaba una suma única o se interrumpían las aportaciones regulares, el niño pasaba a convertirse en una carga para la familia de acogida, que pierde el interés en mantenerlo con vida».

En 1926, en un debate en la Asamblea, se presentó la elevada tasa de mortalidad entre los «niños ilegítimos» como una «circunstancia desfavorable» que el Departamento de Gobierno Local y Salud Pública quería abordar, sobre todo en los condados donde la pérdida de vidas era «anormalmente elevada». Sin embargo, la moralidad parecía ser una preocupación más acuciante que la mortalidad. Durante el mismo debate, el presidente de la Junta de Salud de un condado se disculpó por sacar el «desagradable tema» de las madres solteras, aunque advirtió sobre la enorme cantidad de «estas personas» en los hogares de su jurisdicción. Describió a las infractoras primerizas como «muy unidas» con mujeres «profesionales» que habían «criado a familias enteras» en las instituciones. En sus palabras, «las chicas más inocentes tienen pocas esperanzas de reformarse». Incluso sugirió crear un centro en Dublín «donde se pudiera acoger a estas desgraciadas» y propuso «clasificarlas» en categorías según sus infracciones, con el fin de asignarles diversos trabajos. En su opinión, los contribuyentes estarían dispuestos a financiarlo.

La Commission on the Relief of the Destitute Sick and Poor [Comisión para el Socorro de Enfermos y Pobres Desamparados], que en 1925 comenzó a recopilar testimonios e inspeccionar las casas de trabajo y «hogares del condado», informó en 1927 de que estas instituciones no eran adecuadas para madres solteras, niños o personas «retrasadas mentales». Además, descubrió que, en marzo de 1926, había seiscientas veintinueve madres solteras «clasificadas como infractoras primerizas» en los hogares del condado y en la casa de trabajo que aún quedaba en Dublín, así como trescientas noventa y una «que habían reincidido».

El tratamiento de las «infractoras primerizas» debía centrarse en su «reconstrucción moral». La Comisión recomendó que las Juntas de Salud concedieran «casi plena discreción» sobre la gestión de este grupo de mujeres a las sociedades de rescate y organizaciones voluntarias: en otras palabras, a las monjas. A las reincidentes y las «irredimibles» se las catalogaba como «desechos». Aunque el informe reconocía que el Estado carecía de potestad para recluirlas en instituciones de la Ley de Pobres, «ni siquiera cuando fuese necesario para su protección», sugería que las solteras que solicitaran asistencia aceptaran quedarse en ellas por un periodo no superior a un año, en caso de primera infracción, o a dos, en caso de reincidencia. «En tercera o posteriores admisiones, a la Junta debería otorgársele la facultad de retenerlas el tiempo que considere oportuno, tras contemplar las recomendaciones de la superiora o matrona del hogar», estipulaban. Uno de los objetivos de la reclusión era aislar los «casos degradados», es decir, mujeres que se habían convertido en «fuentes de maldad, peligro y expendio para la comunidad». Ninguna debía recibir el alta si no demostraba ser capaz de mantener a su descendencia. Correspondía a la superiora o matrona ubicarlas en puestos adecuados fuera de la institución.

En 1929, varios debates en la Asamblea giraron en torno a cómo ocuparse del creciente número de madres solteras alojadas en los hogares del condado, incluidos los casos «crónicos» y «profesionales» que «criaban a sus familias a costa de los contribuyentes». Se planteó la creación de una «institución central» donde se pudiera «reunir, clasificar y proveer de empleo» a las infractoras primerizas.

Al año siguiente, la Asamblea aprobó la Ley de Hijos Ilegítimos (Órdenes de Filiación), que, al menos en teoría, facilitaba que las madres solteras obtuvieran apoyo económico del padre del niño. Aunque la norma, a su manera, era progresista, los debates en torno al proyecto de ley evidenciaron una cultura profundamente arraigada en la vergüenza. El ministro de Gobierno Local y Asistencia Social expuso que, tras el nacimiento de un hijo, la madre soltera se convertía en una «paria» cuya «deshonra se ha hecho pública». Uno de los puntos más polémicos del debate fue si estas mujeres debían comparecer ante un tribunal público o si se les permitiría presentar un caso contra el presunto padre sin arriesgarse a que su nombre apareciera en los periódicos. Se sostenía que las personas más capacitadas para evaluar la psicología de las madres solteras eran los sacerdotes y las religiosas. Algunos diputados también mostraron su preocupación por que la legislación favoreciera a mujeres de «estirpe ilegítima [...] criadas en el arte del chantaje».

Un sacerdote jesuita llamado Richard Devane, defensor de la legislación —y quien, en otro contexto, había expresado su deseo de que el pueblo irlandés fuese tan católico «como nazis son los alemanes»—, realizó una encuesta informal en varias instituciones. En el convento A había ciento sesenta «penitentes», ninguna de las cuales, según se creía, se «expondría» a procedimientos legales públicos; sin embargo, la mayoría buscaría manutención para sus hijos ilegítimos si los casos pudieran tramitarse en privado. En el convento B, con ciento siete penitentes, varias de ellas hijas de «campesinos respetables», estarían a favor de «un tribunal privado con reparación». En el convento C, con ciento cuarenta internas, se concluyó que ninguna de ellas estaría dispuesta a someterse, ni a sí misma ni a su familia, a tal escrutinio.

El informe de la Comisión Carrigan, entregado al ministro de Justicia en 1931, ofrece una instantánea del punto de vista de los expertos sobre la moralidad sexual en el Estado Libre. Nunca se publicó, ya que sus conclusiones se consideraron demasiado delicadas. La Comisión estaba integrada por laicos, agentes de la ley y miembros del clero —incluido el padre Devane— que participaban en la «protección» de mujeres y niños. En el proceso, se escucharon testimonios de mujeres que dirigían el asilo de la Magdalena de Leeson Street y la St. Patrick's Guild, y de Frank Duff, de la Legión de María, entre otros. Aunque su misión principal era asesorar sobre la reforma de la legislación relativa a la prostitución juvenil y los abusos contra la decencia pública, el informe abordó temas más amplios. Dejaba constancia de un país apestado de agresiones y abusos sexuales contra jóvenes, un sistema judicial incapaz de brindar justicia en cuanto a los delitos sexuales y una Iglesia obsesionada con la condena de la anticoncepción, los paseos en coche y los pecaminosos salones de baile.

La ilegitimidad era una de las principales preocupaciones: «Las estadísticas oficiales son suficientes para demostrar que la ilegitimidad, en contraste con tendencias históricas previas, está creciendo y propagándose en los últimos tiempos». La tasa oficial en el Estado Libre era del 3,2 por ciento en 1929, aunque se sospechaba que el dato real era mucho mayor. A finales de 1928, las casas de trabajo y «hogares del condado» mantenían a casi mil madres solteras. Que éstas compartieran internamiento con «pobres y enfermos decentes» se consideraba «inaceptable». Por tal razón, los organismos de la Ley de Pobres de Dublín, Clare y Galway tuvieron que establecer «instituciones auxiliares para madres solteras», mientras que la Catholic Protection and Rescue Society y la St. Patrick's Guild atendían cientos de solicitudes. También se mencionaron agencias voluntarias británicas que ofrecían apoyo a madres solteras irlandesas, como la

Catholic Police Courts Mission [Misión Católica ante los Tribunales de Policía] en Mánchester y la Crusade of Rescue [Cruzada de Rescate] en Westminster. Su número aumentaba cada año. El informe recomendaba la creación de reformatorios para «niñas infractoras» que quedarían así separadas del resto.

Una sección del informe estaba dedicada al peligro moral de los anticonceptivos, descritos como una forma de «evitar las consecuencias de la indulgencia sexual entre las personas no casadas». Los eclesiásticos constataban que éstos se vendían con total impunidad en ciudades, pueblos, aldeas y hasta en los rincones más remotos de la isla, a los que llegaban por correo, y se anunciaban públicamente con listas de precios.

Se procesaba menos de una cuarta parte de los delitos sexuales contra menores, en parte porque los padres preferían evitar a sus hijos el trauma de un interrogatorio en un tribunal público. Según el informe, los salones de baile, las salas de cine y las salidas en coche por placer, «que los merodeadores masculinos aprovechaban», eran los principales culpables de la ruina de chicas «ignorantes». No obstante, no mencionaba los abusos cometidos en el seno de las familias, en las casas de los vecinos o incluso en las casas de Dios.

Hasta 1953, no existieron bases legales para la adopción en Irlanda. Revisando noticias en periódicos de las primeras décadas del Estado Libre, me topé con historias de matrimonios llevados a juicio en Dublín por realizar pagos ilícitos a matronas y comadronas en maternidades por adopciones *de facto*. En 1931, por ejemplo, al lado de un anuncio con los precios de las vacas, el *Irish Times* publicó una crónica sobre dos mujeres acusadas ante el Tribunal Penal de Circuito de Dublín de obtener dinero de manera fraudulenta coordinando adopciones de niños. Cobraban unos honorarios de entre quince y veinte libras, amañaban un documento en el que una madre supuestamente renunciaba a los derechos sobre su hijo e ingeniaban un nombre falso para el adoptado, de modo que fuese imposible localizarlo.

En 1934, se aprobó una ley que imponía nuevas normas a las maternidades privadas, en un intento por reducir las tasas de mortalidad y acabar con las adopciones ilegales. Se forzaba así el cierre de varias maternidades menores, dejando a muchas madres solteras expuestas a depender de las grandes instituciones religiosas, donde las tasas de mortalidad seguían siendo elevadas a pesar de la ley. Cinco años después, mientras se debatía un proyecto de ley sobre la protección de los niños por parte de las autoridades locales, el diputado independiente Joseph Hannigan denunció la tendencia a «colocar a los niños en instituciones en lugar de en casas adecuadas». Llegó a la conclusión de que los responsables estaban «más preocupados por los intereses de las instituciones y por mantener el número de niños dentro de ellas» que por el bienestar de los pequeños.

Aquel mismo año, Alice Litster, inspectora de niños acogidos del Departamento de Gobierno Local y Salud Pública, elaboró el «Informe sobre madres solteras en Irlanda», en el que refería que las muertes en estos centros solían deberse a algún tipo de epidemia, que se propagaba a toda prisa entre los niños y «acaba con los débiles». Las guarderías estaban saturadas. En Tuam, al parecer, se estaban tanteando algunas más pequeñas, mientras que, en el nuevo edificio de la abadía de Sean Ross, no habría más de treinta niños por sala.

«La probabilidad de supervivencia de un niño ilegítimo nacido en los barrios bajos y colocado con una madre adoptiva en esos mismos barrios a los pocos días de nacer es mayor que la de un niño nacido en uno de nuestros hogares especiales para madres solteras», escribió Litster, remarcando que, en teoría, el niño nacido en una institución debería tener ventaja. «Me sobrevienen serias dudas acerca de la conveniencia de seguir instando a las Juntas de Salud y Asistencia Social a que envíen pacientes a estos hogares especiales mientras no se exploren las causas de esta tasa de mortalidad tan alta». La tasa de ilegitimidad continuaba aumentando, lo que inevitablemente conduciría a más niños institucionalizados. «No podemos impedir el nacimiento de estos pequeños», aseveró. «Pero sí deberíamos impedir que mueran».

La cabeza de la Iglesia católica en la Irlanda de mediados de siglo, John Charles McQuaid, fue arzobispo de Dublín entre 1940 y 1972. No satisfecho con la preeminencia de la Iglesia en la educación, la sanidad y los servicios sociales irlandeses, lideró una campaña a menudo feroz para desmantelar los servicios laicos y comunitarios. La demostración más célebre fue su exitoso esfuerzo por descarrilar un plan que hubiera ofrecido atención médica gratuita a madres e hijos, pero incluso iniciativas bastante más modestas fueron blanco de sus críticas. Por ejemplo, se marginó un programa coordinado por la Brigada de Ambulancias de St. John, una organización laica, para promover la salud materna, de modo que la Corporación de Dublín recortó su financiación anual argumentando que «no sería aceptable para las autoridades eclesiásticas».

El Estado, por su parte, parecía encantado de permitir que el dogma católico moldeara las políticas públicas. La nueva Constitución, promulgada por Éamon de Valera en 1937, otorgaba un estatus especial a la Iglesia católica, una disposición que no se revocó hasta 1972. Asimismo, declaraba que «con la vida en el hogar, la mujer proporciona al Estado un apoyo sin el que no podría alcanzarse el bien común», y garantizaba «que las madres no se vean obligadas por la necesidad económica a descuidar sus deberes domésticos», una disposición que permanece hoy en día.

En 1954, una columnista llamada Mary Frances Keating escribió en el *Irish Times* sobre el retorcido miedo al sexo que atenazaba a la juventud de la República. Según ella, los jóvenes eran incapaces de mirarse sin sentir que estaban haciendo algo «sombríamente incorrecto». Ellas temían más que se las «señalara» como el tipo de chica que aceptaría la compañía de un chico que los peligros reales de caminar solas de noche. Por su parte, a los hombres se los tachaba de tontos por «caer en las redes» del matrimonio. «Se hace creer a los muchachos que las mujeres son nada menos que expresiones de Satán», escribió Keating, «que están ahí para seducirlos y destruirlos». Ahora bien, aunque los hombres rehuían el matrimonio, seguían dejando embarazadas a mujeres solteras. «En Irlanda, los nacimientos ilegítimos suelen ocultarse, y a las jóvenes madres solteras se las expulsa del país con un billete de diez libras y la orden paterna de no regresar».

Un año después de publicar esta columna, el *Irish Times* informó de que las religiosas del Buen Pastor habían adquirido el castillo de Dunboye para convertirlo en un hogar para madres solteras. Así, el entramado industrial de la vergüenza continuaba funcionando a pleno rendimiento.

James Deeny, asesor médico jefe del Departamento de Salud entre 1944 y 1950, refirió en sus memorias de 1989, *To Cure and to Care* [Curar y cuidar], su contribución al diseño del malogrado plan de asistencia sanitaria materno-infantil, así como su labor, en 1943, investigando la mortalidad de niños en Belfast, donde uno de cada ocho bebés no llegaba a cumplir un año de vida. Deeny recopiló los nombres de los fallecidos y visitó las casas de sus familias. «Me asombró su honestidad al relatar las circunstancias de cada muerte. Las madres recuerdan todos los detalles», señaló.

Su pesquisa lo llevó hasta Cork, donde descubrió que la elevada tasa de mortalidad infantil estaba vinculada a «un hogar para madres solteras» en las afueras de la ciudad. El año anterior a su visita a Bessborough, en la institución habían nacido ciento ochenta bebés y murieron más de cien. Al leer su descripción de la «encantadora casona», bien gestionada e «impecablemente limpia», no pude evitar recordar a quienes contaban que, en los tiempos en que las monjas administraban los hospitales, se podía comer en el suelo. Deeny recorrió las instalaciones sin encontrar una explicación para tantos decesos. Entonces, se le «ocurrió» desvestir a los pequeños para examinarlos. «Todos tenían infecciones purulentas en la piel y una diarrea verde, encubierta con esmero», escribió. «Las muertes llevaban años produciéndose. No habían hecho nada al respecto, se habían limitado a aceptar la situación y la consentían».

Deeny clausuró la institución, despidió a la matrona y prescindió del médico local. Días después, en Dublín, recibió la visita del encargado de los asuntos de las monjas, que acudió acompañado por el decano de Cork. En paralelo, el obispo de Cork presentó una queja al nuncio papal, a quien Deeny describió como «un excorredor de bolsa millonario». El nuncio acudió a De Valera. Sin embargo, tras revisar el informe de Deeny, terminó respaldando su decisión. Después, se desinfectó el hogar de Bessborough y se le asignó una nueva matrona y un nuevo médico. Sólo nos queda conjeturar si los funcionarios que les sustituyeron se entregaron con la misma eficacia y rigor.

Una de las principales razones por las que en Irlanda no existía una base legal para la adopción antes de 1953 era el temor de la Iglesia a que un sistema laico permitiera que los bebés católicos acabaran en familias protestantes. Cuando los medios comenzaron a hacerse eco del «tráfico» de bebés irlandeses hacia Estados Unidos, el arzobispo McQuaid intervino y obtuvo el compromiso por parte de la St. Patrick's Guild de que los padres adoptivos estadounidenses serían católicos. No contento con eso, estableció requisitos aún más estrictos. Ordenó que los posibles adoptantes consiguieran recomendaciones por escrito de organizaciones caritativas católicas y de su párroco, además de presentar partidas de bautismo y matrimonio. También —curiosamente— debían aportar pruebas de que no eludían la paternidad natural. Y una declaración jurada de que eran católicos, que criarían al niño como católico, que lo educarían en escuelas católicas y que no se lo cederían a ninguna otra persona.

La publicidad negativa sobre las adopciones estadounidenses fue uno de los motores que impulsó la Ley de Adopción. Según la nueva ley, todas debían formalizarse mediante «órdenes de adopción» aprobadas por una Junta de Adopciones de reciente creación. El consentimiento no se otorgaba hasta que el niño cumpliera seis meses, tampoco después de los siete años. Y sólo los ilegítimos o huérfanos eran aptos para ser adoptados legalmente.

En 1964, se presentaron enmiendas en la legislación que permitían la adopción de niños «legitimados» tras el matrimonio de sus padres biológicos, siempre que el padre diera su consentimiento. Los debates parlamentarios sobre estos cambios se centraron en dos cuestiones principales: el secreto y el estigma. Se planteó que no era adecuado que las autoridades locales inspeccionaran las viviendas de posibles adoptantes en las zonas rurales, ya que se trataba de un «asunto delicado en el campo» y algo que las familias preferían «llevar en secreto». A Charles Haughey, entonces ministro de Justicia, le preocupaba que la Ley de Adopción obligara a notificar a la autoridad local la entrega de un niño ilegítimo. Durante una sesión en la Asamblea, preguntó por qué dejar constancia de dicha ilegitimidad si lo que se pretendía era, precisamente, evitar que esa información se hiciera pública.

Otra fuente de inquietud eran las adopciones ilegales realizadas mediante el llamado «registro falso», un procedimiento que consistía en inscribir a un bebé como hijo biológico de los padres adoptivos. Al año siguiente, Mary Keating, una comadrona responsable de la residencia privada de St. Rita, en Ranelagh, fue condenada en el Tribunal de Distrito de Dublín por manipular partidas de nacimiento, al anotar a los hijos de mujeres solteras como nacidos de un matrimonio. A pesar de la condena,

Keating continuó con dichas prácticas al menos una década más. De hecho, este tipo de diligencias, en las que participaron sacerdotes, abogados y médicos, siguieron vigentes durante años. Para personas como Mary Keating —y para instituciones como St. Patrick's Guild, de la que se descubrió hace poco que había falsificado más de un centenar de registros—, estas inscripciones fraudulentas constituían un lucrativo negocio en una sociedad que estigmatizaba hasta el extremo la ilegitimidad. A los niños inscritos de forma falsa no les quedaba rastro documental alguno de haber nacido fuera del matrimonio, lo que hacía imposible localizar a sus madres biológicas.

El senador laborista Timothy McAuliffe, representante de Westmeath, planteó en un debate previo sobre la Ley de Adopción de 1964 por qué, simplemente, no se permitía que los niños se quedaran con sus madres: «Puedo asegurarles que no apoyaría ningún sistema de adopción si lograra que la madre conservase a su hijo o que la abuela lo cuidase». McAuliffe criticó con dureza el sistema de los hogares materno-infantiles, señalando: «La madre se convierte en una especie de esclava o prisionera del hogar. En estos momentos, algunos retienen a las madres dos años completos si el niño no es adoptado». Abogó por la abolición de estas instituciones, considerando que el estigma asociado a las madres solteras era excesivo, e instó al ministro a desmantelar el sistema por completo.

—Carezco de autoridad al respecto —replicó Haughey.

—Se debería enviar a esas chicas a maternidades, como a cualquier otra madre —insistió el senador—. Y sus hijos deberían tener los mismos derechos que el resto de los niños.

Con el tiempo, el clima empezó a cambiar. En noviembre de 1970, se celebró una conferencia nacional sobre las mujeres embarazadas fuera del matrimonio en Irlanda titulada «Las madres solteras en la comunidad irlandesa». Uno de sus principales promotores fue el doctor Peter Birch, obispo católico de Ossory. En el evento, se denunció que alrededor de un setenta por ciento de los niños nacidos de madres solteras eran dados en adopción, muchas veces en contra del deseo de las madres de quedarse con ellos, debido a la falta de recursos que les permitieran hacerlo.

En una entrevista para el libro *The Permissive Society in Ireland* [La sociedad permisiva en Irlanda], publicado cuatro años después, el obispo Birch especuló: «Es evidente que [...], debido a nuestra falta de responsabilidad social, y quizá incluso moral, para asegurar que la descendencia ilegítima de generaciones pasadas creciera en entornos adecuados, esa progenie, privada de calor y amor en su infancia, se ha convertido en las madres solteras de hoy». En 1973, como respuesta a la persistente campaña encabezada por el grupo de apoyo a las madres solteras de Cherish, el Gobierno implementó un subsidio destinado a ellas. Paralelamente, ciertos periódicos informaban sobre sacerdotes que impartían cursos para combatir la secularización y el creciente número de madres solteras.

En 1974, los senadores Michael D. Higgins, John Horgan y Mary Robinson impulsaron un proyecto de ley sobre Hijos Ilegítimos (Manutención y Sucesión) que proponía otorgar derechos de sucesión a los hijos ilegítimos y facilitar a las madres el acceso a pensiones alimenticias por parte del padre. Robinson sostenía que, si el derecho canónico y el consuetudinario tenían como objetivo usar la marca de la ilegitimidad para disuadir a los adultos de la promiscuidad, resultaba incongruente hacerlo «imponiendo toda la pena y la discriminación a niños inocentes». Como crítica a las décadas de estigmatización de las madres solteras, Robinson destacó que no se podía «encasillar» a los progenitores solteros: provenían de todas las clases sociales.

El proyecto de ley no salió adelante. Uno de sus detractores, el senador Augustine Martin, lo calificó de una amenaza más para la institución de la familia, ya en horas bajas, y expresó su temor de que la ley abriera la puerta a reivindicaciones de filiación sin límites, dejando a los hombres vulnerables al chantaje; el mismo argumento que se había utilizado contra las madres solteras desde los inicios del Estado. «Se teme que, después de diez o quince años, alguien pueda presentar una reclamación sobre la propiedad familiar, la esposa o los hijos, quienes desconocen por completo la existencia de un hijo del padre nacido fuera del matrimonio», afirmó. «El impacto de estas demandas, especialmente en términos de propiedad, es notable». Tal revelación podría causar «daños espirituales», según advirtió. Alegó que las «mujeres sin escrúpulos» o «de cierta edad», impulsadas por un deseo emocional de «realizarse como mujeres», podrían manipular a un hombre. «Sería peligroso que este proyecto de ley se aprobase, especialmente en el clima actual de feminismo estridente e incluso vengativo en el que vivimos», señaló.

También en 1974, el ministro de Justicia, Patrick Cooney, incorporó cambios importantes en la legislación sobre adopciones. Intentó reformar aspectos como las «colocaciones privadas» y las «madres prevaricadoras», que retrasaban el consentimiento o lo retiraban en el último momento. Redujo la edad mínima de entrega de seis meses a seis semanas.

En un discurso pronunciado en la Irish Adoption Workers' Conference [Conferencia Irlandesa de Trabajadores de la Adopción] en 1974, Cooney expresó su convicción de que «la adopción es mejor para el bebé ilegítimo que los cuidados de su madre», algo que defendió en un debate en el Senado aquel mismo año. «Por supuesto, el motivo es que el hijo ilegítimo sigue marcado en nuestra sociedad, y la cuestión es cómo borrar ese estigma mientras velamos por su bienestar», señaló.

Robinson replicó que no podían, en conciencia, establecer un límite de seis semanas para el consentimiento «sin mejorar la situación de la madre soltera» y subrayó la necesidad de ofrecer «opciones reales». Insistió asimismo en que tanto la madre soltera como su hijo debían tener protección constitucional como «familia». No compartía la satisfacción de Cooney con el buen funcionamiento del sistema de adopciones en Irlanda. El Gobierno concedía subvenciones a las sociedades de adopción con la esperanza de que se emplearan en la contratación de trabajadores sociales; Robinson le preguntó a Cooney por qué no se destinaban subsidios similares a organizaciones como Cherish, que ayudaban a las madres solteras a conservar a sus bebés.

En 1976, Cooney y Robinson volvieron a debatir sobre adopción. Robinson, que abogaba a favor de abolir el concepto de ilegitimidad, pidió a la sociedad irlandesa que «defendiera con determinación el derecho de una madre a quedarse con su hijo, si así lo deseaba, y que la alentara y apoyara en esa elección». Cooney, por su parte, rechazaba que la «generación actual de hijos ilegítimos se convirtiera en el conejillo de Indias de un experimento social destinado a cambiar mentalidades».

En 1983, un referéndum aprobó la prohibición constitucional del aborto, consolidando lo que podría considerarse el punto culminante de la prolongada alianza entre la Iglesia, el Estado y la sociedad para controlar a las mujeres y su capacidad reproductiva. Dos años más tarde, el ministro de Salud reconoció el cambio de actitud hacia los hogares materno-infantiles, declarando en la Asamblea que ya sólo St. Patrick, en Navan Road, y Bessborough, en Cork, «retienen a los bebés durante un tiempo considerable».

Con la entrada en vigor del subsidio para madres solteras y las leyes contra la discriminación en el puesto de trabajo, se hizo económicamente más viable para muchas conservar a sus hijos. En 1980, más de cinco mil mujeres recibían esta ayuda para madres solteras, y era ilegal que las despidieran como consecuencia del embarazo o la maternidad. En 1985, una nueva legislación autorizó la venta sin receta de preservativos y espermicidas a mayores de dieciocho años. Así, aunque ni la postura de la Iglesia respecto a la ilegitimidad había variado ni el Estado había tomado medidas concretas para cerrar estas instituciones, un clima jurídico y cultural en transformación provocó un descenso notable en la cifra de mujeres que se veían obligadas a ocultar sus embarazos.

Las cosas estaban cambiando, aunque no lo bastante rápido para algunas personas. En 1984, Majella Moynihan, una aspirante a *garda* de veintidós años, se quedó embarazada tras acostarse con otro recluta. Durante una investigación interna, fue acusada de «conducta perniciosa para la disciplina o susceptible de desacreditar al Cuerpo». Se le exigió declarar sobre el número de veces que había tenido relaciones, su embarazo y su intención de dar al bebé en adopción. En una audiencia relacionada con la conducta del padre de la criatura, también se le interrogó sobre su historial sexual. El caso llegó hasta el arzobispo de Dublín, quien advirtió de que imponerle una sanción podría alentar a otras jóvenes en situaciones similares a abortar en Inglaterra. Según informaron a Moynihan, de no haber sido por esta intervención, la habrían despedido.

Aquel mismo año, se encontró un bebé muerto por heridas de arma blanca en una playa de Cahirciveen, en el condado de Kerry. Joanne Hayes, que vivía a unos ochenta kilómetros al norte de Kerry, fue detenida porque los *gardaí* sabían que había estado embarazada. La acusaron de haber asesinado al bebé en la playa, y la acusación persistió incluso después de que ella puntualizase que había ocultado el nacimiento y el deceso de su propia criatura y mostrara el punto exacto del terreno familiar donde estaba enterrado. Los *gardaí* defendieron su teoría de que los *dos* bebés muertos eran suyos. Para respaldar esta hipótesis, argumentaron que la discrepancia en los grupos sanguíneos podía explicarse mediante una superfecundación heteropaterna: es decir, que Hayes había concebido simultáneamente dos bebés de hombres diferentes. Al fin, un juez desestimó la acusación y un tribunal dictaminó que la acusada no era la madre del pequeño asesinado, no sin antes someterla a un calvario que la periodista Nell McCafferty tildó de «medieval».

También en 1984, Ann Lovett, una colegiala de quince años, murió tras dar a luz sola en una gruta mariana de Granard, en el condado de Longford. Al igual que Hayes, había ocultado su embarazo.

Las actas de una reunión de la Junta de Salud del Este, celebrada en 1986, documentan el cierre del hogar materno-infantil de St. Patrick y su reubicación: «Gracias a una meticulosa coordinación, hemos logrado reubicar de forma discreta nuestro servicio para madres solteras desde el gran entorno institucional de St. Patrick a una base comunitaria en la zona sur de la ciudad, teniendo en cuenta todos los intereses implicados». En la nueva institución, el Estado costearía los salarios de once empleados, incluidos enfermeras, comadronas, una monja encargada y su asistente.

En 1987, cuando la ilegitimidad fue abolida legalmente, se informó a la Asamblea de que el año anterior todavía funcionaban siete hogares materno-infantiles «que atendían tanto a mujeres embarazadas como a aquellas que ya eran madres, además de un hogar infantil». Algunos de ellos no eran estrictamente instituciones carcelarias, sino más bien casas de acogida, de las que las jóvenes podían entrar y salir con libertad.

En el barrio dublinés de Donnybrook se concentraban varios de ellos: Eglinton House, la sucesora de St. Patrick, ofrecía refugio a catorce madres y ocho niños; los apartamentos Belmont, gestionados por las Hijas de la Caridad, daban cobijo a once madres con sus bebés; y Denny House, heredera del asilo de la Magdalena original de Lady Denny en Leeson Street, hospedaba a siete madres con sus pequeños. En la cercana Ranelagh, los apartamentos de Miss Carr, en Northbrook Road, proporcionaban alojamiento a ocho madres y sus hijos. Ard Mhuire, en

Dunboyne, operado por las Hermanas del Buen Pastor, acogía a treinta madres con sus hijos. En el condado de Donegal, El Castillo, bajo la administración de la Junta de Salud del Noroeste, atendía a ocho madres con sus bebés, mientras que St. Mura, en Fahan y gestionado por las Hermanas de Nazaret, alojaba a veinte bebés. Por último, Bessborough, anteriormente con capacidad para ciento cincuenta personas, ahora daba refugio a veinticinco madres y sus hijos. Varias de las instituciones más grandes, como Tuam, la abadía de Sean Ross y Castlepollard, ya habían cerrado.

En 1993, la médica y política Mary Henry, que había crecido cerca de Bessborough, habló de sus recuerdos de la institución durante un debate en la Asamblea acerca de la despenalización de la homosexualidad. Una semana antes, el mismo órgano había abordado el tema de los preservativos. Henry adelantó que la próxima sesión se centraría en el divorcio y recordó las antiguas Leyes Brehon, que, siglos atrás, permitían a las mujeres divorciarse de un hombre por diversos motivos, como no proporcionarles sustento, difundir calumnias sobre ellas, engañarlas para casarse usando brujería, ser impotente o incluso por estar demasiado obeso para mantener relaciones sexuales.

«Cuando era joven, era común que echaran de casa a las chicas que se quedaban embarazadas», comentó. «Una monja mayor me confesó que lo más desgarrador de su labor era cuando un padre dejaba a su hija en la puerta y le decía que nunca más volvería a saber nada de su familia».

8
A LA SOMBRA DEL CAPRICHO DE PIEDRA

En un luminoso día de junio, tomé el autobús 202 en el centro de Cork. Distraída por un dolor de muelas, tardé en caer en la cuenta de que conocía a la mujer que, con su camiseta rosa Barbie con la palabra BONJOUR y chanclas, también rosas, estaba sentada frente a mí: Ann O'Gorman.

Le toqué en el hombro, sobresaltándola: «¡Ay, querida!».

Ann llamaba «querida» a todo el mundo. En Dublín, las vendedoras de fruta, flores y Toblerones hacen lo mismo, pero lo decía ella, había una urgencia particular que te hacía sentir única, como si de verdad te apreciara. Me senté a su lado. Íbamos al mismo lugar.

Llevaba en las manos una escultura de metal, del tamaño de un puño, que representaba a una niña de cabello largo, acurrucada y dormida en la palma de una mano enorme. Provenía de Lourdes, un sacerdote se la había regalado en memoria de su hija fallecida dentro de los muros de Bessborough. Ella misma había visitado Lourdes en dos ocasiones, había estado en la gruta donde la Virgen María se apareció a una adolescente. Ahora, aunque seguía creyendo, era incapaz de cruzar el umbral de una iglesia.

Cuando se corrió la voz de lo que ocurría en los hogares materno-infantiles, Ann comenzó a perder peso y sentirse rara. «Esto me está haciendo algo», me reveló en una ocasión. «Me está destrozando, lo noto». Al principio, casi siempre estaba callada; pero, a medida que la presión mental crecía, encontró su voz. Aun así, se aferraba a la idea de que nada de aquello alteraría su esencia. En las llamadas, se escuchaban las risas de sus nietos de fondo.

Ahora, en el autobús, me decía: «Me despierta por las noches». La angustia por no saber dónde está enterrada su primogénita la tenía en vilo.

Su primera hija fue una niña. Una monja le ordenó que le pusiera un nombre rápido, y le vino a la mente «Evelyn». Supuse que quería decir «pequeña Eva», la primera mujer, pero, cuando lo busqué, los sitios web de nombres para bebés decían que significaba «dadora de vida» o «deseada».

Ann tenía sólo dieciocho años cuando descubrió que estaba embarazada. Era 1971. El padre era un hombre casado, seis años mayor que ella, al que había conocido trabajando en una freiduría de Limerick. Por aquel entonces, ella vivía en el domicilio familiar, con sus nueve hermanos. El hombre le ofreció mudarse a una habitación libre de su casa. En apariencia, vivía allí como inquilina. Así fue como empezó todo.

Cuando dejó de menstruar y se percató de que estaba embarazada, se lo contó al padre. Él le dijo que lo solucionara. Ann no habló con nadie más. Como hija mayor, temía convertirse en un mal ejemplo para sus hermanos. Su madre siempre la elogiaba por ser una buena chica: no era contestona ni causaba problemas. Ella se recordaba a sí misma como una muchacha silenciosa e ingenua. «Ni siquiera sabía por dónde salían los bebés», reconoció.

Una trabajadora social de Limerick la remitió a las Hermanas de los Sagrados Corazones de Jesús y María, en Cork, y la llevó en coche las dos horas que separaban ambas ciudades. Al llegar a Bessborough, subió los escalones de piedra de la entrada y cruzó la puerta principal de madera, el embarazo casi ni se le notaba aún. La monja que anotó sus datos le indicó que debía cambiarse el nombre mientras estuviera allí y que no hablara de su pasado ni preguntara por el de las demás chicas. Dentro del hogar, sería Una. Su madre, convencida de que había dejado Limerick para trabajar, lloraba cada vez que la llamaba, rogándole que regresara. Las religiosas contaron a las otras chicas que Ann era corta de entendimiento. Y, durante años, ella misma se creyó esa mentira.

Los meses que pasó en Bessborough se le difuminan en la multitud de tareas que realizaba cada día, incluso en las últimas semanas de su embarazo. Lavaba ropa, pulía suelos o asistía en la sala de partos, donde la intimidaba el dolor, pues sabía que pronto llegaría su turno. Cada mañana, había misa antes del desayuno. Apenas hablaba con sus compañeras de dormitorio.

Algunas eran hasta más jóvenes que ella.

Desembarcamos en una calle muy transitada, rodeada de urbanizaciones, en lo que antes eran campos de cultivo. Bessboro Road discurría hacia el sur desde la carretera principal atravesando un polígono industrial. Al menos una de las hermanas de los Sagrados Corazones que había trabajado en el hogar materno-infantil vivía ahora en el convento de nueva construcción, en una calle que se desviaba a la izquierda. Ann había ido una vez para preguntar dónde estaba enterrada Evelyn, pero se negaron a hablar con ella.

La caseta de seguridad situada detrás del portón de acceso a Bessborough parecía vacía. Avanzamos por el caminito de entrada. A la derecha, había praderas donde pastaban vacas con sus terneros; a la izquierda, tras una alambrada, se extendían los jardines del convento y un pequeño parque infantil. Unas cuantas chicas estaban sentadas en la hierba alrededor de un cochecito, y una de ellas jugaba con un niño pequeño. Aquí resistía una suerte de hogar materno-infantil. El Bessborough Centre funciona hoy como una residencia destinada a madres y padres en situación de vulnerabilidad, algunos con problemas de adicción, a quienes de otro modo tal vez los servicios sociales les retirarían a sus hijos. En otra parte del complejo, Helping Hands, una agencia privada de mediación en adopciones fundada en 2005, gestiona acuerdos internacionales con países como Polonia, Estados Unidos, Vietnam, Haití e India.

Al término del camino, se yergue el campanario de ladrillo de la capilla, pintado de blanco. Al doblar la esquina, pasamos junto a un antiguo invernadero de cristal y descubrimos el imponente edificio de tres plantas del convento. La puerta principal, de un rojo intenso, destacaba como un chocante brochazo contra la fachada marrón arena. Los escalones estaban custodiados por dos leones blancos, con las cabezas giradas hacia quienes osaran aproximarse a la muerte; a uno de ellos le colgaba la lengua de la boca abierta.

No era la primera vez que acudía a allí con Ann. Meses atrás, la había acompañado en una de sus visitas habituales al lugar donde creía que podía yacer Evelyn. El mes anterior, la Comisión de Investigación había emitido un comunicado anunciando que estaban escrutando «los enterramientos de un gran número de niños que murieron mientras residían» en Bessborough entre 1922 y 1998. Solicitaban que compareciera cualquier persona con información, documentos o testimonios relacionados con los entierros. A diferencia de Tuam, donde se habían encontrado pruebas materiales de la existencia de una fosa común, la ubicación de la «parcela de los ángeles» —o parcelas— en Bessborough seguía siendo un misterio. Algunos supervivientes habían difundido un mapa, al parecer de los años cincuenta, que señalaba un «cementerio de niños» en un prado en el extremo meridional de la finca, entre el cementerio de las monjas y la carretera de circunvalación sur.

Lo visité por mi cuenta unos meses después de la solicitud de información por parte de la Comisión. Recorrí el mismo sendero bajo una lluvia torrencial para reunirme con Thomas Quigley, el director del Bessborough Centre.

Quigley colocó un plato de galletas en la mesa de su despacho. Su traje imponía, pero su manera de hablar lo volvía accesible. Microbiólogo de profesión, hizo hincapié en que era el primer laico en asumir el cargo, aunque, más avanzada la conversación, admitió que antes había sido monje benedictino en la abadía de Glenstal.

Cuando en 2009 se incorporó a su nuevo puesto, admitió, «no sabía nada sobre la historia de Bessborough, para ser sincero». Poco después de su llegada, pusieron en marcha una estrategia de *branding* y un consultor externo recomendó que conservaran el nombre del centro. Cinco años más tarde, sin embargo, todo cambió. Estalló el tema de Tuam y el destino de los niños de Bessborough se colocó en el punto de mira. «Bessborough se convirtió en sinónimo de bebés muertos, niños que acaban en centros de acogida y adopciones forzosas», comentó. «Un lastre para nuestra reputación».

Quigley me contó que algunos de los padres y madres que actualmente residen en el Bessborough Centre habían pasado antes por el sistema de acogida. Según me explicó, muchos de los niños acogidos por el Estado sienten que se los secuestró de sus familias, mientras que sus madres se ven rechazadas y, con frecuencia, vuelven a quedarse embarazadas en un intento de llenar ese vacío. Lo describió como un sistema de «puertas giratorias». Cuando llegó al centro, todavía vivían y trabajaban allí mujeres que habían dado a luz antes del cierre del hogar en 1998 y que nunca se habían marchado.

Recordaba a una que se presentó un día en la recepción. Quería ir al sitio donde recordaba haber enterrado a su bebé. La puerta de esa área de la propiedad estaba cerrada, así que Quigley la abrió y la acompañó hasta un punto al lado del cementerio de las religiosas y las ruinas de un capricho de piedra.

—¿Ésa es la tumba de verdad?

—Sí, sí, aquí es donde lo enterraron —le aseguró ella.

La mujer había llegado a Cork en tren desde otro condado en 1994, incapaz de contarles a sus padres que estaba embarazada. Poco después, el bebé falleció de muerte súbita.

«No podía volver a casa ni con un bebé muerto ni con uno vivo», le reconoció a Quigley. También le explicó que la hermana Sarto Harney, directora de la institución en aquel momento, le permitió inhumar allí al niño y «celebramos un funeral precioso». Después, la mujer instaló una placa de madera en memoria de su pequeño. Quigley me comentó que le sorprendía profundamente que una cosa así hubiera sucedido en tiempos tan recientes: que una chica joven, en los años noventa, no se sintiera capaz de llevar el cuerpo de su bebé a casa.

El cementerio de las monjas está situado en un rectángulo de terreno amurallado detrás del capricho de piedra. No tiene más que unos pocos metros de ancho, y las secciones de hierba están divididas por limpios senderos de cantos. Una puerta blanca marca la entrada a la zona rodeada en tres de sus lados por muretes y, en el cuarto, por el capricho. Dentro de la verja, a la izquierda, dos hileras de sencillas cruces negras que apenas alcanzan la altura de las rodillas dan cuenta de la quincena aproximada de religiosas allí enterradas.

A la sombra del capricho, frente a las cruces, los visitantes han ido depositando recuerdos y estatuillas para honrar a los niños que creen allí sepultados. Aparte de esa única madre que aseguró haber estado presente en el entierro de su bebé en el cementerio de las monjas, hay pocas evidencias concretas de la llamada «parcela de los ángeles». Este santuario, creado principalmente por las madres que lo visitan, simboliza no tanto la posible presencia de los restos como la dolorosa ausencia de información.

En un rincón, una pequeña placa en forma de sobre reposa en el suelo en memoria de un niño nacido en 1942 y fallecido a los pocos meses. También hay otra de madera, la del pequeño nacido y muerto en 1994. Más tarde, sus partidas de nacimiento y defunción me confirmaron que había fallecido en Bessborough a las cuatro semanas de vida. El informe del forense, respaldado por una autopsia, indicaba: «Muerte súbita de causa no específica en la infancia».

No pude evitar pensar en el secreto que su madre probablemente seguía guardando y en sus solitarias peregrinaciones al capricho.

A últimos de los noventa, se publicaron las memorias de June Goulding, una matrona que trabajó en Bessborough entre 1951 y 1952. En ellas, explicaba que se esperaba que las jóvenes se quedaran trabajando en el hogar tres años, salvo que sus familias pudieran pagar cien libras —una suma astronómica para la época—, lo que permitía que los bebés fueran adoptados y las madres pudieran marcharse a los diez días. Goulding reveló que la Corporación de Cork pagaba al convento una libra por madre y dos chelines y seis peniques por niño a la semana. «Las chicas no podían quedarse con sus bebés ni irse con ellos a sus casas, aun cuando su familia pagara».

Las jóvenes realizaban trabajos pesados, como lavar la ropa, cortar el césped de rodillas con las manos y alquitranar el camino de entrada. Recordó haber bautizado a un bebé nacido muerto que fue enterrado en un «parche de tierra» señalado por una cruz de cemento de poco más de medio metro de altura. A las religiosas las pintó como insensibles y tacañas. No estaban dispuestas, por ejemplo, a emplear las costosas «cuerdas de tripa» para suturar a las mujeres que sufrían desgarros en el parto. A una sí se la anestesió, pero porque había pagado un extra. El médico que acudió para administrársela le reveló a Goulding que una monja había suspendido dos veces su examen final para obtener el título de matrona.

Carmel Cantwell, residente en Cork, colaboraba en la organización de la conmemoración anual en Bessborough. Cuando nos conocimos, me contó la historia de su madre, a quien me pidió que llamara Bridget.

Bridget nació fuera del matrimonio en un hogar del condado de Cashel. Sus abuelos la criaron en Tipperary junto con otros once «hermanos» que, en realidad, eran sus tíos. Abandonó los estudios a los trece años y, a los catorce, entró a trabajar en un convento en Kilkenny, animada por las religiosas a hacerse postulante. A los dieciséis, cuando se preparaba para irse con otras compañeras como misioneras a Australia, necesitó su partida de nacimiento para que le expidieran el pasaporte. Fue entonces cuando las monjas le dijeron que no podría unirse a las Hermanas de la Caridad por ser ilegítima.

Un año después, a los diecisiete, mientras trabajaba como empleada doméstica en Tipperary, se quedó embarazada fuera del matrimonio. Huyó a Inglaterra, donde confesó su situación a un sacerdote. Éste la remitió a la Crusade of Rescue de Londres, que la envió de regreso a Irlanda. Apenas cruzó la puerta de Bessborough, le confiscaron la ropa, el dinero y la libreta de ahorros, y la pusieron a trabajar.

Su hijo, William, nació en 1960. Después del parto, Bridget desarrolló una infección causada por el pinchazo de una inyección en la nalga. Tres días después, William también cayó enfermo. Bridget recordaba que una monja culpó a otra de haber usado una aguja sin esterilizar con el bebé, al que trasladaron al hospital de St. Finbarr. Según me contó Carmel, a su madre le comunicaron con toda naturalidad: «Tu bebé ha muerto y ya está enterrado». Una semana después, ella abandonó Bessborough y se embarcó de vuelta a Inglaterra. Intentó quitarse la vida en tres ocasiones.

Durante treinta y seis años, guardó silencio absoluto sobre su hijo. «Yo fui la primera persona con la que habló», me confió Carmel.

En 1995, Bridget volvió a Bessborough en busca de información. Las religiosas la hicieron sentarse, sacaron un expediente y la informaron de que William reposaba en el cementerio de las monjas. La hermana Sarto la acompañó hasta el lugar, pero no le permitió entrar. Marcó con el pie un trozo de césped y señaló: «Aquí está tu bebé». Cuando ella le preguntó si podían colocar una placa, la respuesta fue negativa: sólo se permitía una simple cruz de madera.

Carmel recuerda que aquel día su madre volvió a casa en Cork y se derrumbó entre sollozos en el suelo de la cocina. Fue entonces cuando le reconoció la verdad.

En 2014, preguntó a Thomas Quigley si sería posible que las monjas comprobaran el libro de entierros en busca de William. Estaba convencida de que debían de conservar algún registro, y había rumores de que tal libro existía. Después de consultarles, Quigley le sugirió intentarlo en la funeraria O'Connor de Shandon Street o en los archivos de la ciudad. Carmel consiguió la partida de defunción de William, que indicaba como causas de su muerte un absceso renal y una septicemia. Sin embargo, no encontró nada sobre su entierro. Ella y su madre colocaron una pequeña lápida en el lugar que la hermana Sarto había señalado en el cementerio de Bessborough.

De camino al capricho, Ann O'Gorman y yo pasamos por los huertos y un invernadero con la tierra removida a su alrededor. Tras recorrer un sendero bordeado de árboles, llegamos a una abertura en la maleza y Ann se quedó boquiabierta. En un pequeño claro, docenas de delicadas batitas blancas de bebé flotaban a unos metros del suelo. Colgaban de cables casi invisibles, como espíritus suspendidos, capturando la luz moteada que atravesaba las ramas. Ann, con sus chanclas rosas y los ojos anegados en lágrimas, avanzó despacio junto a globos blancos atados para la ocasión en el tramo final del camino.

Casi un centenar de personas se había reunido cerca del camposanto. Una mujer con un vestido verde y azul se levantó como un resorte de su silla plegable y me llamó por mi nombre. Habíamos sido compañeras en un curso de árabe años atrás. Me contó que la habían adoptado de Bessborough en los años cincuenta. Otra asistente, Margaret, vestida con encaje azul y adoptada en la misma época, había venido desde Nueva York. Su madre biológica tenía noventa y cuatro años, vivía en una residencia de ancianos en Cork y nunca había regresado a su condado natal por vergüenza. «Se encuentra fatal», me dijo. «No me permite contárselo a nadie».

Nos sentamos alrededor de un montículo de hierba, salpicado de margaritas y dientes de león, al lado del antiguo capricho. Algunos de los presentes, Ann incluida, estaban convencidos de que allí yacían niños enterrados, pues se contaba que las religiosas así se lo habían asegurado a las madres. Tampoco parecía haber otra explicación lógica para un montículo en ese lugar. El aire olía a ajo silvestre.

Tras un minuto de silencio, las mujeres comenzaron a acercarse a un micrófono, una por una, para compartir sus historias. Joan McDermott contó que el bebé que le arrebataron cuando tenía seis semanas, a finales de los sesenta, pasó nueve de los catorce años que ella dedicó a buscarlo intentando encontrarla también. Se lo habían cedido a una pareja, que no llegó a adoptarlo, a cambio de una contribución económica. Ella y otras supervivientes se desprendieron poco a poco del sambenito de «mujeres descarriadas», explicó, contemplando al grupo de mujeres allí reunidas, con sus vestidos de verano y sus sandalias, acompañadas por amigos y familiares.

Noelle Brown, actriz y dramaturga, lucía unas zapatillas Converse de color limón y apartaba hacia atrás mechones de su brillante cabello rubio corto mientras hablaba. A pesar del referéndum sobre el matrimonio homosexual y la reciente derogación de la prohibición constitucional del aborto, advirtió de que Irlanda no podría considerarse una «nueva» Irlanda hasta que el país se enfrentase a su pasado: «Me enfurece que la gente diga: "¡Es que no sabíamos nada!". Todo el mundo lo sabía».

Ann fue una de las últimas en tomar la palabra. «Sé que hoy está aquí conmigo», expresó en alusión a su hija Evelyn.

Antes de que se disgregaran, Carmel les recordó lo que aún estaba pendiente: «Nadie ha dado una respuesta sobre dónde están los bebés».

Al concluir la conmemoración, los asistentes regresaron a una sala lateral del edificio principal para tomar té y café. Conversaban en pequeños grupos, sacudiéndose las migas de galleta del pecho y enjuagando las tazas al terminar. Thomas Quigley me presentó a la hermana Lorna Walsh, directora de la Junta Interreligiosa del Bessborough Centre. Era una mujer de aspecto robusto, con el cabello blanco y una nariz suave y redondeada, gafas cuadradas, una sencilla camisa azul de flores y una cruz de plata.

Aproveché para preguntarle acerca del anuncio de la venta de los terrenos de Bessborough en 2017. Me aseguró que el cementerio se conservaría y que las hermanas seguirían encargándose de su cuidado. Tanto ella como Quigley mencionaron las miles de adopciones que, según decían, habían resultado experiencias positivas. «Pero no dicen nada», añadió. Comentó lo estricto que era el catolicismo en Irlanda antes del Concilio Vaticano II y que, al llegar desde su Inglaterra natal, le sorprendió el fuerte estigma que sufrían las personas adoptadas en el país. Resultaba increíble que no estableciera conexión alguna entre dicho estigma y las acciones de su orden.

Una vez que Evelyn murió, Ann regresó con el hombre con el que había estado viviendo y pronto quedó embarazada de nuevo. Esta vez la enviaron a St. Patrick, en Dublín, donde dio a luz a mellizos: un niño y una niña, a los que se dio en adopción.

Luego retomó la relación con el mismo hombre, quien a veces la maltrataba. Dos años después, volvió a Bessborough, otra vez embarazada.

Allí, preguntó por su primogénito. Las monjas le confirmaron la existencia de un registro que documentaba su estancia, pero no había más información. Aquello la asustó, de manera que, después de dar a luz, decidió escapar con su hijo. Se coló en la guardería y lo cogió en brazos. Anduvo y anduvo, cruzando las puertas del recinto, hasta que llegó hasta la estación de tren, rezando para que nadie la detuviera.

Un día, su hermana, asomada desde el piso superior de un autobús en Limerick, la divisó caminando por la calle con un niño en brazos. Se destapó el secreto. Su madre se tomó bien la noticia y la visitó con dinero y zapatos nuevos para el pequeño, sin hacer preguntas. Ann no se sintió capaz de contarle nada sobre sus partos anteriores ni su paso por las instituciones.

En una ocasión, durante una pelea doméstica, Ann salió huyendo de la casa y buscó amparo en la residencia del sacerdote que vivía en la esquina: «Me dijo: "Quítate la parte de arriba para que vea dónde estás quemada"».

Lo soportó todo. Eso sí, decidió no ocultar el siguiente embarazo ni volver a las instituciones. Tuvo tres hijos más: dos chicos y una chica. Con el tiempo, consiguió comenzar una nueva vida en su propia casa con sus hijos.

Hasta 2018, Ann nunca tuvo un documento que demostrara que Evelyn había existido. Fue un abogado el que, tras solicitar los registros a través de la Ley de Libertad de Información, obtuvo una copia de su partida de defunción junto con otros documentos relacionados con sus dos estancias en Bessborough. Una trabajadora social se reunió con ella en Limerick para entregárselos y aclarar sus dudas. En los días previos al encuentro, su voz al teléfono sonaba más acelerada. Por fin, pensaba, obtendría respuestas. Esperaba que los registros revelaran cómo había muerto su hija, y, aunque sabía que era muy poco probable, que incluso indicaran dónde estaba enterrado su cuerpo.

Quedamos en Cork para que me mostrara los documentos. Parecía encogida dentro de su parka acolchada. Su habitual botella de Lucozade descansaba en la mesa, intacta. No probaba bocado.

—Evelyn es un nombre precioso —le comenté.

—¿A que sí? —sonrió, y volvió a concentrarse en las páginas que tenía en las manos.

Uno de los documentos describía a su hija como «a término», y a continuación señalaba que había muerto por complicaciones derivadas de la prematuridad. Le inquietaba esta aparente contradicción. También indicaban que llegó a Bessborough por primera vez en abril de 1972, un par de meses antes de dar a luz; aunque ella estaba convencida de que había sido antes, ya que apenas se le notaba la barriga. En un registro de maternidad figuraba su nombre real y, en la esquina superior derecha, el que usaba en el hogar acompañado de un código: UNA YXD 95.

En 1975, cuando volvió a Bessborough, le asignaron el nombre de Violet. La línea de su historial relativa a embarazos anteriores estaba en blanco, pese a que era su cuarto hijo y había alumbrado al primero en aquella misma institución.

La partida de defunción de Evelyn confirmaba que había nacido en el hospital Sacred Heart, la unidad de maternidad de Bessborough, el 24 de junio de 1972. Murió a los veinte minutos de edad. Figuraba como «soltera» e «hija de criada». La causa de la muerte era «atelectasia prematura». La atelectasia, un colapso pulmonar provocado por la desinflamación de los alvéolos, es una condición común en bebés prematuros. Una tal hermana Redempta Pilkington firmaba el certificado.

El parto estaba brevemente documentado. Comenzó a las ocho de la tarde y la niña nació a la una de la madrugada. «Parto espontáneo de una niña viva. El bebé no lloró ni respondió al tratamiento. Murió al cabo de veinte minutos». A Ann le habían administrado Seconal, un barbitúrico con efecto sedante, y un anestésico, a las dos horas de iniciarse el trabajo de parto. En el apartado COMPLICACIONES del informe, decía que había recibido una inyección de «globulina anti-D», un tratamiento para mujeres con sangre Rh negativa. Este fármaco suele aplicarse al inicio del embarazo para proteger al niño contra la enfermedad hemolítica del recién nacido.

El bebé pesó dos kilos y doscientos cincuenta gramos y fue registrado como «a término». En una hoja titulada BEBÉ, las columnas destinadas a detallar el peso, la dieta y la evolución de Evelyn aparecían vacías. En la parte inferior, se incluían seis líneas con mediciones prenatales del abdomen de Ann, utilizadas para estimar el estado de la gestación. En la segunda semana de abril se indicó que estaba embarazada de veintiocho semanas y, el 19 de junio, cinco días antes del parto, de treinta y siete. Evelyn estaba prácticamente a término, si bien las mediciones abdominales no son la manera más precisa de calcular la gestación. Me esforcé en imaginar a una Ann mucho más joven, tumbada para que le midieran la hinchazón del vientre, quizá aprovechando para descansar un poco.

A pesar de que cada una de las inconsistencias y vacíos en los documentos podrían haber tenido una explicación inocente, a Ann le resultaban inquietantes. Había oído hablar de registros falsificados, y ahora sus propios papeles parecían reflejar la falta de control y transparencia que sentía por parte la institución.

En la parte superior de la hoja, el estado de Evelyn al nacer se describía como «pálida y débil». El único tratamiento prescrito era «oxígeno».

Ann recuerda haber gritado de dolor durante el parto, hasta que una religiosa le ordenó que se callase. Perdida en el torbellino de sus propios sonidos, con los ojos cerrados, no tuvo a nadie que le tomara la mano o la ayudara a respirar. Y, entonces, nació el bebé. La monja lo llevó a una cuna y pidió a la embarazada que la asistía que se apresurara en llamar a la enfermera. No expulsaba la placenta. Me contó que oyó un llanto, un gemido agudo. La monja estaba de espaldas, pero Ann pudo ver que sostenía una mascarilla de oxígeno en la mano, que acercó al interior de la cuna hasta encontrar la boca del bebé. La mascarilla le resultó desproporcionadamente grande en aquella diminuta carita. Notó un pellizco desgarrador en el estómago mientras la mano de la enfermera retorcía algo en su interior. Se desmayó.

«Me desperté en la sala y me dijeron que mi ángel se había ido al cielo», recordó. «No me dieron más información».

Sí que le mencionaron su sangre Rh negativa, algo que debería tener presente en futuros embarazos.

¿Cómo quería llamar al bebé?

Evelyn.

¿Deseaba ver el cuerpo?

Sola, con las entrañas completamente revueltas, la idea de contemplar el cadáver le resultó insoportable. Se negó: una decisión que lamentaría el resto de su vida.

Aquella noche, desde una ventana del corredor cercano a la sala, observó a dos hombres caminando delante de la casa: uno llevaba una pala y el otro cargaba al hombro un cajón de madera, similar a los que se usan para transportar naranjas o cebollas. No pudo evitar preguntarse si su pequeña se hallaría en aquella caja. Cuando los perdió de vista, sintió que algo húmedo resbalaba por sus piernas. Estaba sangrando.

Ann continuó trabajando en Bessborough unas semanas más tras la muerte de Evelyn, como si nada hubiera pasado. Después, retomó su empleo en la freiduría y volvió con el hombre casado.

Nadie de su familia supo lo que le había ocurrido.

El cementerio, sin cartel alguno que lo señalara, se encontraba en Limerick Road, al sur del pueblo de Sixmilebridge, en el condado de Clare. Sólo una cruz de metal blanco, con la pintura descascarillada, coronaba una base de hierro oxidada. En la distancia, se divisaban unas pocas cabañas de paredes blancas y crema. Al otro lado de la carretera, todo era campo abierto. Unos cuervos graznaban y brincaban por las ramas de un árbol alto que se alzaba sobre las tumbas.

Como la familia de Ann vivía en la zona, muchos de sus parientes estaban enterrados allí. Era en este camposanto donde ella misma descansaría un día y donde había comprado una parcela para Evelyn, una lápida sobre una tumba vacía.

Fuimos en coche hasta allí con su amiga Fiona, quien también había perdido a un hijo en Bessborough. Durante el trayecto hacia Sixmilebridge, Ann me contó que supo de su primer embarazo poco antes de que muriera su abuela. Cuando la enterraron, su prima, casada y embarazada en aquel momento, tuvo que quedarse en la puerta. Una antigua tradición decía que daba mala suerte para la salud del bebé que una mujer en estado se adentrara en un cementerio. Pero Ann no podía revelarle a nadie su secreto, ni siquiera a su propia madre; así que pisó el suelo consagrado, rezando en silencio para sí misma y esperando que aquella vieja creencia no fuese más que una superstición.

Ahora, en ese mismo camposanto, Ann parpadeaba bajo la luz del sol. Su parcela era una de las primeras al cruzar la puerta, imposible de pasar por alto. Nos detuvimos en la hierba alta frente a una tumba baja con aristas marcadas, del mismo granito pálido y moteado que la lápida, pulida hasta alcanzar un brillo discreto y con un grabado de la Virgen María. Por encima, estaba adornada con un rosario de grandes cuentas. En la parte superior, se leía EN MEMORIA DE, en delicados caracteres negros y ondulantes. Más abajo, ponía EL BEBÉ EVELYN ANNE, seguido de un amplio espacio en blanco, donde Ann sabía que algún día se tallaría su propio nombre. En la base, otra inscripción añadía: ERIGIDO POR SU AMANTÍSIMA MADRE, HERMANOS Y HERMANAS.

De pronto, el cielo se oscureció y comenzó a llover a cántaros. «Es un buen augurio en un cementerio», comentó Fiona. «Quiere decir que están en paz». Ann ansiaba que el cuerpo de Evelyn ya estuviera en aquella tumba para cuando llegara su turno.

En Limerick, delante de la casa de Ann, dos chicos acicalaban a un poni en medio de la calle, alisándole el pelaje con lentas y meticulosas pasadas de cepillo. El carro en el que solían montar yacía a su lado en el suelo. Dentro todo estaba impoluto. Un perrito ladraba en el jardín, sembrado de bicicletas y juguetes infantiles. Su hija Leanne nos preparó té en la cocina y se sentó en la encimera junto a la ventana abierta para fumar. Todos decían que era la viva imagen de su madre de joven, con su cabello largo y rubio y su rostro en forma de corazón. Nos sentamos alrededor de la mesa de la cocina y charlamos sobre la excursión a la tumba.

«Me doy cuenta de que le afecta», comentó Leanne. «Te mereces que tu historia se sepa, mamá».

Habían pasado los años, quizá una o dos décadas, desde que dio a luz a sus hijos en los hogares, cuando, sentada frente a la televisión viendo una película sobre las lavanderías de la Magdalena, se volvió hacia su madre y soltó: «Yo estuve en uno de esos sitios, mamá». Con el tiempo, había logrado hablar de los bebés que habían sobrevivido, pero hasta ese instante nunca había podido mencionar ni las instituciones ni a Evelyn. Las lágrimas brotaron y, con ellas, las palabras retenidas durante tanto tiempo se desbordaron.

Al final, fue su madre quien compró la parcela donde ahora está la lápida con el nombre de Evelyn.

«Me dijo que, de haberlo sabido, me habría ayudado a quedármelos», recordó Ann. Nuestra cultura era tan poderosa que la llevó a malinterpretar la reacción de su propia madre. «Eso es lo más duro de todo».

9
HERMANAS

El día en que fui a reunirme con la hermana Mary Roche, en una moderna ampliación de un convento construido en el terreno donde antes se encontraba el Our Lady's Hospice, en Harold's Cross, yo era la única visitante de la exposición permanente dedicada a la historia de su orden: las Hermanas de la Caridad. Mientras ella preparaba el té y un plato de galletas, recorrí la oscura y silenciosa sala del Mary Aikenhead Heritage Centre. Las pantallas iluminadas mostraban a las religiosas y a las personas con las que se relacionaban. Al mismo tiempo, una narración sonora relataba la historia de la orden.

En una de las pantallas se podía leer que Mary Aikenhead, la fundadora, había nacido en Cork en 1787 de padre protestante y madre católica, aunque, por razones desconocidas, la crió una familia católica pobre. Otra destacaba que las Hermanas de la Caridad fueron pioneras entre las órdenes femeninas en abandonar la clausura para trabajar activamente en la sociedad. Una tercera reseñaba su labor en los asilos de la Magdalena y que el de Cork se encontraba en «un estado de ruina inminente» hasta que ellas se comprometieron a rescatarlo animadas por el obispo, quien, además, liberó fondos para la construcción de un nuevo convento. Aunque no se mencionaba su nombre, debía de tratarse de Peacock Lane. «Su misión era salvar las almas de los miles de prostitutas que a duras penas subsistían en las ciudades irlandesas», aseveraba la grabación.

Las Hermanas de la Caridad también gestionaban una lavandería de la Magdalena en Donnybrook, al sur de Dublín, hasta que en 1992 se la vendieron a una empresa privada, que la convirtió en una lavandería comercial ordinaria. Además, se ocupaban de algunas escuelas industriales, adonde se enviaba a los niños nacidos en los hogares cuando nadie los adoptaba ni los acogía, así como del hogar materno-infantil de St. Gerard, la St. Patrick's Guild y varios orfanatos, incluido el tristemente célebre Madonna House de Blackrock. El hospital de St. Vincent de Dublín, el mayor hospital universitario de Irlanda, es la institución más longeva de la orden. En 2017, cuando se reveló que la propiedad del hospital por parte de la orden podría convertirse en un obstáculo insalvable para el traslado del Hospital Materno Nacional al campus del St. Vincent, se estableció una nueva estructura para reducir el papel de las monjas.

Tras permitirme terminar la visita por mi cuenta, la hermana Mary me invitó a sentarme y me sirvió un té humeante de una tetera desproporcionadamente grande. Mi mirada se detuvo en la alianza dorada de su pálido dedo anular, símbolo de su matrimonio con Cristo. No llevaba velo. Abría mucho los ojos al hablar, en especial al referirse a la perseverancia y valentía de la fundadora.

Me contó que ocho mujeres que habían trabajado en las lavanderías aún estaban al cuidado de las monjas en Donnybrook y que una de las residentes podría hablar conmigo.

Un día de octubre, la hermana Eilis Coe, bien entrada en los setenta, me esperaba en el suntuoso y vetusto hotel Gresham, en el centro de Dublín. La encontré en una de las salas del fondo, vestida con austeridad, como es habitual en las religiosas. Nos sentamos una al lado de la otra ante una mesa y me pidió que no grabara nada, aunque podía tomar notas. Se mostraba cautelosa con ciertos temas, lo que me hizo sospechar que evitaría compartir información relevante; aun así, le pregunté por su labor.

Ella se dedicaba principalmente a iniciativas contra la trata de personas en Irlanda. Las Hermanas de la Caridad visitaban colegios donde advertían a los alumnos de los peligros del tráfico sexual. También procuraban usar las redes sociales: «Danos un "Me gusta" en Facebook, síguenos en Twitter... Creo que es así como se dice». Describió a mujeres que había conocido vendiendo sexo en las calles de Dublín, muchas presionadas por parejas abusivas y drogodependientes. «Los niños quieren regalos por Navidad», añadió, «así que en esa época hacen más la calle».

Me habló de los burdeles a apenas diez minutos a pie de ese mismo hotel. «Aunque tú tienes las piernas muy largas, quizá tardarías menos». La conversación estaba tomando una deriva extraña. «La moralidad sexual entre los nómadas siempre fue muy buena», comentó. Había escrito, hacía no mucho, al locutor George Hook, a quien habían despedido por hacer ciertos comentarios sobre el consentimiento. Luego añadió: «Pongamos que dejo mi dinero encima de la mesa y alguien se lo lleva, ¿de quién es la culpa?». A partir de ahí, se lanzó a criticar la «ropa provocativa» de mujeres que buscan atención o que beben en exceso. «¿Acaso son completamente inocentes? Algo sí que han contribuido...». Tildó a algunas chicas de bobas y de ir «medio desnudas». «Lo primero que hacen es quitarse las bragas y metérselas en el bolso». Me la imaginé acechando a la puerta de las discotecas juveniles. «Las que van a clubes nocturnos son las peores», apuntó, con esos taconazos y «casi en cueros».

Después pasó a las fundadoras de las órdenes religiosas, cuyos nombres aparecen con frecuencia en la historia de Irlanda. Mary Aikenhead, por supuesto; Nano Nagle, que lideró un sistema de educación católica para los pobres y fundó la Orden de la

Presentación, o Catherine McAuley, responsable de las Hermanas de la Misericordia.

«Todas procedían de familias aristocráticas», subrayó. «Puestos de liderazgo y autoridad». Hijas de «nobles» y de la «clase alta». Su favorita era la madre Mary Arsenius, de las Hermanas de la Caridad, fundadora de un convento y un molino de lana en Foxford, en el condado de Mayo. Se jactaba de que esas mujeres bien podrían rivalizar con el fundador de Ryanair en cuanto a cerebro empresarial.

Le pregunté qué opinaba sobre las recientes críticas hacia las monjas. «Es patético», replicó de inmediato, aunque al punto pareció reconsiderarlo: «Fue terrible, viendo las cosas con perspectiva», admitió. «Hubo abusos, cometimos errores».

Ella misma trabajó durante un breve periodo en la lavandería Peacock Lane de Cork, cuando era una adolescente aún en formación. Recordó que recibían cestas manchadas de sangre y otros fluidos corporales de los hospitales.

«Las monjas trabajaban codo con codo con las chicas», afirmó. Las hermanas jóvenes hacían voto de obediencia y la jerarquía era absoluta. «Obedecías. Sin rechistar». A pesar de que trataba de darle sentido al pasado, de exculparse, era evidente que no lo conseguía. Un halo de dolor nublaba su rostro. Yo, mientras tanto, apenas había pronunciado palabra.

«No lo ves hasta que pasa el tiempo», reconoció.

Dado que solían quejarse de que los medios de comunicación contaban la historia a medias, me propuse conocer la perspectiva de las hermanas, su versión, y así se lo hice saber. Quería comprender sus experiencias. Vilipendiarlas era sencillo, quizá demasiado. Tras la publicación del informe McAleese, el historiador Diarmaid Ferriter citó a Margaret MacCurtain, monja y pionera en el estudio de la historia de las mujeres irlandesas, quien enfatizó que las religiosas habían sido «peones en la lucha por el control entre la Iglesia y el Estado, entre los obispos y los departamentos del Gobierno», y subrayó la importancia de escuchar sus voces.

Muchas aún llevaban vidas activas, dedicadas a su labor, a menudo incluso a edades avanzadas. En el Haven, un centro de enseñanza para adultos en Dublín, conocí a una mujer menuda, directa y en apariencia incansable, miembro de las Hermanas de la Caridad, que había empleado buena parte de su existencia en defender el acceso a la educación. También hablé con otra de la misma orden en un convento de Dublín que había trabajado durante años como misionera en Nigeria. Me contó que, siendo novicia, visitó la lavandería de la Magdalena de Donnybrook, donde le presentaron a algunas internas. A ella y a otras jóvenes religiosas las animaron a hacerse amigas suyas por correspondencia. Nunca había oído hablar de esa práctica, así que quise saber sobre qué se escribían. Su respuesta fue simple: nada importante, nimiedades. En las instituciones y en los conventos, era habitual que las cartas se abrieran y se leyeran antes de entregarse a su destinataria. ¿Qué podrían escribirle las chicas de la Magdalena a una monja?

Poco después de aquel primer encuentro, recibí una llamada suya. Me explicó que le habían pedido que no volviera a reunirse conmigo y que debía dirigir mis consultas a la sede de la congregación, donde me proporcionarían más información. Ya se había malinterpretado y utilizado a las religiosas en otras ocasiones. Aun así, añadió: «Hicimos lo que pudimos». Sobre las internas de Donnybrook, comentó: «Muchas eran algo limitadas. Llegaban a nosotras cuando ya las habían usado y maltratado». Según ella, no tenían otro lugar adonde ir. «Cualquiera de nuestros abuelos las habría echado de casa. Así de arraigado estaba en la psique de la época»

Me percaté de que se esforzaba por transmitir las motivaciones de la orden. Pregunté de nuevo por las cartas que intercambiaban con las chicas, esperando que pudiera enseñarme alguna.

Respondió que estaban «entrenadas para romperlas después de leerlas» y apuntó que algunas supervivientes, con el tiempo, empiezan a sentirse abandonadas y que ciertas historias con las que «salen del armario» podrían no ser del todo precisas. Cuando eso sucede: «Las hermanas no decimos ni pío. Es nuestra política». La llamada duró veinte minutos.

Aunque algunas religiosas se mostraron dispuestas a charlar conmigo, las órdenes, como instituciones —asesoradas por abogados y representadas por consultores de comunicación—, se resistieron casi siempre a responder a mis consultas o aceptar mis entrevistas. Acudí a las Hermanas de los Sagrados Corazones, con las esperanza de hablar con aquellas que hubieran trabajado en sus hogares materno-infantiles. Decidí escribir a la hermana Lorna, a la que había conocido en la conmemoración de Bessborough.

«Se ha pintado un retrato tan desfavorable de la labor de las religiosas y se han distorsionado tanto sus palabras para encajarlas en un relato difamatorio que ahora temen referirse abiertamente a su labor», me respondió por correo electrónico. Aun así, me puso en contacto con la hermana Eileen McLoughlin, del convento de los Sagrados Corazones de Chigwell, y coordinamos una llamada para conversar sobre «las hermanas dispuestas a conceder una entrevista y dónde se encuentran en la actualidad», según sus propias palabras. Me explicó que había cinco que habían trabajado en los hogares materno-infantiles cuyos testimonios ya se habían presentado como declaraciones juradas ante la Comisión. Tres residían en el convento de los Sagrados Corazones de Cork, una en Escocia y otra en Zambia. Enumeró sus nombres y detalló sus roles dentro de la orden.

En agosto de 2018, me informaron de que podría organizarse una visita el mes siguiente para conocer a las hermanas de la «comunidad de Cork». Sin embargo, apenas una semana después, recibí otro correo en el que me comunicaban que la hermana Eileen estaba consultándole al abogado de la orden asuntos relacionados con la Comisión. Me hacían partícipe de sus «preocupaciones legítimas», dado que hasta aquel momento habían sido «extremadamente cautelosas» en su trato con los medios y no querían que otros periodistas les «reprocharan haber aceptado hablar con Caelainn y no con ellos». Además, les inquietaba «el estrés añadido» que las entrevistas podrían suponer para las religiosas mayores, muchas en un delicado estado de salud. Respondí asegurándoles que mi intención no era causar problemas ni generar tensiones. Poco después, la hermana Eileen me ofreció una alternativa: enviarme «copias de las declaraciones de las religiosas recogidas por una de nuestras hermanas como parte de la preparación para sus declaraciones juradas». También me prometió intentar responder lo mejor posible si surgían más preguntas.

Ella pasaría pronto por Dublín y se ofreció a quedar para darme las declaraciones. Acordamos vernos en una cafetería, pero, en el último momento, me pidió que me acercara a su hotel. Cuando nos encontramos en el vestíbulo, estaba acompañada por Wally Young, representante de relaciones con la prensa de la orden y exasesor de medios de comunicación durante once años para los presidentes McAleese y Higgins. Se quedó con nosotras toda la reunión, tomando notas, e insistiendo en que lo que se hablara allí sería estrictamente extraoficial. No me proporcionaron declaraciones útiles, datos relevantes ni perspectiva alguna desde el punto de vista de las hermanas.

La primera vez que entré en el hospital del Buen Socorro de Cork, pasé junto a una imponente estatua a tamaño natural de la Virgen María y pregunté dónde podía encontrar a la hermana Marie Ryan, directora de la congregación en Irlanda.

Me dirigieron al convento, ubicado detrás de uno de los edificios del hospital. Llamé con los nudillos a la puerta roja de la antigua construcción de piedra, que daba a un hermoso jardín rodeado de setos y árboles. La religiosa que abrió me informó de que la hermana Marie no estaba ese día. Sin dudar, llamé al número que figuraba en la página web de la congregación y dejé mis datos de contacto.

Regresé a Cork antes de Navidad para visitar de nuevo a Mary Gaffney en Peacock Lane. La foto de perfil de la página de Facebook de las Hermanas del Buen Socorro mostraba un primer plano de una estatua de la Virgen ruborizada, con los ojos entornados hacia el cielo, y el Niño Jesús, coronado, sonriéndole y palpándole el rostro. Se había programado para aquella tarde un acto público con el lema «martes de ENCUENTRO». El acrónimo original en inglés, GATHER, correspondía a las iniciales de «encuentro, adoración, descanso, hospitalidad, exploración, reflexión». «Todas las jóvenes están invitadas a asistir los martes por la tarde», rezaba. «Una invitación abierta para encontrarse con otras jóvenes y explorar aspectos de la fe y la oración». Yo acababa de cumplir treinta años y me preguntaba si aún me considerarían «joven». Esperaba que el acto se llevara a cabo en el convento, pero al llamar en el último momento al número indicado para corroborar la ubicación, una mujer con voz severa me guió a una casa cercana al hospital, al final de una calle estrecha y empinada. En la penumbra, la Luna, casi llena, iluminaba el cielo mientras las sirenas sonaban en la distancia.

Me recibió una mujer mayor, de escasa estatura, cejas canosas y pelo alborotado, con un chaleco polar. La llamaré hermana X. Dentro hacía calor y se oía un murmullo de voces. Llegué con algo de retraso y encontré el salón lleno, con unas doce chicas —en su mayoría laicas, además de algunas religiosas del convento— repartidas en sillones. Iban ataviadas con jerséis navideños y unas cuantas lucían sombreros de duende o diademas simpáticas. Delante de la chimenea centelleaba un árbol de Navidad y, en la repisa, un ángel con túnicas rosadas. Las cortinas de las ventanas tenían un estampado de ramas de olivo. Me pasaron una hoja con canciones. Algunas de las asistentes eran de Cork, y otras, de Sudamérica. La hermana X se unió al grupo, murmurando pequeñas ocurrencias que provocaban risas entre las presentes.

Todas las laicas parecían conocerse bien —supuse que se reunían cada semana, tal vez para ver películas—, pero me hicieron sentir bienvenida de inmediato. Mientras la organizadora, una laica llamada Anne-Marie Whelan, tocaba una guitarra, reparé en los dibujos de pingüinos de su jersey y sonreí. Me tranquilizó diciéndome que no me preocupara por las presentaciones, pues estaban listas para empezar con los cánticos.

El último que interpretamos fue «Silent Night». Al llegar a la parte que habla de la madre y el hijo, del santo niñito durmiendo en paz celestial, pensé en Ann O'Gorman y su hija, en las madres que aún ignoran dónde descansan los cuerpos de los suyos, en los huesos de bebés que continúan en una fosa séptica junto a un parque infantil en Tuam. Imaginé cuántas veces habrían entonado ellas este villancico en Navidad o lo habrían escuchado, sintiendo que la pérdida les atravesaba la garganta

La mesa de la cocina estaba abarrotada de tentempiés que habían traído las asistentes: galletas con forma de abeto, *mince pies* y una bebida casera parecida al ponche de huevo. Anne-Marie me contó que era de Laois y que había trabajado en un banco antes de unirse a la orden. (Más tarde, en su perfil de LinkedIn, leí que su ocupación actual en el Buen Socorro era «desarrollar programas e iniciativas de evangelización creativa y fomentar vocaciones en jóvenes de entre dieciocho y cuarenta años». Había comenzado en noviembre de 2015, un año después de que las noticias sobre las muertes y los descubrimientos en Tuam se dieran a conocer en el mundo entero). Le conté a Anne-Marie que estaba escribiendo un libro acerca de los hogares materno-infantiles y que esperaba hablar con algunas de las hermanas para conocer sus puntos de vista. Le pregunté si podía ir a su despacho al día siguiente para conversar un poco más y me dio su número.

Charlé con el resto de las mujeres sobre mi libro y mencioné las historias de las chicas que habían tenido que ocultar durante años el hecho de haber tenido un bebé. Entre las presentes, había estudiantes veinteañeras de Sudamérica, para quienes una hermana del Buen Socorro que procedía de Perú parecía ser un verdadero apoyo lejos de sus hogares. Las demás eran irlandesas de mediana edad, devotas de la orden que, en otra época, quizá habrían optado por la vida conventual, aunque se resistieron a renunciar a sus libertades.

Una de las irlandesas señaló que las madres habían sido enviadas a las instituciones «sin haber cometido ningún crimen, llamemos a las cosas por su nombre». Sin embargo, ahora sólo se contaba una parte de la historia, ya que se excluían las perspectivas de los miembros de las órdenes religiosas y de la Iglesia. Las hermanas también opinaban que el Sistema de Asistencia Directa[18] para solicitantes de asilo se convertiría en la próxima gran injusticia institucional que acapararía futuros informes. Intercambié teléfonos con una de las religiosas que se expresó con especial contundencia al respecto.

Antes de que se marcharan, la hermana X me invitó a pasar a una sala de oración. El espacio, con una iluminación tenue, tenía muebles hechos a medida, un pequeño relicario y una estatua de la Virgen María. En una de las paredes, colgaba la imagen enmarcada de una mujer con velo. «Es nuestra fundadora», me explicó, con su voz queda y ronca. Y añadió que en el convento del recinto hospitalario vivían unas treinta mujeres, en su mayoría monjas jubiladas.

[18] El Sistema de Asistencia Directa en Irlanda proporciona alojamiento y recursos básicos a solicitantes de asilo, pero ha sido duramente criticado por las malas condiciones de vida que ofrece, la duración excesiva de las estancias y su impacto negativo en la salud mental de los residentes. (N. de la T.).

Le pregunté por Tuam.

—El problema es que mira lo que pasa hoy en día... —me respondió—. ¿Cuánta gente vive en pensiones? ¿Cuántos niños no tienen casa? —Quería que la conversación se enfocara en las injusticias actuales—. Hay mucho por lo que responder.

Le pregunté si creía que estábamos repitiendo los mismos patrones.

—Creo que lo único que quieren es taparlo. Quieren volver atrás, mirar otra época desde la óptica del presente. No ven lo que está ocurriendo hoy en día.

Intenté exponerle que, para mucha gente, lo que pasó en las instituciones no pertenece al pasado: sigue marcando sus vidas. Le conté las historias de numerosas madres y personas adoptadas que, pese a conservar sus creencias, sienten que las hermanas las traicionaron.

—¿Qué contestar cuando no tienes respuestas? —replicó—. Ojalá pudiera decir algo.

Quise saber qué se lo impedía.

—No sé nada, nadie me ha preguntado nada —respondió.

Le expliqué que estaba intentando dar sentido a lo que había pasado en Tuam y en otros lugares, a lo complicado que era entenderlo.

—Es imposible de entender —reconoció. No parecía convencida de que hubiera niños en la fosa séptica—. Me cuesta creer que alguien fuera capaz de algo así —añadió con tranquilidad.

Se había unido a la orden en los años sesenta, cuando Tuam ya estaba cerrado.

—Debería haber preguntado —murmuró, como para sí misma—. La perspectiva que da el tiempo es maravillosa. Yo no tenía ni idea de que allí había existido un hogar para madres y bebés.

Le pregunté si estaba de acuerdo en que la Comisión de Investigación necesitaba llegar al fondo del asunto.

—Por supuesto. Por supuesto que me encantaría poder dar explicaciones a los afectados, hablar con ellos, conocerlos. —Se le humedecieron los ojos.

Los supervivientes querían respuestas, no sólo reuniones. Pero el compromiso público por parte de las órdenes religiosas respecto a los enterramientos había sido prácticamente nulo. En este contexto, sus palabras me conmovieron. Fue un alivio que una religiosa mostrara emoción ante este tema.

Me habló de una amiga suya que había nacido en una institución y a la que habían dado en acogida. Le respondí que para mí era crucial incluir voces como la suya en mi libro y que agradecía su buena disposición.

—Lo tenemos siempre presente —recalcó.

Una de las mujeres del encuentro se ofreció a llevarme de regreso al centro de la ciudad. En el camino de vuelta, mis ojos se posaron en la imagen de una santa colgada del espejo retrovisor. Otra de las pasajeras, que admitió haber contemplado la vocación religiosa, me contó que tenía una tía monja en un convento tan estricto que ni siquiera le permitieron ir a casa cuando su padre estaba muriendo. Sugerí que, si las hermanas aceptaran que hubo personas agraviadas y mostraran mayor franqueza y menos mutismo, quizá habría más comprensión, a lo que la conductora insinuó que era probable que las Hermanas del Buen Socorro hubieran recibido asesoramiento jurídico para no hablar del asunto, que todo tenía que estar previamente aprobado, «muy legal».

El silencio puede ser útil para eludir responsabilidades, pero también genera sospechas, en especial cuando procede de una orden religiosa cuyas instituciones, financiadas con fondos públicos, continúan siendo un pilar en la prestación de asistencia sanitaria.

Nos detuvimos en la calle donde le había pedido a la conductora que me dejara. Algo aturdida, entré en un restaurante llamado Hillbilly's Family y pedí un sándwich para llevar. Mientras esperaba, revisé mi teléfono y me encontré con una noticia en

Facebook: Clint Eastwood, en la alfombra roja de una entrega de premios, acompañado de su hija secreta, una joven que había sido adoptada y que, años después, tiró del hilo hasta localizarlo. No sé si mis algoritmos están diseñados para mostrarme este tipo de historias o si, en realidad, están en todas partes.

Me limpié los dedos con una servilleta y volví al hostal en el que me hospedaba. «Silent Night» no paraba de sonar en mi cabeza: la Virgen madre y su tierno bebé. Pensé en esa mujer menuda que, en la sala de oración, murmuraba que debería haber preguntado, que debería haber planteado las preguntas pertinentes.

El día siguiente amaneció ventoso y con un tráfico muy denso en Cork. Tomé un autobús hacia el hospital del Buen Socorro con intención de ver a Anne-Marie Whelan, responsable de vocaciones. De camino, me detuve ante una puerta de una casa y llamé al timbre: quería saber si la hermana X había conocido a alguna de las religiosas que trabajaron en el hogar de Tuam. Me abrió ella misma y me reconoció que mi presencia en el encuentro del día anterior la había «pillado desprevenida». Pensaba que había acudido a participar en la reunión de oración, no con el fin de investigar para un libro. «Fue un poco insidioso, ¿no?».

Se me ocurrió que quizá alguien le hubiera dicho después que no debería haber hablado conmigo. Le recordé entonces que estaba escribiendo un libro y que quería incluir la perspectiva de las hermanas. Ellas se quejaban de que nadie tomaba en cuenta su versión de los hechos.

«Aquí estamos para ayudar a la gente y ésa ha sido siempre mi intención», me respondió. Parientes suyos habían perdido bebés: podía entender el profundo sufrimiento de esas madres. Su labor era su vida, y no tenía conocimiento de lo que sucedía en otros conventos. La manera en que se enterró a los niños en Tuam le resultaba inconcebible. También dijo que no había conocido a ninguna de las religiosas que trabajaron allí. «Anoche apenas pude pegar ojo, no dejaba de darle vueltas», admitió. «Espero que, cuando se sepa qué ocurrió, todo tenga una explicación y no sea como dicen. Y, si resulta ser cierto, bueno, al menos me queda el consuelo de que yo no tuve nada que ver con eso».

Se le unió otra de las hermanas, y ambas me propusieron hablar con la hermana Marie Ryan, la directora de la congregación.

Decidí tomarme un café rápido en la cafetería del hospital, al lado de ollas repletas de curry, salchichas y patatas fritas. El salón estaba engalanado para la Navidad y en los altavoces sonaba el villancico «Grandma Got Run Over by a Reindeer». Tomé asiento en una mesa rodeada de personas con bata y me pregunté cómo sería trabajar en un centro propiedad de una orden religiosa que había copado titulares por la muerte de centenares de niños. De una de las paredes colgaba un cuadro descolorido de Cristo. Todas las salas llevaban nombres de santos. Junto a la puerta del comedor, había *collages* enmarcados con retratos de las hermanas.

Recibí un mensaje de Anne-Marie informándome de que no estaría disponible para nuestra cita. Decidí preguntar en la recepción por el despacho de la hermana Marie Ryan y me indicaron que subiera unas escaleras, atravesara una sala y buscara unas puertas dobles con teclado de seguridad y un cartel que mencionaba un convento. Una enfermera me guió por un pasillo donde cada habitación tenía un nombre: allí vivían las hermanas. Otra me condujo a través de una puerta y una pasarela cubierta que conectaba el edificio del hospital con el antiguo convento. Subimos una escalera, y me dejó con la primera monja con la que nos topamos, que me llevó a una sala alfombrada de azul, con una enorme mesa cubierta con un mantel del mismo tono.

Esperé al menos quince minutos, pensando en las preguntas que le haría a la responsable de la orden del Buen Socorro en Irlanda. Sabía que, en 2012, la hermana Marie había enviado una carta a Anna Corrigan —una mujer que buscaba el lugar de enterramiento de sus dos hermanos, cuyos fallecimientos estaban registrados en el hogar de Tuam— en la que le comunicaba que existía la posibilidad de que uno de ellos estuviera «en el pequeño camposanto del propio hogar. Ubicado en la parte trasera, este espacio se usó en tiempos como tumba común». Más tarde, no obstante, ella misma sostuvo que las hermanas carecían de información acerca de los enterramientos. Pensé en sacar el tema, pero la monja regresó para anunciarme que la hermana no podía atenderme.

Las religiosas con las que había hablado sentían que una sociedad que en otro tiempo había aceptado sin cuestionar su labor con los pobres y desamparados se había vuelto contra ellas. Pese a que se lamentaban de que nadie contara su versión de los hechos, era evidente que ni ellas mismas sabían cómo hacerlo. Algunas estaban dispuestas a conversar conmigo, pero las jerarquías y el secretismo inherente a las órdenes religiosas impedían un acercamiento más profundo. Reconocían que se habían cometido errores en el pasado; sin embargo, no había señales de una búsqueda activa de respuestas dentro de las propias congregaciones. Admitían que, con el pretexto de hacer el bien, se habían cometido injusticias. Con todo, al destacar sus logros, parecía que intentaban desviar la atención de esas mismas injusticias, que todavía urgía abordar. Querían que se las escuchara y, al mismo tiempo, temían hablar con total honestidad. Se habían convertido en un blanco fácil para los juicios simplistas a los que siempre se ha sometido a las mujeres, los absolutos inhumanos del bien y el mal que su religión nos inculcó.

10
JARDINES TRASEROS

Volví a ver a Teresa Killeen-Kelly un año después de nuestra primera conversación, esta vez en su despacho de la Asociación de Salud Mental del Distrito, frente a la catedral católica de Tuam. Mi intención era preguntarle por una antigua vecina suya ya fallecida, a quien su madre había conocido bien.

Julia Devaney había trabajado durante años en el hogar materno-infantil de Tuam, después de que la trasladaran allí desde la casa de trabajo de Glenamaddy, donde estuvo internada desde niña. Sus recuerdos quedaron registrados en cintas de audio gracias a otra vecina, Rebecca Millane.

Teresa evocaba a Julia con afecto. Fue una figura importante de su infancia, cuando su familia vivía cerca de la Galway Road. Apasionada de la jardinería y amante de los perros, Julia sentía un gran cariño por los niños. «Todos sabíamos que venía del hogar». Al crecer, cuando empezó a ir a bailes, Julia no dudaba en advertirle: «No puedes salir así vestida». En los años ochenta, una joven de su calle que tuvo un bebé fuera del matrimonio paseaba con el cochecito de acá para allá. «¡Madre mía!», exclamó Julia, escandalizada por la escena. «En mi época no se hacían esas cosas».

Aunque no logré acceder a las grabaciones, sí conseguí las transcripciones. Nos brindan el relato más detallado que tenemos de la vida dentro del hogar de Tuam.

Julia trabajaba allí como «sirvienta». Solían ser unas diez. Algunas habían llegado de niñas, como ella; otras habían dado a luz en la institución y nunca se marcharon. «No éramos conscientes de que las monjas no tenían derecho a controlarnos ni de que teníamos derecho a decidir sobre nuestras propias vidas», relataba. Dentro del hogar, las tareas estaban asignadas: Peg se encargó de los niños toda su vida, Molly trabajaba en la sala de costura y Eileen cuidaba de los pequeños mientras asistían a la escuela.

En 1925, el hogar carecía de agua corriente. Julia tenía que llevar jarras de cerámica llenas a los dormitorios de las religiosas, junto con jabón carbólico para el aseo. Las propias sirvientas desinfectaban y pintaban las habitaciones donde dormían ellas y los niños. Por las noches, éstos subían descalzos una gran escalera de piedra para irse a la cama. Las botas los esperaban abajo por la mañana, enredadas en una maraña de cordones.

El Consejo del Condado, propietario del hogar, realizaba, de vez en cuando, inspecciones encabezadas por una tal señorita Cross, en teoría hermana de una conocida cantante. Cuando Julia todavía era adolescente, las monjas les ordenaron a ella y a otras chicas que se escondieran, por si la inspectora preguntaba qué hacían allí. Evidentemente, no podían ser presentadas ni como internas ni como empleadas, así que se limitaban a ocultarlas. Sin embargo, cuando cerraron, el Consejo supo con exactitud cuántas sirvientas había.

Contaban también con un conserje, John Cunningham, y dos médicos, el doctor Costelloe y el doctor Waldron, contratados por el Consejo para atender las necesidades médicas de las internas. Según Julia, los médicos actuaban impulsados por un fuerte sentido del deber. Sus esposas enviaban juguetes usados y libros para los niños, entre los que destacaban una cuna y un caballito balancín que pertenecieron a la hija del doctor Costelloe y una casa de muñecas hecha a mano, réplica exacta de la vivienda del médico.

Estas donaciones provocaban en ella un profundo sentimiento de carencia, al comparar la seguridad y la abundancia de otros niños con su propia realidad. Percibía la compasión del mundo exterior como un recordatorio hiriente de su situación.

La reja rara vez se cerraba, pues las furgonetas de reparto de pan y otros servicios necesitaban entrar y salir durante todo el día. Permanecía abierta incluso hasta las diez de la noche, cuando llegaba la última. La encargada de las llaves era Bina Rabbitte, una sirvienta que presenció muchos de los partos. Según Julia, las internas desconfiaban de ella: «Era un demonio, como una espía». Bina había crecido en el hogar, y se rumoreaba que había dado a luz allí.

Julia creció convencida de que no existía otra vida para ella fuera de los muros de la institución. Aunque la reja estuviera abierta, las sirvientas nunca la cruzaban sin permiso. Su contacto con el pueblo era mínimo y se limitaba a recados o excursiones supervisadas. «Jamás nos habrían permitido salir a un baile», aseguraba.

La primera madre superiora que mencionaba era la madre Hortense. Era amable con ella y, de alguna manera, parecía ingenua, ya que había llegado a la casa de trabajo muy joven y había pasado casi toda su vida en una institución. Su sucesora, la madre Martha, tenía un carácter más moderno y «avispado». Las chicas la apodaban Martha la Grande. «Era como una reina Victoria, una mandona de cuidado». Si alguien no estaba donde le correspondía, se ponía hecha una furia. También estaba la hermana Priscilla, que era como una niña; y la hermana Anthony, que les decía a las chicas que no lloraran, pues estar atrapadas en un mal matrimonio sería mucho peor. Por su parte, la hermana Gabriel, que se ocupaba de los bebés, se pasaba las horas rezando.

Entre las sirvientas, una destacaba por su belleza. Durante una de las contadas salidas, a la procesión del Corpus Christi, un empleado de Knock se enamoró de ella. Por entonces, ésta tenía unos veintiún años y, en más de una ocasión, se escabulló hasta la verja para encontrarse con él. Sin embargo, John Cunningham y Bina Rabbitte acabaron descubriéndolos.

El hogar era un entramado de transacciones subrepticias e historias no contadas, donde escuchar a escondidas era, a menudo, la única forma de obtener información. Había una habitación en la que la madre Hortense trabajaba por las tardes, y a la que Bina acudía antes de acostarse. Si Julia quería enterarse de algo, se las arreglaba para pasar más tiempo cerca de aquella puerta. Aun así, era necesario tener «oídos de murciélago» para captar las conversaciones, que siempre se desarrollaban entre susurros. «Era una sociedad secreta. Nada era abierto, todo estaba solapado».

Como niña de las instituciones, Julia se veía relegada al fondo de la clase en la escuela, y sus compañeros no la incluían en sus juegos. Cuando la maestra preguntaba a los niños qué habían hecho en las vacaciones de verano, la pasaba de largo.

Las monjas no les enseñaban nada sobre la vida. No hablaban de la menstruación ni les proporcionaban compresas o sujetadores. Cuando a Julia le llegó su primera regla, la ocultó, utilizando trapos que encontró por ahí. Las chicas embarazadas le enseñaron lo que debía hacer.

Las religiosas llevaban una vida austera. Viajaban a las rebajas en Dublín para ahorrar dinero y confeccionaban ropa tanto para ellas como para los niños. Con las sábanas, se hacían vestidos amplios que también utilizaban como camisones. Julia sospechaba que no llevaban ropa interior. A sus ojos, parecían marcianas, casi asexuadas.

El día comenzaba a las seis de la mañana. Aquellas con bebés de menos de diez días dormían con ellos en la cama y luego los llevaban a la guardería, en la parte trasera del edificio. A las ocho, se obligaba a todo el mundo a abandonar los dormitorios para asistir a la misa en la capilla. «Se vigilaba con atención quién comulgaba». Después se reunían para desayunar gachas, leche, té y pan servidos en grandes bandejas. Las madres iban a alimentar a sus bebés, algunas les daban el pecho y otras el biberón. Recordaba que, para obligarlas a amamantar a sus hijos, la superiora esperaba casi hasta el punto de que murieran de inanición. Sólo después de que un médico certificara que no podían dar el pecho, se les consentía pasar al biberón. (Esta política cambió años más tarde, según me contó otra mujer a la que no se le permitió la lactancia).

Después del desayuno, las madres se dirigían a la lavandería para comenzar su jornada laboral. Al principio, sólo contaban con tablas de lavar, pilas y un pesado artefacto, el «colador», para enrollar y secar las sábanas. En el exterior, una bañera de agua fría servía para enjuagar los pañales, una tarea agotadora que dejaba la espalda dolorida y las manos en carne viva. Con el tiempo, el Consejo instaló enormes lavadoras y un escurridor, además de agua caliente. Los pañales, de tela y numerados, eran responsabilidad de cada madre, tanto los de su bebé como los de otros niños a su cuidado.

Con la colada hecha, las mujeres se afanaban en las cocinas, en la trascocina, en el comedor o en los dormitorios. Pulían y limpiaban. Hacían camas, quitaban los protectores de los colchones cada mañana y los colgaban en las barandillas de hierro de las escaleras para que se secaran. A las cinco de la tarde, volvían a colocarlos. Por más que llevaran a los niños al baño, seguían mojando las camas, lo que impregnaba todo de un persistente hedor a orina. Julia recordó que una joven novicia, con gesto de asco, soltó que preferiría cuidar cerdos y que todo estaba mal en aquella institución.

A Julia le gustaba observar a las madres mientras trabajaban. A menudo, evitaban hablar con ella, quizá temiendo que fuera una espía de las monjas. Algunas acababan peleándose, casi siempre por pura frustración. A las problemáticas las mandaban al hospital psiquiátrico local o a las lavanderías. Según contaba, necesitaban un certificado médico para que las internaran, algo que no suponía un obstáculo, pues los médicos obedecían a las religiosas.

En raras ocasiones, algún hombre acudía al hogar para llevarse a una de las madres y casarse con ella. Una vez, un cura llegó acompañado de los padres de una interna y de un hombre que, arrodillándose, le pidió la mano. Sin embargo, dejó claro que no aceptaría llevarse al niño a casa, pues alegaba que no era suyo.

Fuera había columpios y balancines, aunque los niños casi nunca jugaban en ellos. En su lugar, se limitaban a dar vueltas en corro, chillando y berreando. Algunos comían con las manos, cogiendo las gachas de avena de las tazas sin que nadie les enseñara a usar la cuchara. Julia describía aquello como «un régimen terrible»: los niños se levantaban al amanecer en «un sitio frío como un barracón», marchaban en fila de dos como prisioneros y su mundo exterior se reducía a la iglesia o la escuela. A las seis de la tarde ya estaban acostados. Su dieta se reducía a gachas de avena y, para la cena, algún plato básico a base de almidón. Con la llegada de la madre Martha, se introdujo el pan y la sopa. Estaban panzudos, señal de desnutrición. Y llamaban «papi» al conserje.

Un anciano los llevaba de vez en cuando a ver las gallinas, pero nunca se aprendían sus nombres. Tampoco conocían cuentos que estimularan su imaginación. Eran destructivos por puro aburrimiento y muy pequeños para su edad, casi raquíticos. Aunque comían puré, muchos no sabían ni qué era una patata. «Adentro a lavarse la cara, afuera a rezar el rosario, otra vez afuera y luego a la cama», recordaba Julia. «No creo que existiera otra institución más aberrante».

En la guardería, había alguien que les daba «palizas». Nunca logró averiguar de quién se trataba, ya que ella no trabajaba allí, pero solían producirse en los tres lavabos de los pequeños, y el sonido se escuchaba desde lejos. Incluso los vecinos lo oían, y, en ocasiones, mientras se ocupaba del jardín, las mujeres que pasaban le preguntaban. Julia sospechaba que algunas madres, frustradas, descargaban la ira sobre sus propios hijos.

Cada año, los niños de una cierta edad actuaban en una obra de teatro a la que asistían como público los hijos de los médicos locales. Los miembros del Consejo acudían con regularidad al hogar a reuniones y eran agasajados con auténticos banquetes: «carne de vaca y de todo, una comida de ensueño». Según Julia, las monjas no servían a Dios, sino al Consejo del Condado de Galway. Llevaban un registro exhaustivo con los datos de las madres y los niños: ingresos, altas, edades, orígenes y nombres de los padres putativos. Los periódicos locales publicaban anuncios de niños disponibles para acogida, que se entregaban a sus nuevas familias en las mismas ambulancias que transportaban los registros del Consejo.

El momento en que se separaba a madres e hijos resultaba siempre doloroso: «Los bebés y los niños pequeños lloriqueaban y languidecían en cuanto sus madres se marchaban. No se hacía esfuerzo alguno por prepararlos para el cambio, ni se les explicaba que se irían de allí». Las madres también sufrían. «Nunca se movió un dedo para que pudieran quedarse con sus hijos». Algunas permanecían en el hogar como sirvientas, trabajando sin remuneración sólo para seguir cerca de sus pequeños.

La entrevistadora comparaba a las monjas con un granjero que cría pollos para el matadero, horrorizada de que mujeres educadas, miembros de una orden internacional, trataran así a los niños. «No se parecían en nada a Cristo, eso está claro», comentaba Julia. Recordaba con claridad a los pequeños que abandonaban la institución para ir a casas de acogida: se alejaban por el sendero hasta una ambulancia que los esperaba, vestidos con pesadas botas, calcetines, un abrigo nuevo y una muda de ropa, y sin saber nada en absoluto del mundo exterior.

A veces, enviaban a las chicas a familias de acogida que luego las devolvían con la excusa de que eran «lentas», así que solían terminar en una lavandería de la Magdalena, por lo general en la de Galway. Julia se sentía impotente para intervenir. «Si te metías, al día siguiente podías encontrarte tú misma en Ballinasloe», decía, refiriéndose al manicomio de la localidad.

Al menos tres de las chicas acogidas regresaron embarazadas. «No creo que volvieran a salir jamás. Las metieron en la lavandería de la Magdalena». Hicieron como que las mandaban a un nuevo empleo. Julia tenía presente a una joven a la que las religiosas enviaron a la lavandería sólo porque su hermana iba a tener un hijo en Tuam; estaban convencidas de que la familia tenía una tara hereditaria.

En una ocasión, Julia visitó la lavandería de la Magdalena en Galway y le impactó comprobar que las chicas que conocía habían perdido su identidad. Las describía rezando como monjas y hablando como bobas. Una niña apellidada Corless vivía en el hogar y su madre trabajaba en la lavandería. Fue acogida por una familia, pero la devolvieron, así que la enviaron junto a su madre. Julia se enteró de que la pequeña logró escapar, toda una hazaña. «Cuando alguien entraba en la lavandería, normalmente era para siempre».

Julia decía que no era religiosa. «¡Supongo que tuve una sobredosis!», y su risa casi se oía a través de la transcripción. «Cuanto más cerca de la Iglesia, más lejos de Dios». Presumía de escaquearse del rezo del rosario, aprovechando cualquier oportunidad para desherbar en lugar de pasar cuentas entre los dedos. El jardín era su vía de escape, se sentía orgullosa cuando los transeúntes alababan las flores. Cuidaba con esmero los macizos de alhelíes, prímulas, ásteres y los dos invernaderos llenos de vida. El césped estaba impecable. En los huertos, cultivaban coles, cebollas, lechugas, tomates, remolachas, chirivías y una extensa plantación de guisantes de olor. Tenían gallinas y cerdos. Los sábados por la tarde, las mujeres paseaban junto a un seto de aligustres dorados, un respiro después de dejar todo impoluto para el domingo. «¡Menuda satisfacción más tonta! Ponía mi corazón y mi alma en ello».

A pesar de todo, no se encontraban aisladas del mundo exterior. A veces, una señora del pueblo invitaba a los niños a ver una película o enviaba un proyector. Otras, llegaba gente buscando sirvientas. La furgoneta de la panadería a menudo dejaba un pastel para las trabajadoras. Los niños, con sus abrigos a juego, llamaban la atención. Julia recordaba que, en una esquina concreta, se reunía una multitud que se daba codazos y miraba boquiabierta a «los del hogar».

Describía una y otra vez la institución como un lugar antinatural, donde los niños ni siquiera hablaban con normalidad porque nadie les hablaba ni se preocupaba por ellos. «Era un lugar frío, triste y sin amor. No era un *hogar*». Para algunos de los mayores, la interacción más cercana con un adulto consistía en que les peinaran para quitarles los piojos o les revisaran por si tenían pulgas.

En los años cincuenta, comenzaron a llegar parejas estadounidenses para adoptar. Un matrimonio fue a buscar a una niña enferma de sarampión, se quedaron en un hotel y la visitaron todos los días hasta que se recuperó. Más tarde, cuando volvieron a Estados Unidos con la pequeña, enviaron fotos en color de ella en una habitación preciosa colmada de juguetes.

En una ocasión, una mujer le dio a Julia un billete de diez chelines, y ella decidió escapar. Sabía que dos de las sirvientas trabajaban para un cura en Ballaghaderreen, así que se dirigió a la estación de trenes, dinero en mano; pero se quedó allí paralizada por el miedo. Enviaron a dos hombres para llevarla de vuelta.

El lema que la ayudó a seguir adelante fue simple: no podía añorar lo que nunca había tenido. Ahora bien, con el tiempo, cuando observaba a los niños correteando y riendo en la urbanización de Dublin Road, construida en los terrenos de la antigua institución, reflexionaba sobre lo diferentes que eran de los «chiquillos infelices» que había conocido. Nunca pensó que llegaría el día en que derribarían el hogar y todo cambiaría. «Nos lavaron el cerebro. Nos pusieron anteojeras».

Hablaba de los entierros de los niños. «Por supuesto que tenían su propio cementerio ahí arriba», comentó, sin más. «Sigue allí, ahora está tapiado». Las epidemias de tosferina y sarampión causaban estragos. «Caían como moscas», se lamentaba.

Las madres también fallecían. Una chica, tras dar a luz, esperó en vano a que la visitara su familia. Murió cuando el bebé tenía seis días. Julia creía que había sido de pena. Cuando sus parientes fueron a recoger el cuerpo, las monjas les recriminaron no haber mantenido el contacto con ella mientras estaba viva.

Los archivos del Consejo del Condado de Galway se encuentran en Nun's Island, al otro lado del curso principal del río Corrib desde el centro de la ciudad. En el corazón de la isla se alzaba la imponente masa de piedra, curiosamente orgánica, de la catedral de Galway, con sus ventanas en forma de rosa y su cúpula verde. En sus criptas descansaban los cuerpos de obispos fallecidos, incluido Eamonn Casey, el caído en desgracia. Al otro lado del río, entre verdes prados, se encontraba el convento de las clarisas, donde pasé un día revisando los estados financieros del condado relacionados con diversas instituciones de asistencia social como el hogar materno-infantil de Tuam. Mi objetivo era averiguar qué sabía el Consejo sobre la elevada tasa de mortalidad y las prácticas de enterramiento.

Los estados contables del hogar de Tuam detallaban los ingresos y gastos de cada año, junto a las cifras de otras instituciones, como las destinadas a personas invidentes, con problemas mentales y el asilo de la Magdalena. De igual modo, se documentaba el número de mujeres y niños que vivían allí. En 1944, por ejemplo, había tres mujeres casadas, ciento diez «otras mujeres», cincuenta hijos legítimos y doscientos veinticuatro ilegítimos. Se anotaban asimismo los nacimientos y los fallecimientos en la institución.

Las cuentas incluían valoraciones de la propiedad y el mobiliario, además de detalles sobre los diversos costes. Sin embargo, no encontré ninguna referencia a gastos asociados con inhumaciones; lo cual, por supuesto, resulta coherente con un sistema en el que los entierros gestionados por el Buen Socorro se llevaban a cabo en una fosa común sin nombre en los terrenos de la institución.

En los libros mayores contables denominados «órdenes de la administración» se registraban tanto las decisiones del administrador del condado como el funcionamiento general de la institución. A pesar de que los investigadores no tenemos acceso directo a ellos porque contienen datos identificativos personales, el archivero me proporcionó algunos extractos. En los que pude consultar no parecía haber alusión alguna a gastos de entierro del hogar infantil, pero sí se mencionaban ataúdes. En 1946, por ejemplo, el Consejo aceptó la oferta de un comerciante de Tuam para suministrarles ataúdes durante seis meses. Los precios oscilaban entre dieciséis chelines uno pequeño sin tapicería y tres libras por uno grande decorado. Un año más tarde, el mismo proveedor propuso «ataúdes pequeños a una libra cada uno», y el Consejo consintió. Aunque no está claro si llegaron a adquirirse, el beneplácito a estas ofertas podría indicar que algunos niños recibieron un sepelio tradicional.

Encontré referencias a adopciones en Estados Unidos, principalmente relacionadas con pagos por fotografías de pasaporte, partidas de nacimiento o gastos notariales. En un caso, el Consejo aprobó la devolución de noventa y nueve libras y nueve chelines a un matrimonio que había pagado esa suma «para sufragar los gastos relativos a la adopción propuesta por ellos de dos niños» en diciembre de 1957. No se especificaba el motivo de la devolución, aunque presumiblemente las adopciones no se concretaron. Para contextualizar, esa suma equivaldría a más de dos mil euros actuales.

En mi regreso al centro de Galway desde el archivo, pasé junto a una pared decorada con un símbolo peculiar y, desde la entrada de un aparcamiento privado, divisé un pequeño camposanto y una antigua construcción adornada con tallas en piedra. El cementerio, cerrado y con sus cruces, pertenecía a las monjas.

Una mujer mayor que estaba en el aparcamiento se acercó a charlar conmigo. Me explicó que aquél era un convento de las Hermanas de la Misericordia, con una construcción moderna en la parte trasera que servía como residencia para religiosas mayores. Ella misma era miembro de la orden.

Le pregunté si conocía la lavandería de la Magdalena de la ciudad, y me respondió que había estado allí destinada un tiempo. Aseguró que el trabajo no era duro en absoluto y tildó a las mujeres que se quejaban de «avariciosas».

Cuando le propuse que me hablara más sobre ello, se negó.

Muchas de las mujeres que dieron a luz en Tuam ya no estaban vivas para contar lo que allí sucedió, y otras se llevaron sus historias a la tumba. Mientras repasaba libros de contabilidad polvorientos en Nun's Island, me vino a la mente Rosaline McKinney, una octogenaria que seguía vivita y coleando.

Conocí a Rose en una manifestación en Dublín, donde residía con su hija. En los meses posteriores, la ayudé a solicitar su historial, que buscaba como prueba de sus recuerdos. Rose, la única chica de ocho hermanos, tenía diecisiete años y vivía en la granja familiar en Dunmore, una zona rural de Galway, cuando una punzada atroz la recorrió de arriba abajo. Su madre comprendió que estaba de parto. Había llevado el embarazo en secreto, sin entender del todo lo que le estaba ocurriendo a su cuerpo. A los trece años ya había abandonado la escuela para faenar en la granja. A las niñas se les hablaba del nacimiento virginal, pero no de sexo o embarazo. Llamaron pues al médico local, quien decidió llevarla no al hospital, sino al hogar materno-infantil de Tuam.

Rose pasó un año allí, durante el cual sólo le permitían coger a su hijo en brazos para amamantarlo. El archivero de Nun's Island localizó su nombre en las órdenes de la administración, en las que descubrí que, poco más de un año después del nacimiento, su familia empezó a pagar treinta chelines mensuales de manutención para que el niño se quedara allí. Ella nunca tuvo constancia de aquellos pagos a una institución donde las condiciones eran tan precarias. No había registro que indicara cuánto tiempo vivió en ella su pequeño. Me contó que lo dieron en acogida unos años después.

A los dos años de aquel primer parto, volvió a quedarse embarazada. Su novio, ilusionado con formar una familia, fue a pedir su mano a la granja, pero sus padres se negaron. «Me mandaron de vuelta a Tuam. No tenías elección». Nació su hija y Rose se quedó a lavar ropa y limpiar suelos para las monjas. «Quería quedármela», confesó. Esta vez era mayor y un hombre quería casarse con ella, lo que le daba esperanzas de llevársela. Las monjas permitieron que él la visitara, pero no que viera al bebé. Un buen día, la niña desapareció. Rose no recordaba haber dado su consentimiento.

A ella la enviaron a la lavandería de la Magdalena de Galway, que describió como «el lugar más despiadado en el que podrías vivir». Lavaba ropa desde el amanecer hasta las diez de la noche y se alojaba en un dormitorio común con otras cuarenta mujeres, muchas también madres de niños nacidos en instituciones. En una ocasión, una monja le golpeó tan fuerte que perdió la audición de un oído para siempre. En la lavandería coincidió con una antigua compañera de escuela que había entrado de novicia de las Hermanas de la Misericordia. «Un tiempo fuimos inseparables», rió, entrelazando su dedo corazón con el índice y apretándolos con fuerza para ilustrar su relación. En aquel momento, sin embargo, sus destinos eran opuestos: una, novia célibe de Cristo; la otra, una «reincidente».

Unos años más tarde, huyó trepando por el tejado de noche y saltando el alto muro exterior junto a otra chica. Caminó de regreso a la granja familiar. «Las monjas vinieron a buscarme». Un sargento de la *garda* local las acompañaba, pero sus hermanos les cerraron el paso. «Y mi perro Prince estaba a mi lado, gruñendo», me guiñó un ojo. «Tuvieron que salir pitando».

Cuando solicitamos su historial a las Hermanas de la Misericordia, nos mandaron una copia escaneada de una sola entrada en su registro, el único documento que conservaban. No indicaba cuánto tiempo había pasado en la lavandería ni si había recibido atención médica. Tampoco había constancia de cuándo se marchó. Con letra cursiva enmarañada, se limitaban a registrar su nombre, su edad —veintidós años— y la dirección —Tuam—. Fechada el 16 de junio de 1959, bajo el campo REMITENTE aparecían la hermana Patrick y otro nombre apenas legible, Horatius o Loratus, en Tuam. En la sección CAUSA, la razón por la que Rose había sido enviada a la lavandería, tres palabras: Penitente / Dos veces.

Pasé bastante tiempo revisando los cientos de partidas de defunción de niños que murieron en Tuam. El hogar ganó notoriedad por la forma en que se inhumó a los pequeños, pero me daba la impresión de que no se prestaba bastante atención a cómo vivieron y murieron. Incluso una mínima muestra de los escuetos datos en los registros deja entrever las terribles condiciones del hogar y el sufrimiento de bebés y niños.

En 1946, se registraron cuarenta y nueve decesos de niños. Al año siguiente, la cifra ascendió a cincuenta y dos. Intenté imaginar cómo sobrellevaban las madres, las trabajadoras como Julia y las propias monjas la pérdida de un niño, en promedio, cada semana. Un pequeño cuerpo que enterrar, semana tras semana.

Beatrice Keane tenía cinco años cuando falleció en 1946 de «hidrocefalia congénita», una acumulación de líquido en el cerebro que, sin tratamiento, causa presión, dolor intenso, daños cerebrales y, finalmente, la muerte.

Catherine Higgins, de Headford, perdió la vida en 1950 a los cuatro años y tres meses. Una niña en edad de empezar la escuela, marcada como «soltera» e «hija de la hija de un granjero». La primera palabra mencionada como causa de su defunción es «idiota», seguida de «meningitis, 1 día». Por la misma época, otro pequeño falleció tras doce horas de convulsiones.

John Joseph Mills, un bebé de tres semanas, hijo de la hija de un peón de Tuam, murió en octubre de 1952 después de tres días con gripe y quince minutos de convulsiones. Fue etiquetado como «idiota congénito», un término genérico usado entonces para referirse a niños nacidos con discapacidades.

El 1 de diciembre de 1956, Rose Marie Murphy, de dos años y medio e hija de una sirvienta, sucumbió por una bronconeumonía. En el registro se indicaba que «no se desarrolló con normalidad» y que era «delicada». A últimos de ese mismo mes, murieron dos bebés con apenas un día de diferencia: uno de cuatro meses y medio, «hijo de un pequeño granjero», cuya madre había estado ingresada en un sanatorio antes y después del parto, y otro de cuatro meses, también hijo de una sirvienta. Ambos de bronconeumonía. Una semana más tarde, otra niña, de tres meses y medio e «hija de la hija de un granjero», de bronconeumonía.

En 1957, un ataque convulsivo de quince minutos se llevó a una niña de seis meses de Inishbofin. Cuatro días más tarde, fue un niño sin nombre de pila, hijo de una sirvienta, el que, repentinamente, sufrió un paro cardiaco.

Consignada como «hija de granjera», Mary Maloney pereció en 1959: había padecido colitis crónica dos meses antes de que un episodio de bronconeumonía, en apenas dos días, acabara con su corta existencia.

La última muerte registrada en el hogar, a mediados de enero de 1960, fue la de Mary Carty, hija de una sirvienta, con cuatro meses y medio, de un ataque convulsivo, y en su acta de defunción se la describía como un «bebé inquieto».

En 1961, el hogar materno-infantil de Tuam se convirtió en la primera de las grandes instituciones del entramado industrial de la vergüenza que cerró sus puertas. ¿Qué lo propició?

En los años previos, su estado suscitó una creciente preocupación oficial. En 1951, un arquitecto presentó al Departamento de Salud un plan para renovar las instalaciones. Al año siguiente, el Comité Asesor del Servicio de Bomberos del Condado lo calificó de «trampa» en caso de incendio. A pesar de todo, el Consejo del Condado decidió posponer cualquier inversión hasta determinar el futuro de la institución, lo que sugiere que ya se estaba considerando seriamente su clausura.

En 1957, surgió la propuesta de trasladar el hogar al hospital Woodlands, que el Departamento de Salud quería encomendar a una orden religiosa para su gestión como institución para niños «retrasados mentales». Eso evitaría las costosas reformas requeridas en Tuam. Con todo, el administrador del condado advirtió de que el hogar estaba a cargo de «las Hermanas del Buen Socorro, dentro de la jurisdicción del arzobispo, quienes podrían oponerse».

En agosto de 1959, un tal doctor O'Driscoll solicitó un informe del funcionamiento del hogar en los tres años anteriores: dieta semanal, instalaciones recreativas y educativas, número de nacimientos, admisiones, adopciones, fallecimientos y coste diario de mantenimiento.

El 10 de octubre de 1960, un sábado, un comité compuesto por médicos, administradores y consejeros discutió las «alegaciones» presentadas por el doctor O'Driscoll el año anterior. (Sin embargo, las actas no documentan ninguna acusación concreta, sólo peticiones de información). El comité quedó «bastante satisfecho» con la manera en que se estaba gestionando el hogar. Este comentario me recordó el relato de James Deeny sobre los pabellones de Bessborough: inmaculados en apariencia, hasta que retiró los pañales y descubrió a niños enfermos y potencialmente moribundos.

En julio de aquel mismo año, el Departamento de Salud envió una carta en la que el ministro de Salud, Seán MacEntee —quien había luchado en el Alzamiento de Pascua y tenía cuñados influyentes en el clero— aprobaba el traslado de las madres y los niños de St. Mary, en Tuam, a otras instituciones, y solicitaba el cierre del hogar.

Entre los motivos, el más destacado era que las mejoras necesarias para adecuarlo a las normas modernas costarían ciento catorce mil libras. Resultaba más económico el traslado a otros centros, donde, debido al descenso en el número de «internos», había espacio disponible. MacEntee señaló como principales inquietudes «las condiciones precarias del hogar, el elevado coste de su modernización y la existencia de un alojamiento de primera clase para madres y niños en otras instituciones ya establecidas».

En enero de 1961, en una reunión del Consejo del Condado, se plantearon objeciones a la recomendación del ministro, especialmente por parte de Mark Killilea Sr., copresidente del Consejo y diputado del partido de centroderecha Fianna Fáil. Killilea destacó que, mientras el hogar siguiera en Tuam, «el condado se beneficia del dinero que allí se invierte».

El doctor Waldron, médico del hogar, también expresó su desacuerdo. Argumentó que, tras las «mejoras deseables» realizadas por el Consejo y considerando que el número de niños alojados había disminuido, en su opinión sería «muy cómodo» para sus residentes. Además, señaló que, si se clausuraba, no quedaría «ninguna institución de este tipo» para madres e hijos en el oeste de Irlanda. Waldron mencionó que «proporciona instalaciones a la Facultad de Medicina del University College de Galway». No está claro a qué se refería con esto, pero la Comisión de Investigación determinaría más adelante que los cadáveres de al menos treinta y cinco bebés —algunos o todos posiblemente nacidos muertos— fueron enviados a la universidad para su uso en estudios anatómicos.

El doctor indicó que en el hogar residían «diez o doce chicas que llevan allí muchos años y cuyo único hogar es éste» —las sirvientas, como Julia—, quienes se verían obligadas a marcharse si se cerraba.

A pesar de las objeciones, el ministro mantuvo su decisión. El administrador del condado anticipaba una reducción continua en el número de residentes, lo que haría «cada vez menos rentable» mantenerlo abierto. Por su parte, el subdirector del condado alertó de que el edificio representaba «un grave peligro de incendio». Los ingenieros confirmaron que las obras no habían reducido ese riesgo y que, «en otras circunstancias», el oficial de bomberos lo habría condenado como «no apto para su uso actual». Además, el administrador adjunto señaló que «el nivel de comodidad no es todo lo bueno que debiera», y destacó la falta de calefacción central como un «defecto grave».

A medida que se aproximaba el cierre, surgieron problemas para reubicar a algunos de los niños, sobre todo a aquellos catalogados como «discapacitados mentales». Un informe mencionaba a un pequeño de tres años que, tras ser «desplazado desde el hogar de Tuam» al manicomio de Ballinasloe, murió poco después.

Julia recordaba haber salido por la puerta junto a John Cunningham y la enfermera Burke, los últimos en marcharse. Todos los niños habían sido trasladados, enviados en tandas en minibuses o ambulancias, la mayoría a los Sagrados Corazones de la abadía de Sean Ross y Castlepollard. El proceso completo requirió dos días más. A las madres que aún no habían cumplido su año de penitencia las reubicaron para que completaran su reclusión en otros centros. Según había escuchado, en Sean Ross había una granja con vacas, donde trabajaban la tierra. «Como en Tuam, las propietarias eran las religiosas, no el ayuntamiento».

Un año más tarde, ya empleada en el Grove, un hospital gestionado por las Hermanas del Buen Socorro en Tuam, Julia conoció a un hombre mayor que ella y se casó. Las religiosas del Grove eran «naturales, como nosotras mismas», muy distintas de las que ella había conocido. La hermana John Baptist, una monja bien parecida que había trabajado en el hogar, abandonó por completo la congregación por lo que presenció allí. «Sabían perfectamente que aquel lugar era extraño, que estaba podrido», comentaba Julia. «Me avergüenza no haber alzado la voz. Pero, de nuevo, ¿de qué hubiera servido?».

En octubre de 2018, más de un año después de que las excavaciones de prueba hallaran restos humanos en el terreno, asistí a una rueda de prensa en una sede gubernamental. La ministra de Infancia, Katherine Zappone, anunció que se exhumaría la fosa común. El Gobierno había decidido realizar la perforación más amplia viable, aunque no abarcaría los patios de las casas circundantes. En la medida de lo posible, se efectuarían análisis de ADN exhaustivos.

Geoffrey Shannon, relator especial del Estado para la protección de la infancia y miembro del comité junto a Zappone, publicó un informe en el que afirmaba que el Gobierno estaba obligado, tanto por la Constitución como por las leyes internacionales de derechos humanos, a investigar si se habían respetado los derechos a una inhumación digna. Además, debía determinar si se había garantizado el derecho a la vida de los niños, lo que implicaba investigar las causas de sus muertes. No se estableció una duración concreta para el proceso, cuyo coste se estimaba de entre seis y trece millones de euros. Las Hermanas del Buen Socorro ya se habían comprometido a aportar dos millones y medio para la exhumación, a solicitud del Gobierno.

Le pregunté a Zappone si esto podría sentar un precedente para otras instituciones. Anticipé que esquivaría la cuestión, limitándose a señalar que, por ahora, se centrarían en Tuam. Sin embargo, admitió que, en efecto, era susceptible de establecerlo.

Abandoné la sede con una inesperada sensación de consuelo: el país comenzaba a creer en sí mismo y, al fin, se haría lo correcto.

Al día siguiente tomé un autobús hacia Tuam. Despojados de sus hojas, los árboles se veían famélicos bajo un sol desvaído; las largas hileras de muretes de piedra estaban salpicadas de líquenes. Reparé en las nuevas urbanizaciones a las afueras de la ciudad y pensé en las familias que se instalaban allí. Un hombre del este de Europa me había contado que, antes de mudarse por motivos laborales, buscó información en Google. Lo primero que apareció fueron las noticias sobre cientos de niños enterrados en una tumba anónima.

En el aparcamiento de la catedral, un grupo de colegiales con americanas azul marino se apiñaba contra una pared, algunos fumando cigarrillos. Las chicas, con faldas largas y jerséis, formaban corrillos al otro lado. Cerca del convento de las Hermanas de la Presentación, entablé conversación con una monja de ochenta y seis años envuelta en una chalina rosa intenso y un chubasquero, bastón en mano, aunque caminaba muy recta. La verdad es que estaba deseando charlar con cualquiera que pareciera mayor.

Le pregunté si era de Tuam.

—No por mucho tiempo: pronto estaré muerta —me respondió.

Le pregunté si había oído hablar de la exhumación y si recordaba algo del hogar.

—Estábamos en clausura, no podíamos saber nada —apuntó—. ¡Qué horror... sepultados, amontonados! Ahora se habla mucho de todo eso.

Quería preguntar a los vecinos de la urbanización cómo se sentían tras la decisión de exhumar los restos. Tenía un croquis que Teresa Killen-Kelly me había hecho en un trozo de papel en su despacho en el que me marcó la vivienda de una mujer que daba al terreno del enterramiento. Ni siquiera me dio su nombre, sólo me sugirió que fuera a verla.

Con mi impermeable amarillo brillante, me sentí una forastera aprovechándose de las historias del lugar. Pensé en lo maravillosas que deben de ser las comunidades cerradas, hasta que alguien se sale del redil... Un hombre pareció clavarme la mirada desde un sillón cuando pasé por delante de su ventana. Caminé hasta llegar al lugar indicado en el mapa.

Me abrió la puerta una mujer en bata que, aunque no esperaba visitas, me invitó a pasar y me ofreció asiento en su salón. Se llamaba Jacqueline. Desde su sofá, señaló por la ventana lo que quedaba del muro de piedra de la institución, visible entre sus luminosas cortinas rosas. Cada vez que se sentaba a ver la televisión, aquel vestigio de un pasado oscuro la acechaba. El muro, que separaba su jardín del cementerio, tenía una grieta, de modo que estaba convencida de que se desplomaría en cuanto comenzaran las excavaciones.

Jacqueline había crecido en la urbanización y asistido a la escuela con los niños del hogar. Aunque las Hermanas de la Misericordia a menudo la castigaban por hablar con ellos —«Nos pegaban por hablarles»—, eso no la disuadió. En particular, mencionó a dos niñas obligadas a sentarse al fondo de la clase, sin uniforme, con idénticos abrigos marrones. «Las trataban diferente, como si fueran basura». A los demás les prohibían dirigirse a ellas. En verano, las monjas sacaban algunas cunas al exterior, y los pequeños podían verse desde la calle. Ella sentía una curiosidad inmensa por saber cómo era el hogar por dentro, pero, si las sorprendían mirando, un cuidador cerraba la verja o las espantaba. «Era una sensación morbosa», confesó: estaban tan consumidos que resultaban inquietantes.

A lo largo de las últimas décadas, algunos vecinos encontraron huesos mientras cavaban en sus patios. «No eran de pollo precisamente», apuntó. La mayoría optaba por volver a enterrarlos sin darle demasiada importancia.

De pronto, llegó un amigo suyo, que nos contó que, en los años noventa, cuando construía un nuevo cobertizo en su jardín, descubrió «varios huesos» en la capa superior del suelo. Como solía hacer matanzas de cerdos, no le dio muchas vueltas. «Todo esto es un camposanto», comentó. «Eso es lo que quiere decir, al fin y al cabo». Se refería al nombre del pueblo: la palabra irlandesa para tumba es *tuama*.

A diferencia de algunos residentes de la urbanización, Jacqueline estaba convencida de la necesidad de excavar y dar cuenta de los cuerpos de los niños, si era posible. «Tendrían que haber recibido un entierro como es debido», subrayó, con el rostro tenso y rabia en la voz.

Salimos por la cocina al patio, con el cielo lleno de cuervos. Al fondo había una verja, como las de las granjas, con travesaños por los que trepar, cerrada con un pestillo en un extremo. Más allá, la entrada al jardín conmemorativo.

Cuando hacía buen tiempo, Jacqueline ya no se sentía capaz de sentarse a tomar un té ni de invitar a nadie para disfrutar del espacio exterior. Le preocupaba el qué dirán.

A lo largo del muro, me llevó hasta un punto que no parecía señalizado de ninguna manera, pero que ella conocía de memoria.

«Ahí está mi perro», aseveró. «Ahí no van a excavar». Era su única exigencia, su línea roja. Al enterrar al animal, se aseguraron de no cavar demasiado hondo, temerosos de lo que pudieran encontrar.

Cuando abandoné la casa, caminé por el sendero que bordeaba su jardín, abrí la portezuela y entré al área donde se llevarían a cabo las excavaciones. En mis visitas anteriores, había estado tapiada; era la primera vez que podía acceder. Un tenue olor a humo de turba impregnaba el aire, mientras la luz del día se desvanecía despacio. Conté mis pasos circunvalando el terreno: veinte junto al muro perpendicular al límite con la casa de Jacqueline y diecisiete a lo largo del que separaba el jardín conmemorativo del parque infantil. En la esquina opuesta, a los pies de una estatua de la Virgen María, había flores, rosarios, bolas de nieve y estatuillas de ángeles.

Una vez fuera del cementerio, me crucé con un joven de cuello tatuado, sentado en su coche. Opinaba que los niños debían quedarse donde estaban. Su amigo, que lo acompañaba, recordó un caso en el que habían desenterrado cuerpos de la Gran Hambruna en una esquina cercana. Incluso mencionó que conservaba fotos en un teléfono viejo.

Cuando ya me marchaba, otro chico, alto y delgado, vestido con un chándal gris y con una lata de cerveza en la mano, me detuvo.

Le pregunté qué pensaba de los restos de los niños y me respondió que lo que hicieron las monjas estuvo mal.

Luego me preguntó: «¿Tienes novio? ¿Estás en Snapchat?».

11
LA ASUNCIÓN

La Asunción se celebra el 15 de agosto y conmemora la subida de María al cielo. No sólo estuvo libre del pecado original, sino que además desafió a la muerte. Al concluir su vida terrenal, no fue únicamente su alma, sino también su cuerpo físico, el que ascendió a la gloria celestial.

En las últimas horas de la festividad de la Asunción de 2018, al final de un verano abrasador, llegué a Knock, un destino de peregrinación en el condado de Mayo. Este diminuto pueblo obtuvo su lugar en el mapa una noche de jueves del mes de agosto de 1879, cuando la Virgen María y otros santos se les aparecieron a una joven y a un ama de llaves, que corrieron a avisar a otros para que presenciaran la visión. Los testigos pasaron dos horas bajo una lluvia torrencial, rezando el rosario ante la aparición.

Fui a Knock durante la semana de la novena, una de las épocas más concurridas y sagradas del santuario. El arzobispo de Tuam, Michael Neary, daba la misa aquella tarde. Yo venía desde Tuam, donde había esperado el último autobús bajo un aguacero incesante. Sentadas en un coche al otro lado de la carretera, unas personas me aseguraron que el autobús llegaría. Al fin, media hora después, apareció, casi como un milagro. Tras algo más de una hora de trayecto cruzando pequeños pueblos y extensos campos de cultivo, llegamos a Knock.

Un joven con una sudadera de camuflaje engalanada con las palabras LA VIDA ES SAGRADA esperaba para subir mientras yo me apeaba. Las campanas de la misa vespertina resonaban. En el tejado del antiguo edificio de St. Mary, varios cuervos revoloteaban y graznaban. En este convento, que antes fue hogar de las Hijas de la Caridad y ahora es un hotel, había reservado una habitación, la última disponible. Me condujeron a una estancia minúscula, en una ampliación de la construcción original; en los pasillos, junto a cada puerta colgaba una pila de agua bendita de plástico en miniatura. La cama, estrecha, y el cuarto, austero, transmitían la misma sensación que una residencia de ancianos. Supuse que allí habrían vivido religiosas mayores.

En la calle principal, vendían todo tipo de estatuillas religiosas y *souvenirs* sagrados. La tienda de Nuestra Señora de Guadalupe estaba regentada por Human Life International[19] y repartía gratuitamente carpetas informativas provida. En sus escaparates se exhibían fetos de plástico y libros sobre cómo encontrar al esposo o la esposa perfectos. Cuando era adolescente, visité Knock en una excursión del instituto. Estuve a punto de perder el autobús de regreso porque me entretuve rebuscando en las tiendas, comprando bolas de nieve religiosas y vasos de chupito decorados con estampas de santos y admirando iconos luminosos de la Virgen María que no podía permitirme.

El arzobispo Neary entró en la basílica encabezando una ordenada procesión, seguido por hombres con americanas azul marino y mujeres vestidas de blanco, que llevaban velos y atuendos

[19] Human Life International es una organización católica internacional dedicada a la promoción de los valores provida y la oposición al aborto, la anticoncepción y la eutanasia. (N. de la T.).

que recordaban a batas de laboratorio. Eran los «mayordomos» y las «criadas», voluntarios del santuario. Uno de los primeros anuncios que se hicieron durante la misa fue que su comité había votado aquel mismo día cambiar esos nombres, de modo que, a partir de entonces, tanto a hombres como a mujeres se les llamaría «voluntarios», sin más. Me pregunté si la decisión habría tenido algo que ver con cierta serie de televisión, basada en una conocida novela, que retrata una distopía profundamente misógina.

El coro de la catedral de Tuam entonaba cánticos mientras el arzobispo, ataviado con una sotana blanca y el solideo magenta característico de los obispos, disertaba sobre la Asunción y la Santísima Virgen María, la Inmaculada Madre de Dios. Agradeció el poder de Dios para reunir a sus hijos de todo el mundo a través de la Iglesia y destacó que la fe otorga a las personas un sentido de pertenencia y propósito. Se refirió con lirismo a los dones innatos de las madres y a que saben instintivamente qué es lo mejor para sus hijos. Sus palabras, aunque sencillas, me afectaron. Venían de un obispo católico irlandés, y me resultó inevitable pensar en los numerosos testimonios de mujeres a quienes se les notificó que no eran aptas para ser madres, que no podían ofrecer a sus hijos la vida que merecían, y de adoptados a quienes se privó del conocimiento básico de su origen.

Tras la misa, el abarrotado templo se vació y cientos de personas brotaron a la noche, encendiendo velas montadas en soportes de cartón. El sol había cedido y afuera estaba oscuro. Los fieles con velas titilantes se unían a una procesión, cantando el rosario en voz alta y recorriendo las estaciones del viacrucis por una pendiente cubierta de hierba. Al final se pronunció un discurso de despedida frente a la capilla de la aparición y el arzobispo Neary se quedó de pie en la penumbra mientras los feligreses se acercaban uno por uno para saludarle y darle las gracias. Cuando llegó mi turno, le estreché la mano y le comenté que acababa de llegar de Tuam y que estaba escribiendo acerca de los hogares.

Asintió con la cabeza y respondió: «Está bien».

Le expresé mi interés en hablar del tema con él y mencioné que muchos de los adoptados y madres con los que había conversado todavía conservaban una fe sólida.

«Está bien, está bien, está bien», respondió a todo. Las arrugas de su rostro, acentuadas por las sombras, resultaban desmesuradas. Parecía cansado y reservado. Me indicó que enviara un correo electrónico a su secretaria y, sin más, se dio la vuelta.

Al día siguiente, en el centro de descanso y cuidados de St. John, adyacente a la basílica, asistí a una charla sobre la conveniencia de las liturgias infantiles como estrategia para revitalizar la Iglesia. La idea, según explicaron, era que los niños animarían a sus padres a volver a ocupar los bancos. Pasé una hora escuchando la entusiasta presentación, sin dejar de pensar en el pésimo historial de la Iglesia en la protección de menores y en su trato hacia las familias que no encajan en su molde. Después, tomé asiento en las mesas situadas al lado de un hueco en la pared, desde donde unas mujeres con delantal y gorros de papel servían té y sándwiches. Me tomé un café que sabía a agua usada para limpiar una sartén requemada.

Los demás se apresuraron a ir a misa, dejando la sala casi vacía, excepto por un hombre sentado en una de las bancas entre las hileras de mesas, donde los peregrinos solían tomar su té y repostar sándwiches y galletas. Aquel hombre se estaba tomando un descanso entre turnos. En la mesa había unos sándwiches caseros envueltos en un arrugado papel de aluminio y un tazón de leche. La reluciente insignia rectangular en la solapa derecha de su americana azul marino llevaba su nombre impreso. Era «mayordomo» de Knock, voluntario en el santuario, y se encargaba de ayudar durante las misas y de acompañar a los peregrinos hasta la iglesia. Llevaba una corbata también azul marino con el emblema del santuario en el característico azul mariano y pantalones grises con una sutil raya diplomática que hacía juego con su bigote. Unos zapatos robustos completaban el conjunto.

Me acerqué a su mesa para preguntarle si sabía dónde podía encontrar la parcela de enterramiento del BUEN SOCORRO, mostrándole en mi teléfono un listado que incluía el número de la parcela en el nuevo cementerio.

Negó con la cabeza, dudoso de su ubicación exacta. Tenía pinta de ser un tipo amable, encantado de charlar.

Le conté que estaba escribiendo sobre los hogares materno-infantiles y que acababa de llegar de Tuam.

«Yo nací allí», me dijo, «en el hogar».

Le pedí permiso para sentarme con él y tomar notas mientras charlábamos.

Prefería que lo llamara Jim en lugar de usar su nombre real, ya que muchos de sus compañeros voluntarios en el santuario no conocían su historia. Ni siquiera se la había contado a sus propios hijos. Aunque éramos los únicos en el comedor, eso no parecía incomodarle.

Siempre había sabido que las personas a las que llamaba «mamá» y «papá» eran sus padres adoptivos, pero lo criaron como a un hijo propio. Solía afeitar a su padre adoptivo, tensando la piel arrugada para que la cuchilla se deslizara con suavidad. Aquel ritual los unía. De hecho, lo hizo por última vez apenas media hora antes de su muerte. Jim heredó la pequeña granja familiar y vivía allí desde entonces.

Antes de casarse, le confió a su prometida la historia de su adopción, temiendo que se tomara mal la noticia. «Sentía un poco de vergüenza de mí mismo», me explicó. Por el contrario, ella lo comprendió y respondió que lo amaba.

Jim vivió en la institución de Tuam hasta los seis años. Sus reminiscencias de aquel tiempo eran escasas y dispersas. Las cenas con una pandilla de niños de su edad, todos sentados a la misma mesa. Cuando llegaba la hora de acostarse, las monjas les retiraban los platos con brusquedad. Les demandaban obediencia y no dudaban en imponer castigos: «Si no eran palabras, era una bofetada en la mejilla». Le daban miedo. A veces jugaba en un patio, no tenía memoria de haber asistido a la escuela mientras vivía allí.

Algunos iban al hogar y se llevaban a los niños. Se le quedó grabado un matrimonio en particular que señaló a uno con el dedo y dijo: «Nos quedamos con ése».

A los seis o siete años, llegó su turno: lo entregaron a unos granjeros. La familia tenía un pequeño *collie* que, al principio, le aterraba. Nunca antes había visto un perro. Pero también disponía de su propio cuarto y su propia cama, una intimidad y una comodidad que hasta entonces nunca había conocido. «Mi vida fue estupenda con ellos», me contó. Cuando creció, iba a bailes y, en ocasiones, acompañaba a alguna chica a su casa. Sus amigos tenían dinero; él, no. «Nunca se refirieron a mí como un niño del hogar», añadió; sin embargo, más adelante, al pensar en sus días de escuela, le vino a la mente algún que otro matón que le chivaba al resto que venía de allí.

Con poco más de treinta años, acudió a un sacerdote para pedirle ayuda en la búsqueda de registros que pudieran conducirlo a su madre. La respuesta fue que se olvidara del asunto. «Le dije: "Padre, usted nunca ha estado en mi situación"», pero el cura no se inmutó.

Durante más de una década, Jim trabajó como obrero para el Consejo del Condado de Galway. Tras aquella primera negativa, como siguiente recurso, acudió al Consejo. Les pidió que le informaran de dónde estaba su madre. Allí, una empleada, ya jubilada, le echó una mano con algunos datos básicos, aunque no identificativos. Gracias a eso, descubrió que tenía apenas dieciséis años cuando dio a luz. Según los registros, tras cumplir su penitencia en el centro, emigró a Inglaterra.

En 2014, al escuchar por primera vez la noticia sobre el cementerio de Tuam, algo lo llevó a pensar en su hija. Las palabras se le quebraron en la garganta y los ojos se le colmaron de lágrimas. Su hija había nacido muerta. Levantó sus manos grandes y carnosas y las juntó para formar una cuna imaginaria. Me estaba mostrando cómo había sostenido a su pequeña sin vida, con los ojos clavados en la sombra del hueco donde una vez yació. Sus gruesas manos, pecosas por el tiempo pasado al aire libre, parecían capaces de soportar el peso del mundo entero.

«La sostuve en mis brazos», murmuró. «Cuando enterramos a ese bebé…». Le faltaban las palabras. En ese momento, el silencio del comedor lo envolvió. No se escuchaba ni una conversación, ni siquiera la cháchara habitual de las mujeres con sus redecillas y delantales en la cocina. Temía que alguno de sus conocidos entrara y se preguntara qué le ocurría al verlo llorar delante de una desconocida. Me explicó dónde habían sepultado a la niña, en un ataúd diminuto, y que le consolaba visitar su tumba.

El papa tenía previsto visitar Knock la semana siguiente. En la freiduría local, impregnada del calor y el olor del aceite caliente, una mujer tras el mostrador cuchicheaba con un cliente. Comentaba el coste de la visita papal y lo breve que sería: apenas una hora. Lo consideraba un despilfarro. Durante meses, la seguridad había estado acechando por el pueblo, y la asistencia a la novena había sido escasa porque muchos pensaban que todo estaría cerrado a cal y canto. Aquel día, Jim trabajaría como mayordomo en el santuario, mientras el papa rezaba el Ángelus y oficiaba la misa. Al mismo tiempo, se había convocado una vigilia en el antiguo emplazamiento del hogar de Tuam.

Como católico devoto y hombre que había dedicado buena parte de su vida a la Iglesia, se sentía en conflicto. «Creo en los sacerdotes y en la Iglesia», afirmó. No quería agitar las aguas; de hecho, ni siquiera le gustaba que los laicos dieran la comunión.

Sin embargo, si aquel día no hubiera tenido turno en Knock, habría optado —pese a la visita del papa— por asistir a la vigilia de Tuam. Si llegaba a estrechar la mano del pontífice, le diría sin dudar: «Busque a mi madre».

Cuando terminó su taza de leche y apuró los sándwiches, sin que se escapara ni una miga del nido de papel de aluminio que apretó hasta formar una bola brillante, Jim me llevó al aparcamiento que había junto al comedor. En un compartimento de la puerta del conductor de su furgoneta se acumulaban papeles doblados, un cepillo de plástico azul para el pelo y un pequeño bote de insecticida. Con cuidado, sacó un papel de entre el batiburrillo y lo desdobló.

Era una fotocopia de su partida de nacimiento, registrada en el distrito municipal de Tuam. La fecha era junio de 1945, y el lugar, «hogar infantil». En las casillas destinadas al nombre, residencia y profesión del padre, una ancha raya trazada con bolígrafo. Únicamente figuraba el nombre completo de su madre. «Bina Rabbitte presente al nacer, hogar infantil, Tuam», se leía en otro de los apartados. Jim llevaba ese documento consigo a todas partes, esperando reunir algún día el valor para acercarse a Catherine Corless y pedirle ayuda. Todos los demás le habían fallado. Algún día le rogaría a Corless que investigara si su madre aún vivía o, en caso contrario, dónde estaba enterrada. «Moriría feliz si lo supiera», confesó.

Después de hablar con Jim, me dirigí al cementerio cercano al santuario de Knock, con la esperanza de localizar la parcela donde reposaban las hermanas del Buen Socorro. En lo alto de una colina que dominaba la basílica, había varios terrenos con tumbas. En el primero, un cartel informaba de que allí descansaban los testigos de la aparición. Sólo había un hombre corpulento de pie junto a la verja, balanceándose ligeramente. Al pasar junto a él, clavó la mirada en mí, deslizó la mano hacia la entrepierna y comenzó a manosearse. Pasé a su lado para seguir adentrándome en el cementerio, y me asaltaron las dudas. Me inquietó que, incluso a plena luz del día, me persiguiera. Entonces, divisé a otro hombre que bajaba por un sendero hacia mí. Era mayor, vestía un jersey azul y gafas amarillas, y sonreía. Le pregunté si sabía dónde estaba la parcela, pero no tenía idea.

Me aventuré a subir la colina y, por fin, la encontré. Una robusta estatua de Nuestra Señora, con velos fluidos y las manos en oración, se erigía descalza sobre una roca. En el zócalo de hormigón gris que la sostenía se leía BUEN SOCORRO en grandes letras mayúsculas grabadas muy profundo con una tipografía tosca. La parcela tenía dos niveles y ocupaba el espacio equivalente a unas ocho tumbas normales. A ambos lados de la estatua había dos lápidas: delgadas losas de hormigón liso donde los datos estaban comprimidos, con apenas nombres y fechas de defunción, como una hoja de cálculo esculpida en piedra. En una de ellas figuraban los nombres de siete monjas fallecidas entre 2005 y 2017, que ocupaban sólo la mitad del espacio disponible. En la otra, doce nombres con fechas que iban de 1948 a 2001. Probablemente correspondían a las doce religiosas que fueron trasladadas desde sus tumbas originales en los terrenos del hospital Grove, en Tuam. Varios ramos de flores sintéticas yacían en la superficie de grava.

Pensé en Jim y en su incansable búsqueda de respuestas. Su madre contaba sólo dieciséis años cuando dio a luz, y él se preguntaba si tendría hermanos o hermanas en algún lugar. A veces lo embargaba el temor de que quizá uno de sus hermanos hubiera muerto y estuviera enterrado en una de las tumbas sin nombre de Tuam. «Gracias a Dios, fui uno de los afortunados», me había dicho en la furgoneta, «pero bien podría haber tenido un hermano que acabara allí». Sus ojos se llenaron de lágrimas una vez más, que apartó con su manaza torpe. «Me encantaría saberlo. ¿Habré tenido algún hermano o hermana?», murmuró. Si alguna vez ganara un millón de euros, aseguró, lo daría todo por descubrir si tuvo hermanos, aunque hubieran muerto hacía mucho tiempo.

Aunque había visitado el cementerio cercano a Maam Cross, nunca encontró una lápida con el nombre de su madre. Pasaba por Tuam con frecuencia, ya fuera de camino a otro destino o como parte de su propia y serena peregrinación. Siempre llevaba consigo su partida de nacimiento, junto con una piedra que había recogido del callejón frente al enterramiento, junto al parque infantil del antiguo emplazamiento del hogar.

Aquella tarde, en el tren de regreso a Dublín, contemplé los prados bañados por la suave luz del crepúsculo. Las vacas estaban todas apiñadas, recostadas unas en otras.

Al otro lado del pasillo, una abuela sujetaba por los pantalones a un bebé de cara redonda como la luna que trepaba por la mesa intentando alcanzar el teléfono en el que su madre tecleaba.

—No para —le comenté entre risas.

—Es un torbellino —asintió.

El bebé se volvió entonces hacia mí, con ojos muy abiertos y emitiendo gorjeos. A su lado, su hermana de cuatro años, vestida con un top rosa, dirigía a su abuela un torrente de preguntas curiosas.

—Mi padre creció allí —le explicó la abuela, señalando un campo en la distancia.

—¿Y dónde está tu papá ahora? —preguntó la pequeña, frunciendo el ceño.

—En el cielo.

—¿Se murió?

Mientras tanto, la mujer del carrito de los refrescos le dio al bebé unas tapas de plástico para jugar y le dedicó unas muecas graciosas.

Traté de imaginarme las hileras de cunas en los dormitorios, los bebés criados en una institución, sin un ser querido que los atendiera a cada momento. Los niños eran como esponjas, absorbían los cambios más sutiles, aprendían y se adaptaban a su entorno con una rapidez feroz. Consumidos por un hambre rabiosa de asimilarlo todo, agarrarlo con sus puñitos regordetes, boquearlo y saborearlo, para después descartarlo y pasar a la siguiente novedad. Cada experiencia era trascendental.

Pensé en los niños, como Jim, que estuvieron en el hogar hasta la edad escolar, acumulando pocos recuerdos reales más allá de las bofetadas y las carreras por el patio. Niños que nunca supieron lo que era un perro. Niños que crecieron sin saber quiénes eran sus madres y que, ya mayores, se quedaban despiertos por la noche preguntándose si tendrían una hermana o un hermano enterrado en una fosa séptica.

12
«ESTÁS AQUÍ PORQUE NADIE TE QUIERE»

En la instantánea en blanco y negro, una columna de mujeres avanza por una calle de Dublín. Rígidos *gardaí* la flanquean por ambos lados, y un sacerdote lidera la procesión. Las mujeres, internas de la lavandería de la Magdalena en Seán MacDermott Street, llevan velos blancos. Cerca de la cabecera, dos de ellas portan un paso de la Virgen cubierto de flores.

La fotografía, de origen y fecha desconocidos, se menciona en el informe McAleese sobre las lavanderías de la Magdalena, en una sección que abordaba si la *Garda Síochána* impedía que las chicas escaparan de estas instituciones. El informe citaba la peculiar explicación que la *Garda* proporcionó a la Comisión:

> La instantánea fue investigada posteriormente por la *Garda*, que concluyó que no retrataba una procesión exclusiva de la Magdalena, sino un evento comunitario en el que participaron también laicos y miembros de los Hijos de María, una asociación católica laica. Algunas de las mujeres que aparecen eran residentes del asilo de Seán MacDermott Street, aunque se trata de una procesión de mayo. Las internas portaban el paso engalanado de Nuestra Señora, lo cual era un honor. La presencia de la *Garda* se debió a la veneración de Nuestra Señora, a ningún otro motivo.

El sacerdote de la cabecera, entrevistado por la *Garda* para el informe McAleese —aunque sin mencionar su nombre—, hizo declaraciones en la misma línea. Fue capellán de la lavandería de Seán MacDermott Street en los sesenta. Ansioso por disipar cualquier sospecha de que se trataba a las mujeres como prisioneras, relató una excursión que él mismo organizó:

> Me acerqué a una treintena de ellas y les propuse: «Os llevo al cine, siempre y cuando no me falléis. Que vayamos, disfrutemos de la película y volvamos». Les dije que era «por su honor». ¡Y las hermanas aceptaron por el mío! ¡Dios mío, si eso ocurriera hoy...! Subí por Seán MacDermott Street con mi alzacuellos y mi sotana. En aquellos tiempos... ¡con treinta chicas!

En junio de 2018, en el patio de Áras an Uachtaráin, un soldado se erguía con su impecable uniforme verde del Ejército, preparado para recibir a una flota de autobuses que estaban aparcando frente a la residencia del presidente, en el parque Fénix. Cuando al fin bajaron más de doscientas mujeres, todo un torrente de color, los fotógrafos de prensa dispararon con furia, captando imágenes que dejaban patente lo mucho que había cambiado la relación entre las mujeres de la Magdalena y el Estado.

La primera superviviente en apearse —una mujer de cabello plateado y traje turquesa— se abrió paso por el adoquinado con cuidado, apoyada en un bastón. Otras alzaban los puños al aire y vitoreaban, incluso aquellas que también se ayudaban con bastones o andadores. Avanzaban entre destellos de zapatos de tacón metalizados y lilas, lino asalmonado, vestidos negros y faldas florales. Cada una podía llevar consigo a un acompañante, así que la mayoría iba escoltada por un familiar o un amigo. Entre ellos, destacaba un hombre con falda escocesa y pajarita, visiblemente orgulloso.

Eran las «penitentes» a las que se referían las religiosas, un término que siempre rechazó Gabrielle O'Gorman, quien lucía, para la ocasión, un mono coral sin mangas con un vistoso volante en la parte delantera, una gargantilla de brillantes y unas gafas de sol azul eléctrico colocadas a modo de diadema.

Gabrielle nació en 1945, en el hogar materno-infantil de St. Patrick, hija de una mujer que había crecido en una escuela industrial porque la abuela de Gabrielle murió en el parto. Poco después de regresar a casa desde la institución, echaron a su madre por quedarse embarazada de nuevo. Gabrielle vivió con su madre en St. Patrick hasta los cuatro años, aunque no se les permitió desarrollar un vínculo afectivo. Conservaba un recuerdo nítido de su infancia: estar tumbada con otros niños pequeños, sin pañales, sobre una sábana empapada en su propia orina bajo los grandes ventanales de la galería, donde los colocaban para que recibieran luz natural. También recordaba a niños con «prolapsos rectales» causados por pasar demasiado tiempo sentados en los pequeños orinales esmaltados.

A los cuatro años, la enviaron al orfanato e internado de St. Philomena, en Stillorgan, al sur de Dublín, gestionado también por las Hijas de la Caridad y que servía como centro de retención para niños que acabarían en escuelas industriales. Su madre se trasladó a Inglaterra y volvía a visitarla una vez al año. Gabrielle piensa que habría querido quedársela, aunque ella hubiera preferido que la adoptaran, para así evitarse aquellas instituciones. La criaron las religiosas, nunca acudió a una escuela en condiciones y se pasaba la mayor parte del tiempo limpiando. A los doce años, la enviaron a Lakelands, en Sandymount, la misma escuela industrial donde había crecido su madre, administrada por las Hermanas de la Caridad. Allí no recibían educación sexual más allá de insistirles en que debían preservar su pureza. La primera vez que vio a una compañera menstruar, creyó que se estaba muriendo.

Una de las muchas y crueles ironías del entramado industrial de la vergüenza era que, al no haber recibido educación alguna sobre sexo en las instituciones, las chicas tenían muchas más probabilidades de quedarse embarazadas fuera del matrimonio y, como consecuencia, volver a ser internadas.

Cuando las chicas de Lakelands cumplían los dieciséis, el Estado dejaba de pagar su capitación y las Hermanas de la Caridad las expulsaban. Gabrielle se marchó a Londres. «Lo mejor era irse de Irlanda», me comentó. «Aquí no teníamos elección: no te creían, no eras nadie». Sin embargo, una adolescente con poca experiencia del mundo difícilmente podía vivir de manera independiente en Londres, de modo que terminó en un convento. Cuando, tiempo después, comenzó a salir con un chico, lo que le hizo ganar confianza y sentirse cada vez más libre, su madre se la llevó de vuelta a Dublín para presentarle a su abuelo, portero en la escuela industrial de Goldenbridge. Le ordenaron que se arrodillara y rezase. Poco después, volvió a trabajar para las Hijas de la Caridad en St. Philomena. Una noche, salió con otro chico. Aunque su relación no era de carácter sexual, cuando regresó al convento por la mañana, dos monjas y un *garda* panzudo la esperaban con la maleta preparada. Le comunicaron que debía marcharse por su propia seguridad.

Dos monjas se la llevaron al asilo de la Magdalena en Seán MacDermott, dirigido por las Hermanas de Nuestra Señora de la Caridad del Refugio, con capacidad para ciento cincuenta internas. Allí intentaron ponerla a trabajar, pero se rebelaba cada día. No tenía nada por lo que cumplir penitencia. Las mujeres mayores asignadas a la lavandería de vapor rezaban sin descanso, como si las hubieran sometido a un lavado de cerebro. Gabrielle no quería terminar como ellas.

Se negó a vestir el uniforme de tela áspera e intentaba convencer a cualquier manitas que entrara en el lugar para que la ayudara a escapar. Después de seis semanas, logró huir, arrastrando a otra chica con ella. Derribaron a las mujeres mayores que pretendían detenerlas y escaparon por la puerta de la lavandería. Fueron a casa de una tía de la otra muchacha en busca de refugio, pero ésta llamó a la *Garda*, que las devolvió a la lavandería.

Las mismas dos monjas que la habían llevado a Seán MacDermott Street volvieron a buscarla y la trasladaron a la lavandería del Buen Pastor de Limerick. La obligaron a ponerse uniforme y le arrebataron su nombre: ahora, dentro de los muros, se llamaría Stella. Las hermanas trataron repetidamente de menospreciarla y humillarla. Un día, una de ellas la forzó a arrodillarse y le espetó: «Estás aquí porque nadie te quiere».

Dos años y medio más tarde, la enviaron de regreso a Dublín, donde las religiosas la recibieron en la estación y le consiguieron un trabajo en un hospital, pero no duró mucho. Huyó a Inglaterra y decidió quedarse allí. Pensaba que, en su país, las monjas encontrarían el modo de controlarla. Además, si alguien se enteraba de que había estado en una lavandería de la Magdalena, tendría que soportar el estigma de por vida.

Gabrielle regresó a Irlanda en 1993 para participar en una vigilia por las ciento cincuenta y cinco mujeres de la Magdalena exhumadas de los terrenos de la lavandería de High Park, gestionada por las Hermanas de Nuestra Señora de la Caridad del Refugio. Mary Raftery narró esta historia en un artículo publicado en *The Guardian* en 2011: «Las monjas habían estado haciendo sus pinitos en la bolsa». Cuando sus inversiones se torcieron, nos les quedó más remedio que vender parte de sus tierras a un promotor inmobiliario. «El problema era que contenía una fosa común». Las monjas y el promotor acordaron dividir los costes de exhumar, incinerar y volver a sepultar los restos. Sin embargo, al abrirla, se encontraron ciento cincuenta y cinco cadáveres, no los ciento treinta y tres que estaban registrados. No hubo nombres para cuarenta y cinco de las mujeres, más allá de los institucionales: Magdalena del Buen Pastor, Magdalena de Lourdes y similares. Más adelante, la investigación de Justice for Magdalenes logró identificar a otras ciento seis mujeres de High Park, enterradas en tumbas anónimas en Glasnevin.

Dentro de Áras, Gabrielle avanzó por un pasillo flanqueado por retratos de antiguos presidentes. Un busto de bronce de De Valera, bizco, nos observaba. Al cruzar las suntuosas salas de reunión hacia los jardines, me encontré con Mary Merritt, una mujer pequeña y decidida con un impecable corte bob. A sus ochenta y siete años, se la notaba encantada de que las instituciones reconocieran su experiencia, aunque también era dolorosamente consciente de que muchas otras no habían llegado a verlo. «Es una pena que hayan tardado tanto», comentó, acariciando un libro en una de las mesas. Quería escribir sus memorias, pero todavía había muchas cuestiones sin respuesta. «Ni siquiera sé quién es mi madre, sólo pone que nací en la casa de trabajo».

A Mary la criaron las Hermanas de la Misericordia en una escuela industrial, donde quedó bajo la tutela legal de la monja encargada. Allí trabajó en la granja de la congregación. A los diecisiete años, la sorprendieron robando unas manzanas para saciar el hambre y la enviaron a la lavandería de la Magdalena en High Park, donde vivió catorce años. La única vez que se escapó, le pidió ayuda a un cura. El cura la violó. Como no entendía nada de sexo, tan sólo pudo decirles a las monjas que la había desnudado y le había hecho daño. Cuando descubrió que estaba embarazada, la trasladaron a St. Patrick, en Navan Road. «Sabemos lo que te ha pasado. Mantén la boca cerrada», le ordenó una. Le arrebataron a su hija para darla en adopción y Mary pasó un año más allí antes de regresar a la lavandería. Un día la echaron. Encontró empleo en una lavandería común, se mudó a Inglaterra y conoció al hombre con quien se casaría. En la cálida estancia de Áras, con el sonido de un arpa cercana de fondo,

Mary mostró su lado más desafiante: «Qué guerra les di», dijo con una sonrisa cargada de furia.

En una amplia carpa en el jardín reconocí a otra mujer: Jane Conlon. Hija de madre soltera, la habían enviado a St. Patrick antes de que la acogiera otra familia. En 1984, con sólo diecinueve años, terminó en la lavandería de Seán MacDermott Street tras haber sufrido abusos constantes de manos del sacerdote y violador en serie Bill Carney, que la siguió de institución en institución, todas regentadas por las Hermanas de Nuestra Señora de la Caridad del Refugio. Cogiéndome de la mano, Jane me llevó a conocer a otras supervivientes. Una de ellas, una mujer de poco más de cuarenta años con mechas moradas, me contó que su padre había abusado de ella y, como castigo, la internaron en una lavandería de la Magdalena. Las mujeres suelen comentar que los terapeutas se escandalizan al escuchar sus historias. A veces, el estupor puede tener el mismo rostro que la incredulidad. En esta sala no había estupor, sólo comprensión.

Al fondo, en una mesa, distinguí a Mary Gaffney, que había viajado desde Cork para asistir al encuentro. De pronto, la sala quedó en silencio y todas las miradas se dirigieron al escenario.

«No dudéis en compartir vuestras experiencias», las instó el presidente Michael D. Higgins. «Sin ninguna duda, nos ayudará a todos en Irlanda». Habló del derecho de las supervivientes a ocupar el lugar que les corresponde en la Historia. Denunció que quienes promovían «una amnesia acomodaticia» hubieran enterrado, distorsionado, borrado deliberadamente e «incluso justificado» sus historias. Y aludió a la complicidad del Estado, las órdenes religiosas y una sociedad que facilitó de manera activa su reclusión. «El trato dado a ciudadanos vulnerables en nuestros colegios industriales y reformatorios, en lavanderías de la Magdalena y en hogares para madres y bebés es una mancha profunda en nuestro pasado», aseveró. «Una mancha que hoy sólo podemos contemplar con enorme vergüenza, hondo pesar y horror».

Las lágrimas corrían por los rostros de varias de las asistentes. «Os pido disculpas, supervivientes del régimen de la Magdalena».

Tras la recepción, las mujeres se dirigieron al centro de la ciudad para asistir a una cena en Mansion House, como parte del evento de dos días de duración denominado «Dublín honra a las Magdalenas». Algunas admitieron que los *gardaí* que escoltaban los autobuses las ponían nerviosas. Una vez allí, las recibió un grupo de bienvenida con pancartas caseras que proclamaban: LAS MUJERES DE IRLANDA OS SALUDAN. Caminaron entre la multitud, radiantes, asombradas y reivindicadas, con lágrimas en las mejillas. Hombres de pelo cano lloraban abiertamente y aplaudían. Ellas, emocionadas, se acercaron a las barandillas para cantarles «Molly Malone» mientras se abrían paso hacia el interior. Incluso para las que nunca habían abandonado Irlanda, aquello era una suerte de regreso a casa: un país que ahora las aceptaba, las acogía y, sobre todo, las creía.

La sala de banquetes de Mansion House estaba preparada para una velada repleta de entretenimiento. El alcalde de Dublín, Mícheál Mac Donncha, tomó la palabra y habló de la clausura de la lavandería de Seán MacDermott Street, cerrada porque ya no era comercialmente viable: la lavadora doméstica hizo más por abolir estas instituciones que lo que nunca hizo el Estado. Aprovechó la ocasión para recalcar que aquel día se conmemoraba el nacimiento de James Connolly, un héroe del Alzamiento que no dio su vida por un Estado fundado sobre el abuso y el robo de niños. «Nunca más, nunca más», exhortó, desatando una rotunda ovación.

Escuchando al alcalde, recordé un artículo de Peter Murray. Narraba la historia de Mary E. Murphy, una trabajadora de dieciséis años de la fábrica de galletas Jacobs acusada de propinar un puñetazo en la cara a otra joven y llamarla «esquirola» durante el cierre patronal de 1913. Fue condenada a un mes en el reformatorio de High Park, ubicado en los mismos terrenos que la lavandería de la Magdalena, convertida también en un centro de detención tras la Ley de Menores de 1908. Murray contaba que Connolly se había opuesto al encarcelamiento: «Si les queda algo de vergüenza a los custodios de nuestra moralidad pública, el clero, deberían denunciar la reclusión de Mary Murphy en High Park desde todos los púlpitos». Las Hermanas de Nuestra Señora de la Caridad del Refugio pidieron al *Irish Times* que aclarara que el reformatorio era tan distinto de la institución de la Magdalena como un hospital lo es de una cárcel. Según se informó, las ventanas del reformatorio que daban a la lavandería estaban esmeriladas para ocultar a las mujeres descarriadas.

James Larkin salió en defensa de Mary Murphy, aunque a costa de las demás internas de High Park. En el Albert Hall de Londres, llegó a instar a su público:

> Piensen en los estadistas que enviarían a una chica de dieciséis años, pura, de mente y alma limpias, a pasar una semana de vacaciones entre quienes han olvidado su raza, su sexo y su alma. Piensen en un gobierno cristiano [sisea] que la condenó a ensuciarse y a cargar con el estigma de haber estado en un hogar para mujeres descarriadas: el asilo de la Magdalena.

El padre de la joven acudió a visitar a su hija en High Park, donde ella le contó que asistían a la capilla con las internas de la Magdalena. «Habría preferido ver a mi hija en Siberia que en un sitio así», sentenció.

El segundo día del evento «Dublín honra a las Magdalenas», me uní a un grupo de supervivientes que viajaban en otro autocar rumbo a High Park. Tras un desvío brusco y tambaleante en la carretera que conducía al antiguo convento, apareció un edificio en construcción. Alguien comentó que aún quedaban dieciséis mujeres en la residencia que resistía en el antiguo emplazamiento, mujeres que «nunca habían visto el mundo exterior».

High Park alberga la sede de Respond, una organización de vivienda vinculada a los Hermanos Franciscanos, que también gestiona otro edificio conventual en Waterford, propiedad de las Hermanas de la Caridad. Además, se encargan de alojamientos para Cura, la agencia provida que ofrece apoyo en embarazos en situación crítica. En plena crisis habitacional, cuando el Estado recurría a hoteles y B&B como refugios de emergencia, High Park se convirtió en el primer «centro familiar», en colaboración con el Ayuntamiento de Dublín.

Entramos en lo que fue la capilla, las antiguas trabajadoras de la lavandería todavía se orientaban sin problemas. Nos cruzamos con madres y niños alojados en el refugio provisional. Un niño con un chándal de uniforme estaba sentado con su madre, una joven rubia con un vestido de verano y un tatuaje en el muslo. La luz se filtraba a través de las elaboradas vidrieras a nuestra espalda.

Un portavoz de Respond se trabó un poco en su discurso. La organización planeaba construir ciento un apartamentos en el solar. «High Park tiene un futuro prometedor», vaticinó. «Nunca os olvidaremos ni a vosotras ni su pasado».

A continuación, una de las residentes del centro para personas sin hogar se dirigió a las supervivientes: «Seguimos vuestros pasos a diario. Por duro que haya sido lo que vivimos, no es comparable a lo que padecisteis vosotras. Ser fuertes no es una opción; es la única salida».

La callejuela trasera de la antigua lavandería de la Magdalena en Seán MacDermott Street estaba desierta. La cruz de azulejos blancos seguía intacta en su muro exterior y las viejas rejillas de ventilación todavía asomaban por encima de la pared de lo que había sido el lavadero. En el aire flotaban las voces de un coro.

Era finales de agosto de 2018 y el papa estaba a punto de llegar. Yo también me dirigía hacia allí, atajando por los callejones traseros para esquivar los controles de seguridad y alcanzar Seán MacDermott Street. En las semanas previas, los periódicos especulaban que el papa Francisco podría detenerse ante la antigua lavandería durante su visita a Dublín, de camino a la procatedral cercana.

Había multitudes congregadas en Seán MacDermott Street, pero no frente al convento, con los rostros de la Virgen y el Niño esculpidos encima de su arco. La gente se agolpaba más abajo, ante la iglesia donde descansan los restos de un dublinés venerado por superar su adicción al alcohol. Un gran cartel anunciaba el Santuario del Venerable Matt Talbot. Al otro lado de la calle, sin embargo, no había ninguna placa que reconociera los padecimientos de las mujeres tras los muros de la lavandería. El edificio, propiedad del Ayuntamiento de Dublín, seguía vacío y sin distintivo alguno. La parte de atrás se usaba como almacén de materiales de construcción. Yo misma había estado allí no hacía mucho con casco y botas de seguridad, junto a una funcionaria del ayuntamiento, que planeaba vender la propiedad a una cadena hotelera japonesa. (Poco después de la visita del papa, y tras una intensa oposición, se votó en contra de la venta. En junio de 2019, se decidió que el lugar se convertiría en un «espacio de conciencia»).

La atmósfera era expectante y tensa. Algunos vecinos recordaban que, en 1979, el papa Juan Pablo II había planeado visitar el lugar, aunque finalmente no lo hizo. El desaire aún dolía.

Mary Kelly, una mujer de sesenta años con una camiseta blanca que decía I ♥ PAPA FRANCISCO, recordó haber visto a las mujeres trabajando en la lavandería cuando era niña. También estaba presente el historiador local Terry Fagan, conocido por sus relatos sobre los héroes de la comunidad que ayudaron a niños a escapar de las escuelas industriales. Su amiga Christy contó que el tío abuelo de una conocida suya había internado a dos niños en el convento, pues no podía mantenerlos. Cuando regresó años después para llevárselos, sólo quedaba uno.

Alguien comentó: «Nadie escuchó a la clase obrera. La clase obrera sabía lo que ocurría tras esos muros».

Y entonces llegó la comitiva papal. Pasó de largo por delante de la puerta de la lavandería de la Magdalena. Más allá, en el exterior de la iglesia, el papa saludó y estrechó las manos de quienes lo esperaban, en su mayoría ancianos. Entre ellos, la madre del nuevo alcalde de Dublín, quien admitió que acostumbraba a llevar su colada a la Magdalena y que algunas noches eso le quitaba el sueño.

Con su túnica y solideo blancos, el Papa subió al papamóvil y, tras un último saludo a través del cristal blindado, se alejó a toda prisa.

13

HOMBRES DE LA IGLESIA

En el verano de 2018, a medida que se acercaba la visita del papa Francisco, me pregunté si el santo padre sabría algo de los dos hombres de Dios —uno sacerdote y el otro obispo— a los que, en 1979, se encomendó la tarea de entretener a una multitud de jóvenes en el hipódromo de Ballybrit, en Galway, mientras se aproximaba el helicóptero que transportaba al papa Juan Pablo II. Ambos fueron desenmascarados tiempo después: tenían hijos secretos con mujeres solteras. En un alarde de hipocresía, habían pasado sus vidas predicando las enseñanzas de la Iglesia sobre la moral sexual.

El padre Michael Cleary, célebre sacerdote cantante, era un hombre alto y carismático, conocido por sus apariciones en radio y televisión, en las que condenaba el uso de anticonceptivos y el aborto. Acostumbraba a hablar de la necesidad de «acarrear una cruz en la vida cristiana», lo que implicaba «reprimir» el «apetito sexual». En realidad, mantenía una relación con su ama de llaves desde hacía más de una década.

En 1967, tras una actuación, conoció a Phyllis Hamilton, una joven de diecisiete años que había sufrido abusos sexuales en su familia y había pasado por un orfanato gestionado por religiosas y por una institución psiquiátrica. En el libro que escribió sobre su relación con el sacerdote, Hamilton describe la primera noche en que él la besó, la vez en que se masturbó frente a ella en un sillón y que, en otra ocasión, intercambiaron votos, para asegurarle después que no estarían casados a los ojos de Dios hasta que su relación no se consumara. Ella no comprendía qué quería decir «consumar», así que él le explicó que debían mantener «relaciones sexuales con penetración completa». Ella describió el sexo como «un pequeño precio que pagar por sentirme amada por primera vez en mi vida».

Cuando se quedó embarazada, Cleary la envió a un médico en Waterford para confirmar su estado, luego a un ginecólogo en Dublín y, finalmente, a un amigo suyo en Londres. Aunque estando allí consiguió un empleo, no tardó en regresar a Irlanda y, junto a otras dos embarazadas, pasó el resto de la gestación en la casa parroquial de Cleary, ubicada en Griffith Avenue, en Dublín, donde el cura tenía montado una suerte de hogar informal para madres y bebés. Según Hamilton, varias de aquellas mujeres fueron enviadas por Ally, una agencia católica que buscaba alojamiento a jóvenes en esa situación. Poco después de dar a luz a su primer hijo, Hamilton descubrió al sacerdote teniendo relaciones sexuales con otra chica que se había hospedado en la casa.

Cleary se encargó de bautizar al bebé. Un amigo del religioso llevó a Hamilton en coche hasta Temple Hill, donde le entregó al niño a una monja. Más tarde, recordaría que todos a su alrededor le decían que no era apta para ser madre, lo que le hizo sentir que había perdido el control. Quiso recuperar a su bebé de inmediato, pero cuando llamó para pedir permiso para visitarlo, le respondieron que era una «zorrita egoísta» y que ya habían entregado a su hijo a una familia. Todo eso ocurrió antes de que ella hubiera renunciado legalmente a sus derechos sobre el niño. Al principio se negó a firmar los papeles, pero Cleary la amenazó con llevárselo y desaparecer. No tuvo más remedio que firmar.

Hamilton sí se quedó con el segundo hijo que concibió con el padre Cleary. Oficialmente figuraba como su ama de llaves y, de cara al público, se la consideraba una madre soltera más con su hijo. Cleary incluso la acompañó a cobrar el subsidio por maternidad para madres solteras. Más tarde, la violó un seminarista y se quedó encinta por tercera vez. En esta ocasión, decidió marcharse a Estados Unidos para dar a luz, y su hija fue dada en adopción.

El otro destacado eclesiástico que compartió escenario con el padre Cleary en Ballybrit en 1979 fue el obispo de Galway, Eamonn Casey. Casey era una figura notable e influyente dentro de la jerarquía eclesiástica, además de cofundador de la organización benéfica católica Trócaire, cuyas huchas de cartón plegables de Pascua recuerdo haber montado y llenado con monedas en mi infancia.

A principios de los años setenta, mientras era obispo de Kerry, mantuvo una relación con una prima lejana suya, una estadounidense llamada Annie Murphy. Ella se quedó embarazada y, cuando comenzó a notarse, Casey la presentó públicamente como «una americana en apuros», como si estuviera haciendo una buena obra al hospedarla. Una trabajadora social del hospital de Rotunda la colocó con una familia de la ciudad. Después del parto, Casey la presionó para que diera al bebé en adopción. La trabajadora social le sugirió acudir a St. Patrick, que describió como «un hogar para madres solteras» donde podría tomar una decisión. Sin embargo, Murphy se aferró a la desesperada quimera de que él cambiara de opinión, que de algún modo estaría a su lado y la ayudaría a criar a su pequeño.

Mientras leía las memorias de Annie Murphy, me vino a la mente mi conversación con la hermana Éabha en Henrietta Street, que me contó que, cuando trabajaba en St. Patrick, al menos en tres ocasiones que pudiera recordar, le habían confesado en secreto que el padre del bebé que iba a nacer era un cura. También mencionó que otra hermana le había contado que el obispo Casey había ido una tarde, se había paseado por el pasillo y se había sentado en su despacho, como si aquello fuera lo más natural del mundo. A la hermana Éabha no se le ocurrió entonces que pudiera estar allí para visitar —o quizá presionar— a la madre de su propio hijo. Dieciocho años después, cuando estalló el escándalo, se llevó un buen disgusto al saber que el hijo de Casey había nacido en la institución en la que ella trabajaba. Le pregunté qué había sentido al enterarse de que las mujeres llegaban a St. Patrick embarazadas de sacerdotes y si había comentado algo al respecto. Me respondió que lo había olvidado. «¿Qué mosca les había picado?», pensó, pero aceptó la situación y continuó con su trabajo.

¿Qué hacía el obispo Casey en el hogar materno-infantil de St. Patrick? Según el libro de Annie Murphy, la visitó el cuarto día que pasó allí. Las hermanas «casi se lo comieron, arrodillándose para besarle el anillo y llamándolo "señor mío"». Ella, con el desarrapado vestido que le habían dado, le observaba, en todo su esplendor episcopal, embaucando a las religiosas, tratándolas «como si fueran retrasadas mentales». Supuso que lo consideraban un hombre maravilloso por haber ido a visitar a una mujer descarriada. «¿Cómo iban a imaginar que había venido desde Kerry para obligar a su amante a entregar a su hijo?».

Murphy describía St. Patrick como una construcción de paredes oscuras y muros de piedra a la que se accedía a través de una verja de hierro forjado, «como una cárcel». «Me había acostado con Eamonn un mes tras otro sin sentir culpa, pero ahora sí, ahora estaba avergonzada». Las mujeres embarazadas parecían estar siempre de rodillas, puliendo el suelo ante la mirada de las sonrientes imágenes de la Virgen María, «que había parido a un hijo sin ya-sabes-qué». En la guardería pintada de amarillo, los bebés descansaban en cunas de hierro blancas, vestidos con batitas también blancas. Cuando sonaba la campana, las madres sabían que se les permitía ir a ver a sus pequeños.

Murphy aún tenía presente a una monja anciana, la hermana Ignatius, que un día se acercó a una embarazada que lustraba el suelo y le dijo que descansara. A continuación, se arrodilló y comenzó a pulir el suelo ella misma. Otra religiosa le chistó para que se levantara, pues estaba dando mal ejemplo. Pero ella continuó. «Hice algo imperdonable: meterlas a todas en el mismo saco», escribió Murphy. «Aquella monja debía de llevar medio siglo sometida a una disciplina similar a la de la Gestapo y, pese a todo, había conservado su libertad».

Durante su estancia en St. Patrick, Murphy estuvo hospitalizada dos veces: la primera, por una infección; la segunda, por una trombosis venosa profunda en una pierna. No recibió atención médica en la institución; en ambas ocasiones, fueron sus amistades quienes la llevaron al hospital. En la segunda visita, un médico cercano a su familia le explicó que en Irlanda consideraban que era mejor que los niños sin padre fueran dados en adopción y le advirtió que, desde el punto de vista médico, no era recomendable que tuviera más hijos. Ella aún no había tomado una decisión sobre la adopción, pero aquello la llevó a creer que podría ser su última oportunidad de ser madre. Cuando se recuperó, convenció a Casey para que la acompañara a la Embajada de Estados Unidos, donde incluyeron a su hijo en su pasaporte. Poco después, voló a casa con el bebé para reunirse con su familia en Estados Unidos.

En 1993, Annie Murphy apareció en el *Late Late Show*[20] vestida con una chaqueta en tonos neutros y un pañuelo rosa pálido. La audiencia se dedicó a diseccionar sus memorias: la acusaron de ser una mentirosa, de atribuir en falso la paternidad de su hijo

[20] El *Late Late Show*, uno de los programas más influyentes de Irlanda, abordó desde 1962 temas tabú como el aborto, la homosexualidad y el rol de la Iglesia. Bajo la conducción de Gay Byrne, ofreció una plataforma para discutir abiertamente cuestiones controvertidas, reflejando y fomentando los cambios sociales en un país marcado por profundas transformaciones culturales. (N. de la T.).

a Casey y de introducir preservativos de contrabando en Irlanda. Sin embargo, ella, imperturbable, defendió su versión. «Si tu hijo es la mitad de buen hombre que su padre, no le irá mal», comentó Gay Byrne al cierre de la entrevista. «Yo tampoco soy tan mala, señor Byrne», respondió Murphy, entre aplausos dispersos.

En 1975, un año después de que alumbrara al hijo del obispo Casey, éste participó en la conferencia nacional de Cherish, una organización creada y dirigida por madres solteras para apoyar a otras mujeres en su situación, de la que él fue uno de los primeros mecenas. En aquella época, Maura O'Dea, presidenta de Cherish, estimaba que más de la mitad de las irlandesas que quedaban embarazadas fuera del matrimonio eran repudiadas por sus familias. «Si consiguiéramos que los padres actuaran de forma comprensiva y responsable, el perjuicio causado a numerosas madres solteras y a sus hijos sería mucho menor», declaró Casey en el acto. Añadió: «La desazón resultante del rechazo ha provocado daños permanentes a muchas chicas». También pidió al público que reflexionara sobre las consecuencias de la ausencia de un padre.

En 2019, salió a la luz que Casey, fallecido en 2017, se enfrentó a múltiples acusaciones de abusos sexuales a menores, incluida una presentada en 2005 por su propia sobrina, quien denunciaba que la había violado durante una década, desde que contaba apenas cinco años. Al menos otras dos mujeres más lo acusaron de haber abusado de ellas en su infancia: una recibió una indemnización de la Junta de Reparación Estatal, la otra alcanzó un acuerdo a través de un caso en la Corte Suprema, que aún estaba en trámite cuando el obispo murió. Además, recientemente se confirmó que dos diócesis tenían conocimiento de otras denuncias de abusos sexuales contra Casey, algunas de las cuales se remontaban a los años cincuenta.

Mucho antes de que salieran a la luz estas últimas revelaciones, ya conocíamos cómo solía actuar la Iglesia en Irlanda —y en otros países— frente a los clérigos abusadores: los trasladaban de una parroquia a otra, les permitían seguir teniendo contacto con personas y niños vulnerables, y no informaban a las autoridades civiles de lo que sabían o sospechaban. Como sucedía con el trato a las chicas embarazadas fuera del matrimonio y a sus hijos, el secretismo era prioritario. Claro que, mientras las madres y sus hijos sufrían las consecuencias de este silencio, los maltratadores lo aprovechaban.

Mi visita a la casa diocesana de Ennis, descrita en el capítulo 3, se vio ensombrecida por una información inquietante que recibí de una fuente fiable: el archivero diocesano de ese lugar había sido condenado por abusos sexuales.

No sabía si debía confrontar a ese hombre con lo que me había llegado sobre su pasado. Él, que se presentó como Joe, había hablado con franqueza sobre los abusos cometidos por la Iglesia. Cuando le pedí su nombre completo, me respondió que su apellido era Summerville.

Al finalizar mi trabajo en los archivos, Summerville se ofreció a llevarme a la estación de tren. Tanto su hospitalidad como la del padre Nash, así como su disposición a hablar con transparencia y a permitirme acceder a los archivos, me parecieron un detalle significativo: una ruptura con el habitual silencio. Pero no podía sacarme de la mente lo que me habían contado. Busqué en Google el nombre de Joseph Summerville y encontré informes sobre alguien con ese mismo nombre que había sido condenado en 1996 por abusar de un adolescente cuando ejercía como capellán de una escuela en Tuam a finales de los años ochenta. Había sido expulsado de la Iglesia y cumplido una condena de cuatro años de cárcel.

Durante esta misma búsqueda en internet, di con un artículo de 1983 redactado por un tal Joseph Summerville en la revista católica *The Furrow*. En él, Summerville criticaba el enfoque posesivo con el que los sacerdotes se referían a sus fieles y defendía el concepto de *pobal Dé* —el pueblo de Dios en irlandés— como alternativa al «molde clericalista». También reflexionaba acerca del papel de la mujer en la Iglesia. La cuestión femenina se había reducido al celibato. Abogaba, en cambio, por reconocer a las mujeres en sus propios términos: «De lo contrario, nos convertiremos en meros abusadores de mujeres». Los abusos por los que sería condenado comenzaron cinco años después.

Más tarde, un alto cargo de la Iglesia me confirmó que el Joe Summerville que trabajaba en los archivos de Ennis era, en efecto, el mismo Joseph Summerville condenado por abusar de un menor en Tuam. Pensé mucho en el hecho de que este hombre pareciera empeñado en sacar a la luz la verdad sobre el pasado de la Iglesia. No tenía motivos para creer que su trabajo como archivero le permitiera acceder a menores ni de que estuviera incumpliendo las condiciones de su condena. Además, a diferencia de otros abusadores, él había cumplido una pena por sus crímenes. Por todas estas razones, consideré la posibilidad de omitir su testimonio. Sin embargo, llegué a la conclusión de que no podía incluir sus opiniones sobre la Iglesia o sobre la historia de las instituciones sin ser transparente sobre su pasado. Sabía que yo era periodista, y aun así habló —en su calidad de archivero contratado por la Iglesia— sobre los abusos sistémicos, los derechos de las mujeres y el patriarcado, aunque sin admitir en ningún momento su propia implicación en los crímenes de la institución. ¿Cómo podría sostener ese silencio?

En el primer día del Encuentro Mundial de las Familias, en agosto de 2018, me monté en el autobús número 4 hacia la Royal Dublin Society. A mi alrededor, algunos pasajeros comentaban la noticia de que cientos de entradas para la visita papal habían sido solicitadas por personas que planeaban boicotear el evento. Una mujer mayor recordaba que, a principios de siglo, todas las madres soñaban con que sus hijos llegaran a ser sacerdotes. «Dominaban con ira y no con amor», señaló.

Dos jóvenes sentadas en la parte trasera bromeaban, justo al otro lado del pasillo donde viajaban un cura y una pareja de ancianos.

—No te das cuenta de cuánta gente es religiosa hasta que ves a todos estos curas y monjas —comentó una de ellas, abrazada a su botella de Lucozade.

—¡Rezando por el perdón! —rió su amiga, dándole una palmada en el muslo.

Como arzobispo de la ciudad anfitriona del Encuentro Mundial, Diarmuid Martin parecía hacer malabarismos con varias consideraciones contradictorias. Tras anunciarse que Dublín acogería el evento, en una rueda de prensa subrayó que Irlanda, «pese a lo que muchos piensan, cuenta con una sólida cultura familiar». Destacó que el país «tiene una tasa de matrimonios bastante mayor que Italia y una incidencia de divorcios mucho menor», y añadió con orgullo: «El índice de fecundidad en Irlanda es de 2, mientras que en Italia es de 1,4». No obstante, advirtió de que «Irlanda es un país muy abierto, y eso lo expone a todas las presiones de la cultura laica occidental en lo relativo al matrimonio y la familia».

Después, en una entrevista de radio con Marian Finucane en vísperas del evento, el arzobispo lo enfocó de manera bastante distinta. Sugirió que el papa Francisco había decidido visitar Irlanda precisamente porque el país había cambiado. Comparó la visita de Juan Pablo II en 1979, que describió como un «punto álgido» en la historia de la Iglesia católica irlandesa, con el «declive y cambio» que le siguió. Pero reconoció que «todos en Irlanda sienten que el país ha cambiado a mejor». En la procatedral, donde rezaría el papa, se había colocado hacía años una vela en memoria de las víctimas de abusos. «Por supuesto, tendrá que abordar esta parte de nuestra historia», afirmó Martin. «Creo que es importante que no lo haga como una cosa que pertenece al pasado, sino como parte de nuestro presente, porque las heridas siguen ahí y se están abriendo otras nuevas».

Más tarde, en la Royal Dublin Society, el arzobispo habló con más franqueza de la habitual acerca del legado de abusos de la Iglesia: «Sobre todo en Irlanda, debido a las escuelas industriales, las escuelas diurnas, las lavanderías de la Magdalena, los hogares materno-infantiles, y los niños de los que abusaron los sacerdotes en las parroquias, el número de víctimas es inmenso, y el número de denuncias es sencillamente proporcional», señaló. Su comentario respondía, en parte, a la publicación de un extenso informe del gran jurado sobre los abusos sexuales del clero en Pensilvania.

Tras la divulgación de dicho informe, la expresidenta Mary McAleese declaró en la radio nacional que, pese al aparente compromiso del papa Francisco con el cambio, éste todavía priorizaba «la defensa de la institución». También relató una reunión que tuvo en 2003, siendo todavía presidenta, con el cardenal secretario de Estado de la Santa Sede, Angelo Soldano, quien le propuso que el Estado irlandés indemnizara a la Iglesia por las reclamaciones de los supervivientes de abusos. Una revelación impactante, y más viniendo de una expresidenta que en la actualidad está doctorándose en Derecho Canónico. «Me cuesta creer que todos los obispos actuaran con la misma negligencia por casualidad», reflexionó. «Lo sabíamos gracias a los medios, a la valentía de las víctimas, sus abogados y el propio Gobierno. Pero lo cierto es que nunca lo habíamos oído de forma abierta y espontánea por parte de nuestra Iglesia».

En un estadio por lo general reservado para partidos de *rugby*, conciertos y el espectáculo ecuestre anual de Dublín, se dispusieron filas de asientos frente a un escenario con un altar y dos enormes pantallas a los lados. Cada día del Encuentro Mundial se celebró allí una misa, aderezada con discursos de altos representantes de la jerarquía católica. El discurso de inauguración corrió a cargo del arzobispo Eamon Martin, primado de toda Irlanda, quien sustituía al cardenal Donald Wuerl. Este último había cancelado su participación tras aparecer mencionado en el informe de Pensilvania. Wuerl, que había sido obispo de Pittsburgh entre 1988 y 2006, recibió duras críticas del gran jurado, que concluyó que en su diócesis se produjeron «errores institucionales generalizados que ponían en peligro el bienestar de los niños». Paradójicamente, su discurso iba a titularse «El bienestar de la familia es crucial para el futuro del mundo».

En el escenario, con una gran cruz plateada al pecho, una faja magenta en la cintura y un solideo a juego, la figura más destacada de la Iglesia católica en Irlanda habló sobre el matrimonio entre un hombre y una mujer «abierto a la vida», sobre la virtud de la castidad para los jóvenes inmersos en «una mentalidad anticonceptiva y contraria a la natalidad» y sobre la mercantilización de la maternidad.

Una vez concluida su intervención, pude hablar con el arzobispo al margen del escenario. Cuando le pregunté por los hogares materno-infantiles, los describió como «un capítulo bochornoso en la historia de la Iglesia y, de hecho, en la historia de la sociedad». Su voz era estridente y suave al mismo tiempo. «No podemos olvidar esta historia ni hacer como que nunca hubiera ocurrido, pero explicarla tampoco es tan sencillo», añadió.

El arzobispo destacó que la familia es la célula vital de la Iglesia y de la sociedad. «Si la sociedad y la Iglesia abandonan a las familias, acumulamos traumas», afirmó. «Escucho historias de familias, incluso de los años sesenta, que se sentían abandonadas por su Iglesia y por la sociedad. Al mirar hacia atrás, me pregunto qué había en nuestras enseñanzas, qué había en las actitudes de nuestra Iglesia, qué impregnó a la sociedad, la moldeó y, en muchos aspectos, la dominó. ¿Qué fue lo que nos permitió abandonar y excluir a personas que eran miembros fieles de nuestras parroquias y comunidades?».

Habló asimismo de la responsabilidad de la Iglesia de estar vigilante «para detectar dónde podemos estar repitiendo este tipo de comportamientos hoy en día». Le mencioné a Jim, el mayordomo de Knock, que no había recibido apoyo de su sacerdote local cuando buscaba respuestas sobre su madre biológica. Mi relato pareció conmoverle, y me explicó que la Iglesia había solicitado al Gobierno, años atrás, «hacer algo respecto a la ley en este país y los derechos de búsqueda de las familias». En Irlanda del Norte, donde él residía, las personas adoptadas tenían derecho a obtener su partida de nacimiento original, mientras que en la República de Irlanda sólo podían acceder a este documento con el permiso de su madre biológica. Añadió que la archidiócesis de Armagh estaba reuniendo sus registros para entregarlos al Estado y esperaba que se establecieran «derechos de localización efectivos y rápidos». Lo sucedido en el pasado, concluyó, fue una «aberración de la doctrina de la Iglesia».

En la sala de conferencias principal del Encuentro Mundial, me acerqué al expositor de la diócesis de Elphin, donde el obispo Kevin Doran, un hombre esbelto con una característica barba canosa, estaba terminando la jornada. Aproveché para preguntarle si estaría dispuesto a hablar conmigo.

Doran, nacido en Dublín, ingresó en el seminario con diecisiete años, en 1970. Apenas días después de ordenarse sacerdote, «se topó con todo ese tema de los embarazos en situación de vulnerabilidad» cuando una joven en estado acudió a él en busca de ayuda. La acompañó a lo que describió como «nuestro servicio católico de atención al embarazo», una agencia recién creada llamada Cura. «La asesora pensó que yo era el padre. La chica no quería entrar en la consulta sin mí». No pude evitar preguntarme si aquella asesora estaría acostumbrada a que los curas acompañaran a mujeres a las que habían dejado embarazadas.

Aquella experiencia llevó al joven padre Kevin Doran a creer que no bastaba con pronunciarse en contra el aborto; la Iglesia debía ofrecer alternativas. Sus primeros años como sacerdote coincidieron con un descenso en la demanda de los hogares materno-infantiles y un aumento del número de jóvenes que optaban por viajar a Gran Bretaña para abortar. La energía que antes se destinaba a sostener esas instituciones punitivas comenzó a dirigirse hacia la prevención del aborto. «A principios de los años ochenta, participé en la creación de la agencia de atención a embarazadas Life Pregnancy Care», me contó. «Todavía existe, aunque ahora se llama Anew».

Unas semanas antes del Encuentro Mundial de las Familias, el obispo Doran participó en un acto celebrado en Dublín con motivo del quincuagésimo aniversario de la encíclica papal *Humanae vitae*, que endureció la postura de la Iglesia contra la anticoncepción artificial. Durante su intervención, advirtió de que se estaba ignorando la encíclica y subrayó la necesidad de adaptarla a las generaciones actuales. Defendió también la enseñanza de la sexualidad desde una perspectiva católica en las escuelas y sostuvo que la llamada «mentalidad anticonceptiva» estaba vinculada al «sorprendentemente elevado» número de personas que aceptaban el matrimonio homosexual. Según él, cuando el amor «se separa de su finalidad procreadora» resulta difícil justificar por qué debe limitarse a la unión entre un hombre y una mujer. Fue, de hecho, más allá al afirmar que los anticonceptivos impedían a las mujeres decir que no a los hombres que querían mantener relaciones sexuales con ellas. «Hay quien cree que los anticonceptivos han liberado a las mujeres al permitirles controlar su fertilidad», observó, «pero el hecho de que tengan menos probabilidades de quedarse embarazadas las priva de uno de los principales motivos o libertades para rechazar relaciones sexuales no deseadas».

Tras estos comentarios, el ministro de Sanidad, Simon Harris, expresó su indignación en Twitter: «Por favor, ¡basta ya!

[La religión] no puede seguir determinando las políticas sanitarias y sociales de nuestro país».

Le mencioné a Doran que, después del referéndum que derogó por abrumadora mayoría la prohibición constitucional del aborto, un sacerdote de Cork había sugerido la reactivación de los hogares materno-infantiles. «¿Ah, sí?», exclamó, añadiendo: «Supongo que, si volvieran, intentarían ser... ya sabes, más comprensivos».

Cuando le pregunté por la fosa común del hogar del Buen Socorro, respondió: «Creo que el jurado aún no sabe qué ocurrió en realidad en Tuam. Por lo que me consta, los bebés fueron enterrados de forma muy ordenada». Se le debió de pasar por alto el informe del forense, ampliamente citado, que determinaba los restos quedaron sepultados de manera caótica. Habló de la elevada mortalidad infantil en el oeste rural de Irlanda, sin llegar a reconocer lo evidente: que era terrible que cientos de niños hubieran muerto en una institución y que estuvieran inhumados sin un nombre que los identificase.

Al final de nuestra conversación, la secretaria de Doran se percató de que se estaba llevando a cabo una entrevista e intentó interrumpirla: «Tengo que lidiar con los ataques que recibe por parte de los medios», se justificó.

Una tarde, después de intercambiar varios correos electrónicos, tuve una larga charla telefónica con Willie Walsh, obispo de Killaloe entre 1994 y 2010.

Walsh nació en 1935 en Roscrea, donde unos años antes se había abierto la abadía de Sean Ross. De niño, conoció la existencia del hogar, pero fue de adolescente cuando escuchó la historia de un joven del pueblo que había emigrado a Australia, supuestamente tras dejar embarazada a una chica. Aquello le dejó marcado: el embarazo fuera del matrimonio era una deshonra tan grande que la gente se sentía impelida hasta a abandonar su comunidad. «No teníamos la sensación de que estaba mal que esas muchachas entrasen en una institución», recordó.

Walsh creció en una granja, rodeado de las formas naturales de reproducción: toros y vacas, verracos y cerdas, el caótico y corpóreo ciclo de la vida. Sin embargo, tardó en entender que «los humanos también participaban en él». No se hablaba de esas cosas. Durante una época, llegó a creer que los bebés aparecían bajo las coles.

Sabía que a los niños de la abadía de Sean Ross los mandaban a familias adoptivas en Estados Unidos y, de algún modo, los envidiaba, pensaba que eran afortunados. A los doce años, lo enviaron a un internado y, más tarde, al seminario de Maynooth. Como joven sacerdote, recién regresado de Roma, donde lo habían destinado, recordaba vagamente haber celebrado misa en la capilla del hogar materno-infantil.

Nunca se cuestionó nada hasta años después. «No afectaba a mi vida», confesó. Sólo con el paso de los años comprendió el sufrimiento de aquellas madres. Reconoció que habían tenido «poco o nada que decir» sobre la adopción de sus hijos y que «eso era muy injusto». Para Walsh, la sociedad y la Iglesia mostraban «poco respeto» hacia las mujeres que se quedaban embarazadas fuera del matrimonio. A pesar de formar parte de la jerarquía eclesiástica, era capaz de admitir la hipocresía: «Aunque como cristianos predicábamos la dignidad de cada individuo, no la aplicábamos en la práctica».

En el seminario de Maynooth, les enseñaban que «cualquier placer de índole sexual fuera del matrimonio era incorrecto y pecaminoso». Para los sacerdotes célibes, el sexo en sí mismo, en cualquiera de sus formas, representaba una amenaza: ponía en riesgo su reputación, su trabajo y hasta la meta de su vida. «El pecado sexual era uno de los peores posibles». Aunque la doctrina de la Iglesia sobre la justicia distinguía entre diferentes grados de inmoralidad —robar un euro no era tan grave como robar miles—, esa misma lógica no se aplicaba en este caso: «Cualquier ofensa contra la sexualidad se consideraba grave». A las mujeres se las veía como una tentación y, por tanto, una amenaza. Apenas recibió formación para apoyar a quienes no seguían el estricto código moral de la Iglesia sobre la sexualidad y pensaba que incluso las monjas «eran víctimas del sistema en el que se las había formado». Por otro lado, el clero gozaba de una reverencia pública desmesurada —«Como si no fuera posible que obrasen de forma incorrecta»—, aunque él mismo conocía a dos sacerdotes que engendraron hijos sin que eso afectara a sus puestos.

Antes de la publicación de la encíclica *Humanae vitae* del papa Pablo VI en 1968, Walsh confiaba en que la Iglesia suavizaría su postura sobre la anticoncepción. Para su sorpresa, la endureció. Este giro lo llevó a cuestionar sus enseñanzas a este respecto, como su actitud hacia las madres solteras. Sin embargo, nunca expresó sus dudas en público. «Estabas condicionado para pensar que la Iglesia siempre tenía razón», explicó. «Los cuestionamientos no se recibían bien». De hecho, se conceptuaban como una muestra de deslealtad hacia la jerarquía y el papa.

Le vinieron a la memoria las furgonetas rotuladas con LAVANDERÍA DE LA MAGDALENA. «Empecé a considerarlo una especie de mano de obra barata», reconoció. «Me di cuenta de que, de algún modo, aquello no estaba bien». Eso sí, siguió sin pronunciarse en ese sentido y, en nuestra conversación, confesó que no podía «recordar ninguna discusión seria en sus años como obispo sobre los hogares materno-infantiles».

Durante la llamada, Walsh me preguntó si alguna vez me habían dicho que me sacarían el demonio a golpes. Él mismo había vivido esa experiencia en su infancia. «No se veía mal que nos zurrasen para sacarnos al demonio», rememoró. «Esa creencia servía para justificar lo que hoy consideraríamos auténticas crueldades».

Cuando le pregunté por las declaraciones de las Hermanas de los Sagrados Corazones, que afirmaban no tener registros de los entierros de cientos de niños que murieron en sus instituciones, incluida la abadía de Sean Ross, respondió que no le sorprendía la falta de registros, aunque no entendía por qué las monjas no eran más claras al respecto. «Si un niño moría después de que lo hubieran bautizado, iba directo al cielo», dijo. «Odio decirlo, pero creo que había una actitud de indiferencia hacia sus restos: se habían ido al cielo, así que lo que quedaba de sus cuerpos ya no importaba».

Nunca había oído expresar esta idea de forma tan directa, ya fuera por parte de una persona religiosa o seglar. Había leído sobre los *cillíní*, tumbas informales en suelo no consagrado donde tradicionalmente se enterraba a los bebés no bautizados, pues la Iglesia les negaba una sepultura católica, pero la noción de que los restos de un bebé bautizado «ya no importaban» parecía contradecir por completo la práctica católica fuera del entorno institucional. Aun cuando Walsh no compartía esa perspectiva, reconoció que era una actitud prevalente entre las órdenes religiosas que administraban los hogares.

En referencia a los enterramientos sin nombre ni registro en Tuam y en la abadía de Sean Ross, en su pueblo natal, donde murieron mil niños, fue contundente. «Me apena, me avergüenza; no nos dimos cuenta de lo incorrectas que eran estas cosas», lamentó. «Es un pasado del que deberíamos avergonzarnos».

Un día, en el Encuentro Mundial de las Familias, me encontré con el padre Gaughan, mi párroco local. Lo recordaba dando grandes zancadas por el parque con sus vestimentas oscuras. Sabía que mi padre había tenido que pedirle permiso para casarse con alguien que no pertenecía a su parroquia, pero yo nunca había hablado con él. Me presenté y tuvimos una breve conversación, durante la cual mencionó que había sido capellán en una lavandería de la Magdalena. Vivía a pocas puertas de la transitada carretera en la que crecí, en un adosado frente a la iglesia. Tenía fama de ser más conservador que la media.

Poco después del Encuentro Mundial, fui a visitarlo. Me recibió en su salón, donde nos sentamos frente a frente en unos sillones; el suyo, grande y beige, tenía un tapete con puntillas blancas en el respaldo. Se acomodó con las piernas estiradas, los pies apoyados en un puf y las manos cruzadas en el vientre. Aunque seguía teniendo el pelo tan negro como en mis recuerdos, ahora era más ralo. Unas gafas con montura de carey reposaban en una nariz larga y prominente. En notable contraste con las diversas ocasiones en que había visitado a las monjas, él no tenía prisa por ofrecerme té. Era mi primera vez en la casa de un cura.

Antes de la visita, le había investigado en internet, donde descubrí que su nombre completo era John Anthony Gaughan. Nacido en Listowel, condado de Kerry, en 1932, era doctor en Filosofía y autor de varios libros y artículos históricos. Tenía su propia página web, en la que aparecían sus publicaciones y premios. También encontré que solía celebrar misa para los jugadores del equipo de fútbol gaélico de Kerry antes de las finales del All-Ireland en Croke Park.

En concreto, quería hablar con él sobre los pocos años en los que, a mediados de los sesenta, fue capellán en el convento de St. Mary y en la lavandería de la Magdalena de Donnybrook, gestionados por las Hermanas de la Caridad. No tuvo reparos en abordar el tema, se lanzó de lleno. «Si no recuerdo mal, había más de cien muchachas, mayores y jóvenes», comentó. Celebraba misa cada mañana, a las siete, para «las monjas y las señoritas, las mujeres que estaban allí». Le impresionaba lo bien que funcionaba el lugar, que describió como un internado femenino. Revivió un concierto navideño ofrecido por las chicas, al que asistieron los vecinos de la zona que contribuían al funcionamiento de la lavandería con donativos y el alcalde de Dublín. «Ellas, por supuesto, eran preciosas», precisó, sin que nadie le hubiera preguntado, «como Marilyn Monroe, y pasamos una velada estupenda». Su voz sonaba académicamente nasal, suavizada por el acento de Kerry.

Me contó la historia de una joven. Alguien —bien un coadjutor de Finglas que había sido compañero suyo, bien un sargento de la *Garda*— le informó acerca de una chica que vivía en un piso de la parroquia, que había estado trabajando en una farmacia y había cometido infanticidio.

«Era una chica de campo muy simpática, tuvo al bebé y, al parecer, entró en pánico», recordó. «Lo parió en el cuarto de baño y lo envolvió en el periódico local». Añadió que era muy guapa, además de discreta y educada. Según relató, la joven dio a luz en el cuarto de baño del piso que compartía, sin que sus compañeras supieran de su embarazo. Aterrada de que el bebé pudiera llorar y hacer ruido, lo asfixió y dejó su cuerpecito en la puerta de una iglesia local. Cuando el sargento de la *Garda* la localizó, contactó con el padre Gaughan, pues consideraba que sería «espantoso» enviarla a la cárcel.

Él gestionó que las Hermanas de la Caridad la aceptaran temporalmente en la lavandería. De todos modos, tuvo que ir a juicio. Aunque Gaughan quería acompañarla como representante, un obispo auxiliar le aconsejó que no interviniera, pues podrían tomarle por el padre del bebé. Consiguió que la asistiera una mujer de la Legión de María, pero él no dejó de acudir. Como la defensora le aseguró que la chica iría a la lavandería de la Magdalena, el juez la «sentenció» a ir allí. (Supongo que más que una sentencia posterior a un veredicto, se trataba de una condición que convencería al fiscal de que no era necesario juzgarla por infanticidio, veredicto al que los jurados a veces se mostraban reacios). En su opinión, era el mejor desenlace posible para ella: proteger su reputación y su secreto y evitar la cárcel. «Se hizo con discreción por su bien». Entendí que esa «sentencia», relativamente corta, tuvo que ver con el hecho de que su familia era considerada «respetable».

El padre Gaughan me contó que, en ocasiones, los *gardaí* derivaban a mujeres a la lavandería. El alcalde asistía a sus fiestas navideñas en las que las internas representaban sus obras de teatro. La lavandería tenía contratos con «empresas importantes» y camioneros que transportaban el producto acabado. «Las hermanas eran sirvientas no remuneradas, por así decirlo», comentó. «Donaban sus vidas y sus habilidades». Aseguró que trabajaban codo con codo con las chicas. Las internas eran «personas vulnerables» que no tenían adónde ir, rechazadas por sus familias. «Lo que necesitaban era una existencia protegida», sentenció.

Según Gaughan, a mediados de los sesenta las internas podían abandonar la lavandería con total libertad: «Todas estas muchachas tan guapas que iban y venían». Evocó el caso de una familia que se puso en contacto con él porque su hija, «una chiquilla encantadora», consumía drogas y ejercía la prostitución. «Me pidieron que hiciera algo por ella, pero estaba contenta con su vida». Dijo haberla visto junto a otras jóvenes «con sus falditas» en una fría Nochebuena, «como colegialas en las esquinas». Aunque le pareció terrible, no intervino porque la joven le indicó que se encontraba bien.

También conocía Madonna House, el orfanato cercano a Blackrock, gestionado por las Hermanas de la Caridad, donde cuidaban de los «pequeños expósitos» que los *gardaí* les llevaban. Bautizó a varios de aquellos niños; en una ocasión, al mismo tiempo que al hijo de un ministro del Gobierno, para reprobación de muchos. Aunque había vivido durante tres décadas en Blackrock, no tenía casi nada que aportar sobre Temple Hill. Lo describió como una «pequeña instalación». Le mencioné las pruebas de adopciones ilegales de las que se habían hecho eco las noticias: se amañaban las partidas de nacimiento para anotar a los padres adoptivos como padres biológicos. «Ya veo», replicó. «¿Y eso era ilegal?».

Le pregunté si conocía a alguien que hubiera estado internado en un hogar materno-infantil.

«No», me respondió, y añadió entre risas: «¡Ninguna de mis novias, desde luego!». Se convulsionó en una carcajada jadeante.

A medida que caía la tarde, la habitación quedó en penumbra. Aproveché para preguntarle hasta qué punto el estigma hacia las mujeres que mantenían relaciones sexuales fuera del matrimonio procedía de la Iglesia.

«Buena parte», admitió. Después pasó a criticar a los medios de comunicación por «despreciar la moralidad» para después vilipendiar a quienes caen. En su opinión, la actitud de la Iglesia era distinta: «Establece el principio moral, lo predica, exhorta a cumplirlo. Y cuando las personas caen, les ofrece su misericordia. No las ataca ni las juzga, al contrario que los medios».

Me costaba creer que estuviera tan convencido de su propia retórica.

—¿De verdad piensa que la Iglesia era tan indulgente?

—En realidad, no lo era con ese tema —admitió, tras una pausa—. Es cierto, es cierto. Supongo que no quería verlo, me limitaba a saber de los demás lo que ellos deseaban contarme sobre sí mismos.

Antes de trasladarse a Blackrock, trabajó en los barrios más desfavorecidos de la ciudad. Recordaba haber visto a mujeres enfrentándose a la pobreza, maridos alcohólicos e hijos adictos. En Cabra West, cerca del hogar materno-infantil de St. Patrick, dirigía una sodalidad de adolescentes, cientos de ellas, que solían dejar la escuela a los catorce años para trabajar en fábricas de guantes y medias, a las que acudían cada día al amanecer. «Muchas se quedaban embarazadas de sus novios. Las madres venían a verme y me decían: "Hará lo decente y se casará con ella"».

Pensaba que esa actitud era justa porque reconocía la responsabilidad de todos los implicados.

En contraste, en una zona agrícola acomodada donde también trabajó, la reacción era opuesta. «Abandonaban a las chicas a su suerte. Se consideraba que la culpa era de ellas por permitirlo. Los hombres se desentendían y ellas se convertían en madres solteras, lo cual era terrible». Aunque no estaba de acuerdo con esa actitud, admitió que nunca lo expresó en su momento. «No quería interferir. Sentía que era inevitable y que hablar de ello no mejoraría la situación».

—¿Ni siquiera siendo cura?

—Ni siquiera.

Había cometido el error de malinterpretarlo. Me recalcó que era «conservador» y que creía que la Iglesia defendía la moralidad sexual, no como el «mundo laico». «En el mundo laico, las mujeres y los hombres pueden hacer lo que quieran respecto al sexo. Las mujeres usan sus cuerpos como les place», sentenció.

14
«NO SABES CON QUÉ TE VAS A ENCONTRAR»

Un día, mientras tomábamos un café, una conocida me reveló un detalle que jamás había mencionado antes: su madre, hija de un sacerdote, había nacido en un hogar materno-infantil. Me contó que había asistido al funeral del cura, donde también estuvo presente un arzobispo. A todo aquel que preguntaba, le respondía que era su nieta.

Ambas rondábamos la treintena. Pese a que todavía no teníamos hijos, la idea de que alguien nos presionara para dar un bebé en adopción nos resultaba inconcebible. «No es que me domine el instinto maternal, pero soy incapaz de imaginar que me quitaran a mi bebé», comentó. Bromeó diciendo que, si hubiéramos vivido esa situación, habríamos plantado cara a las monjas para quedarnos con nuestros hijos. Por supuesto, yo sabía que aquello no dejaba de ser un ejercicio mental sin sentido. A las jóvenes que ingresaban en aquellas instituciones les inculcaban que eran una deshonra, que no conseguirían ofrecer a sus hijos el futuro que merecían. Se les hacía creer que renunciar a ellos era un acto noble y redentor, un sacrificio que permitiría a una pareja respetable y decente disfrutar de las maravillas de la paternidad. Una pareja casada les ofrecería una vida plena.

Aquella conversación fue un ejemplo más —uno entre tantos cuando trabajaba en este libro— de una paradoja inquietante.

A mis contemporáneas y a mí nos costaba visualizarnos en ese pasado, no tan remoto, de los hogares materno-infantiles y las lavanderías de la Magdalena, y las ideas que los sostenían nos resultaban profundamente exóticas. Y, sin embargo, muchas personas de nuestra generación aún convivían con las secuelas de esas instituciones.

El día después de tomar el té por primera vez con la hermana Goretti, me reuní con una mujer adoptada de treinta y tres años que pidió que no revelara su verdadero nombre. La llamaré Niamh. Vestida con una sudadera rosa chillón y, sentada en una cómoda silla de un Starbucks, me habló del momento en que descubrió los primeros detalles sobre su madre biológica. Tenía unos veinte años cuando, en una habitación destartalada de Merrion Road, donde las Hermanas de la Caridad disponían de una casa, una monja anciana le ofreció té y galletas antes de entregarle la fotocopia de una carta que su madre biológica había escrito cuando ella tenía sólo dos años. El nombre de su madre estaba tachado con típex. La monja la dejó sola para que pudiera leerla.

Según Niamh, la carta no se andaba con rodeos en ciertos temas: «Lo complicado que fue el embarazo, cuánto le molestaba que yo creciera en su interior, pero también cuánto llegó a quererme. Y ahí estaba yo, con una buena taza de té y un platillo delante». Notó que sus letras se parecían.

Niamh deseaba ponerse en contacto con su madre, de modo que, por petición suya, las monjas escribieron a la dirección que figuraba en sus archivos. Sin embargo, la reacción de su madre biológica fue de enfado, reprochándoles que, por localizarla, habían causado un gran estrés a sus padres, ya mayores.

«No tenía ningún control sobre eso. La verdad es que no tienes control», reflexionó. «Así es la vida de una persona adoptada: una falta de control absoluta sobre tu propia existencia». Durante un tiempo, temió ser «el resultado de algo malo que le hubiera ocurrido» a su madre, «algún perjuicio». Cuando era más joven, la aterrorizaba la idea de mantener una relación sin saberlo con un hermano biológico desconocido. (Este temor, compartido por muchos adoptados, no era infundado. Una mujer de Dublín con la que hablé dio a luz en St. Patrick y, años después, su hijo la localizó. Tras el reencuentro, él descubrió que había tenido una relación esporádica con su hermanastra).

Pasados varios años, Niamh volvió a pedir ayuda a las monjas para intentar contactar con su madre biológica, esta vez por un problema genético de salud. El segundo intento también fue infructuoso. Por teléfono, su madre volvió a mostrarse fría y molesta. Una monja le sugirió a Niamh que dejara una carta por si decidía contactarla en el futuro. Así lo hizo, atormentada con el tema, expresándole su gratitud por haberle dado la vida. En contra del acuerdo inicial y sin su permiso, las religiosas enviaron la carta a su madre.

Cuando hablé con Niamh, ella y su marido estaban planeando formar una familia. Los sentimientos del pasado —de culpa, rechazo y el deseo de conectar con su madre— volvían a aflorar con fuerza. «Es imposible escapar de ello», me dijo.

Un día, mientras revisaba Twitter, noté que la cuenta @Ireland, gestionada por una persona diferente cada semana, estaba publicando mensajes sobre la experiencia de haber sido adoptado en Bessborough. En ese momento, la llevaba Kieran McGuinness, cantante de la banda dublinesa The Delorentos, que había compuesto una canción inspirada en su madre biológica y su vivencia como adoptado.

En un rincón de una cafetería cercana a la catedral de San Patricio, en Dublín, Kieran me habló de su feliz infancia junto a sus padres adoptivos. Siempre supo que era adoptado. A los treinta años, antes de casarse, acudió a Cúnamh, la organización antes conocida como Catholic Protection and Rescue Society.

En su sede de South Anne Street, en Dublín, conoció a una trabajadora social que inició el proceso para localizar a sus padres biológicos. Cuando le leyeron los datos no identificativos de su expediente, tuvo la sensación de estar escuchando un pódcast, completamente disociado. Su novia, en cambio, no pudo contener las lágrimas.

Según el expediente, su madre había ingresado en Bessborough aproximadamente un mes antes de dar a luz y se quedó allí con él durante las cuatro semanas posteriores a su nacimiento. «Por lo visto, las monjas me llevaron al tren en un cesto», me contó.

Tres meses después de su primera visita a Cúnamh, logró localizar a su madre biológica e intercambiaron cartas. Kieran descubrió que, tras su nacimiento, ella se había casado y había tenido más hijos con su marido. La familia al completo estaba presente cuando se conocieron en persona. En el encuentro, su madre le confesó que recibir su carta había sido una liberación tras años de guardar aquel secreto. Se disculpó una y otra vez, pero él no dejaba de insistir en que no tenía nada por lo que pedir perdón.

La canción «Petardu» fue su forma de plasmar sus emociones respecto a la adopción y de intentar comprender la perspectiva de sus padres biológicos. El tema se publicó en 2012 y Today FM empezó a emitirla casi a diario, lo que llevó a Kieran a dar entrevistas sobre su experiencia. Cuando se comprometió a donar las ganancias de la canción a Cúnamh, surgieron comentarios sobre la historia de esta agencia, especialmente en relación con su participación en devolver a mujeres irlandesas embarazadas desde el Reino Unido a instituciones en Irlanda, con frecuencia sin su consentimiento. Para Kieran, sin embargo, Cúnamh era sólo la organización que le había permitido reunirse con su madre.

Que una donación de este tipo despierte controversia es indicativo del campo de minas al que se enfrentan los adoptados irlandeses. Incluso quienes tienen la suerte de vivir una experiencia positiva en la búsqueda de sus familiares no escapan de la sombra que proyectan la historia de estas instituciones y las agencias que las gestionaban.

En 1987, el año en que cambió la ley sobre la ilegitimidad y poco después del cierre de Temple Hill y St. Patrick, la Junta de Adopciones emitió menos órdenes de adopción que en los veinticuatro años anteriores. La mayoría de las agencias de adopción empezó a ofrecer su propio «servicio de asesoramiento» para quienes quisieran rastrear sus orígenes. Aunque las adopciones se redujeron, creció el ajuste de cuentas con la tumultuosa historia de éstas en Irlanda. Con el tiempo, quedó claro que muchos adoptados se veían salpicados por dos escándalos distintos pero, al mismo tiempo, relacionados: el uso de registros falsos para cortar cualquier vínculo documental entre un niño y su madre biológica, y la práctica de sociedades de adopción y órdenes religiosas de proporcionar información falsa o engañosa a quienes intentaban localizar a un familiar. Ya en 1997, en una entrevista con el *Irish Times*, la hermana Francis Ignatius Fahy, de la St. Patrick's Guild, admitió que la agencia había suministrado información incorrecta a los adoptados y que algunos de los trece mil expedientes contenían datos inexactos o distorsionados. Estas prácticas han hecho que tanto adoptados como madres biológicas no confíen en la información que reciben.

Ann Valentine, quien trabajó para la St. Louise Adoption Society —vinculada con el hogar materno-infantil de St. Patrick—, me contó que solía revisar expedientes de otras agencias para rastrear alguna pista, y a menudo detectaba irregularidades. Los médicos que organizaban adopciones ilegales destruían sus registros o los abandonaban en desvanes y armarios de sus casas familiares. Se decía que las religiosas llevaban expedientes especiales sobre personas famosas o con autoridad y que en algunos casos se creaban pasaportes falsos para enviar niños al extranjero. En una ocasión, las Hermanas Franciscanas de Santa Clara de Stamullen se negaron a proporcionar información no identificativa cuando Ann intentaba ayudar a un adoptado. Para ella, la dinámica de ciertas entidades religiosas de adopción estaba corrompida por el gran poder que ostentaban. «Era como jugar a ser Dios», me dijo. «Darle un bebé a alguien».

Los hogares materno-infantiles se sustentaban en la premisa de que la concepción fuera del matrimonio era un escándalo que debía ocultarse. La política estatal de adopciones cerradas, que negaba a los adoptados el derecho fundamental de conocer la identidad de sus padres biológicos, encajaba a la perfección con esta lógica. Hablar con adoptados deja claro que la necesidad de información acerca de quién te dio la vida o de establecer una conexión está reñida con el secretismo del sistema. Aunque no todos deseen rastrear sus orígenes, muchos sí lo hacen; y en Irlanda, el proceso suele ser sumamente frustrante debido a la tensa historia de las adopciones, las estrictas normas de acceso a la información —que apenas han cambiado— y los largos periodos de espera para las búsquedas gestionadas por Tusla.

Mientras trabajaba en el libro, reparé en que el legado de los hogares estaba presente por todas partes; bastaba con rascar un poco para que saliera a la luz. Conocí a muchas personas nacidas en ellos, muchas de mi misma edad, a veces por pura casualidad. Durante una visita a una casa, la chica que alquilaba una de las habitaciones —a la que llamaré Catherine— me contó que había nacido en Bessborough en 1988, el mismo año que yo. Nos sentamos a tomar unos *flat whites* en una cafetería de Grafton, un absoluto cliché de la generación *millennial*, y charlamos sobre su intención de encontrar a su madre biológica.

Su infancia fue feliz y siempre supo la verdad. No le contaron mucho sobre Bessborough, pero sí que, cuando sus padres adoptivos la llevaron a casa, su abuela insistió en lavarla a conciencia. Catherine sospechaba que no se trataba de higiene, sino de una «cuestión moral». La bautizaron dos veces: primero en Bessborough y después en la parroquia local de sus padres adoptivos, otra forma simbólica de «limpieza».

De niña, la llevaron de viaje a Cork para visitar el hogar materno-infantil. Cuando llegaron a las puertas de Bessborough, las monjas, que no permitieron que sus padres entraran con ella, le mostraron el lugar. Una vez fuera, Catherine le contó a su madre que había visto a «muchas chicas gordas» dentro.

En una caja que sus padres guardaban para ella, encontró documentos recopilados por las religiosas. Aunque los datos de su madre biológica estaban tachados en la parte superior de una carta, en la firma al pie se adivinaba su nombre. En la carta, su madre compartía algunos detalles sobre su embarazo, su edad, su trabajo y sus preferencias. También mencionaba que había recibido algunas fotos del bebé y preguntaba si sería posible conseguir alguna más.

Buscando en internet, Catherine logró identificar a una mujer que creía que era su madre biológica, gracias al nombre que dedujo de la firma. Sin embargo, no se atrevió a dar más pasos sin asesoramiento. Consideró inscribirse en el Registro de Contacto según Preferencia, creado por la Dirección de Adopciones de Irlanda, que permite a familiares consanguíneos encontrarse sin intervención de agencias. No sabía si de veras deseaba conocer a su madre o simplemente obtener información sobre posibles enfermedades genéticas. Para aclarar sus dudas, habló con alguien de la Dirección de Adopciones. El hombre al teléfono describió las experiencias de búsqueda de los adoptados y sus madres, así como el sistema que permitía y controlaba el proceso, como un «paisaje fracturado». Le explicó que sólo podría hablar con un trabajador social si se comprometía a contactar a su madre biológica.

«No sabes con qué te vas a encontrar», me dijo Catherine, tratando de explicar su incertidumbre ante la idea de seguir adelante. Ignoraba cuáles eran las probabilidades de éxito o cómo les afectaría el proceso a las dos. Quizá su madre hubiera vivido una experiencia traumática en el hogar materno-infantil, o podía estar lidiando con problemas de salud mental o adicciones, era posible incluso que su concepción hubiera sido el resultado de una violación. También temía afligirla.

Cuando mencionaba que había nacido en un hogar materno-infantil en 1988, la reacción solía ser de sorpresa. Se percataba de que se preguntaban por qué una mujer renunciaría a su bebé en una época en que, según se creía, ya había otras opciones. Aunque el estigma de la ilegitimidad había desaparecido en gran medida, se percibía un nuevo tipo de estigma: la idea de que su historia era un anacronismo. Catherine sabía, por las cartas que conservaba, que tanto su abuela biológica como su tía conocían el embarazo de su madre y la apoyaban, aunque guardaron el secreto ante los demás.

La última vez que nos vimos para tomar un café, hacía poco que había hablado con una trabajadora social de Tusla y estaba decidida a localizar a su madre. Un día, en su pausa para el almuerzo, fue al registro civil y consiguió imprimir su partida de nacimiento original, donde figuraba su nombre.

Hace poco, en Francia, una monja budista sugirió a Jess Kavanagh que investigara a sus antepasados. Jess sabía que su madre había nacido en 1956, hija de una mujer irlandesa y un hombre nigeriano, y que había sido adoptada a través de un hogar materno-infantil, aunque desconocía cuál. Su madre había fallecido de cáncer cuando Jess tenía poco más de veinte años. Ahora, con treinta y pocos, había decidido seguir el consejo.

Como joven irlandesa mestiza que a menudo «pasaba» por blanca y de la que en ocasiones se esperaba que se mostrase de acuerdo con comentarios despectivos hacia «los nigerianos que vienen aquí», Jess había desarrollado lo que describía como un «arsenal lingüístico» para abordar ciertas conversaciones. Cuando señalaba a los demás su propia herencia, solía producirse un silencio incómodo, como si tuviese el deber de explicar su identidad. Hoy en día, Jess suele colaborar con artistas irlandeses negros más jóvenes, que se sienten completamente cómodos con su identidad y orgullosos de expresarla. «Mamá nunca llegó a verlo», me dijo.

Jess siempre supo que su madre, Liz, era adoptada. «Era evidente: mis abuelos eran blancos, y mi madre, negra». Bromeaba con Liz, preguntándole si de verdad era su madre. En su familia, las etiquetas eran flexibles; su hermana, doce años mayor que ella, llamaba a sus abuelos «mamá» y «papá».

Cuando Jess le preguntó a su abuela, la yaya Betty, si Liz era adoptada, Betty se molestó y le dijo que su madre no debería haberle contado nada. «La adoptamos al nacer, así que ni siquiera cuenta», adujo.

Pero «adoptada al nacer» era sólo parte de la historia: la madre biológica de Liz era Kay, la hermana de Betty. Después de que mandaran a Kay «al campo», a una institución gestionada por monjas —supuestamente un hogar materno-infantil— y entregara a su hija en adopción, fue la propia Betty quien se quedó con el bebé. La madre se mudó a Londres en busca de trabajo, y ella la crió como si fuera su propia hija, aunque la enviaba de vez en cuando de visita a casa de la «tía Kay». Hasta los quince años, Liz no descubrió quién era su madre biológica.

Cuando Liz aún era niña, Betty la llevó junto a su hermana —también adoptada— al orfanato de Blackrock con la intención de adoptar a otro niño. Mientras una monja mostraba a los bebés en sus cunas, las niñas escucharon un llanto y siguieron el sonido hasta un armario cerrado. Dentro encontraron a un bebé. «Un bebé negro que lloraba solo en la oscuridad», recordó Jess que le había contado Liz. La monja les contó que estaba enfermo y que probablemente no sobreviviría. Pero Betty decidió que, si iba a morir, lo haría en familia. La niña salió adelante para convertirse en la tía menor de Jess. Cuando trascendió la noticia de los restos humanos en Tuam, Jess no podía dejar de pensar que podrían haber sido su madre o sus tías. «Me duele pensar en sus destinos alternativos», me confesó.

Jess se preguntaba si la forma en que trataron a su tía de bebé tendría que ver con el tono de su piel. La discriminación racial en las instituciones forma parte del mandato de la Comisión, en parte gracias a la presión de la Asociación de Mestizos Irlandeses y de su cofundadora Rosemary Adaser. Como muchos niños mestizos que pasaron por hogares materno-infantiles, Rosemary nunca fue adoptada. En lugar de eso, pasó diez años en una escuela industrial. Ha denunciado públicamente el racismo que imperaba en estas instituciones. Las monjas la obligaban a desatascar retretes con las manos debido a su color de piel y le decían que ningún hombre la querría por ser negra. Nada más alcanzar la mayoría de edad, se mudó al Reino Unido. Cuando quedamos en Londres, conversamos sobre el papel de los hogares materno-infantiles para encubrir las relaciones mestizas. El entramado industrial de la vergüenza logró encontrar hogares en Irlanda y Estados Unidos para los niños blancos ilegítimos; pero los mestizos, que contradecían de forma aún más evidente el mito de la pureza moral y racial irlandesa, tuvieron que pagar por ello.

Liz tenía dieciocho años y estaba soltera cuando dio a luz a su primera hija, la hermana mayor de Jess. La yaya Betty quería adoptar a la niña y ayudar a criarla, ya que en los años setenta era complicado para una madre soltera conseguir un alquiler, y mucho más un trabajo. Sin embargo, Liz estaba decidida a salir adelante por su cuenta, y así lo hizo. Aunque fue honesta en casi todo, nunca le habló mucho a Jess sobre esta historia.

«Es algo muy irlandés: tenemos la costumbre no volver la vista atrás», me comentó Jess. Ella veía esta actitud como una especie de protección.

Un día, Jess y yo fuimos al registro civil para buscar la partida de nacimiento de su madre. Jess quería saber dónde había nacido. El libro del año en que nació Liz no incluía fechas de nacimiento, como suele ser habitual, y en él figuraban varias Elizabeth O'Neill. Jess recordó que alguien le había mencionado que el segundo nombre de su madre podría ser Bernadette. Encontramos a una Elizabeth Bernadette O'Neill y solicitamos una fotocopia de la partida. Las manos de Jess temblaban cuando cogió el papel para comprobar los datos.

El lugar de nacimiento era Castlepollard. La «informante» era una monja. Hojeé un álbum de mi teléfono en busca de fotos de una conmemoración reciente a la que había asistido en Castlepollard, y le mostré a Jess la capilla donde era probable que hubieran bautizado a su madre.

En una sofocante tarde de julio, bajo un cielo inesperadamente azul, mi amiga Ruth estaba sentada en la terraza de un jardín con un pareo oscuro cubriéndole la cabeza. Detrás de ella, en la mesa, se amontonaban botellas vacías de la noche anterior. Mientras le contaba las historias que otras personas habían compartido conmigo, me interrumpió de repente: «¿Sabías que mi madre era adoptada?».

No lo sabía, así que me lo contó. Su madre, Clare, nació de una madre soltera y fue adoptada por un matrimonio que vivía en Blackrock, cerca de donde crecí.

Ruth se acordaba de las visitas que hacía de niña a la casa de los padres adoptivos de su madre, unas personas muy religiosas que vivían en una casa opulenta. Tenían otra hija adoptiva, Gina. Clare siempre supo que era adoptada y se le hizo ver que era una cosa especial, pero que al mismo tiempo implicaba cumplir expectativas, afrontar preguntas sobre la identidad imposibles de expresar y convivir con una sensación de vergüenza.

Ruth me reveló que su tía Gina, que se había quedado embarazada fuera del matrimonio, dio a luz en un hogar materno-infantil en 1988, el mismo año en que yo nací.

Con el permiso de mi amiga, me puse en contacto con Gina, consciente de que, si las circunstancias de mi propia madre hubieran sido apenas un poco distintas, podría haber terminado en una situación similar.

Gina me contó que había nacido en Castlepollard en 1966, hija de una mujer soltera de Offaly. Tenía veintidós años cuando ella misma se quedó embarazada y estaba en lo que describió como una fase de «negación con N mayúscula» cuando su hermana Clare volvió de pasar una temporada en Estados Unidos. «Me echó un vistazo y exclamó: "¡Estás embarazada! ¡Tienes las tetas enormes! ¡Vete al médico ya!"». Clare la delató durante una merienda. Su madre no tardó en abordarla: «Creo que estás pensando en formar una familia...».

La madre adoptiva de Gina, cuyo hermano era sacerdote, organizó su traslado a Denny House, en Donnybrook. Gina desconocía la existencia de los hogares materno-infantiles y lo interpretó como un castigo. No le quedó otra que renunciar a su trabajo en una oficina de Blackrock.

Denny House era «un sitio pijo», según Gina. «No estaba mal en comparación con lo que otras chicas tuvieron que soportar». La matrona, siempre vestida de gris, era muy severa. La mayoría de las internas venía del centro de la ciudad. A Gina —una joven de clase media que había asistido a Sion Hill, un colegio dirigido por monjas dominicas— la veían con otros ojos, y la matrona la tomó bajo su ala. El asesoramiento corría a cargo de Cura, la agencia católica para embarazos en situación de vulnerabilidad. Gina pasó dos meses en Denny House antes de dar a luz y otros dos después. Aunque tenía que limpiar chimeneas y aspirar suelos, reconocía que «no era el peor sitio».

Cuando comenzó el parto, llamaron a una ambulancia. Una prima fue al hospital para acompañarla, pero su madre no apareció. La matrona del hospital, condescendiente, comentó: «He aquí una chica que se acuesta con el primer Tom, Dick o Harry que se le ponga por delante». Las demás parturientas estaban acompañadas por sus maridos; «Yo no tenía a nadie», me dijo Gina.

Más tarde, su madre llevó un enorme salmón como agradecimiento a la prima que estuvo con ella. Al escucharlo, recordé una anécdota que me contó mi madre: según ella, mi padre se empeñó en que se cocinase un salmón entero para mi bautizo, convencido de que era esencial impresionar a la familia. Al parecer, en la clase media del sur de Dublín en los ochenta, un buen pescado era el remedio contra la ilegitimidad.

La madre de Gina y su tío sacerdote le recomendaron dar al bebé en adopción, pero Clare la animó a quedárselo y le ofreció su apoyo, así que decidió criar a su hijo. Más tarde, su padre le confesó que se alegraba de su decisión, aunque su madre no la apoyó y dejó de ser bienvenida en su casa.

Una amiga del colegio la ayudó a encontrar una «especie de apartamento»: el garaje de una casa, con un agujero en el suelo. En algún momento, tuvo que usar un bloque de hormigón como silla. «Era un lugar horrible para un bebé», convino, pero era lo único que podía pagar. A sólo cinco minutos en coche, sus padres vivían en una casa con una cocina adicional, un dormitorio y una sala de estar en la planta superior, renovados para los abuelos de Gina.

Ella tenía varios trabajos y su padre le daba algo de dinero a escondidas, pidiéndole que no se lo contara a su madre. La asistencia social y el subsidio de alquiler le ayudaban a ir tirando. Su hijo era pura energía en un espacio minúsculo. Cuando cumplió tres años, los padres de Gina le sugirieron que «no era demasiado tarde»: aún podía darlo en adopción.

15
DOS MADRES

Gráinne tuvo relaciones sexuales por primera vez a los dieciocho años. Era una chica de campo que estudiaba en Dublín y llevaba unos meses saliendo con su novio. Hasta entonces, su intimidad se había limitado a «morrearse un poco» antes de dormir. Corría el verano de 1981, y los anticonceptivos aún requerían receta médica. Le habían enseñado que el sexo fuera del matrimonio era pecaminoso, pero justo eso se lo hacía aún más tentador. En su caso, no le causaba conflictos, pues lo veía como algo hermoso.

Cuando empezó a perder peso y a vomitar, pensó que estaba enferma. No supo si sentirse aliviada o asustada cuando un médico le dijo que se trataba de un embarazo. «Nunca contemplé otra opción que no fuera tener al niño», me confesó.

La reacción de sus padres al enterarse fue tan devastadora que llegó a pensar que hubieran preferido una enfermedad terminal. Sintió que se convertía en una persona distinta a ojos de su madre. «Puta, prostituta, pecadora», fueron algunos de los insultos que le dedicó. «Siempre había sido cariñosa conmigo. No la reconocía», recordó Gráinne.

Para entonces, ya había roto con su novio, y sus padres le hicieron jurar que nunca le revelaría el embarazo. Además, le ordenaron desmentirlo si alguien más lo sabía, diciendo que había sido una «falsa alarma». Una pariente, monja de las Hermanas de la Caridad, trabajaba gestionando adopciones. Aquel mismo día, su madre llamó a las religiosas. «Sí, es una cuestión moral», le oyó decir al teléfono.

Fue a Bessborough embarazada de unos seis meses. Le cambiaron el nombre. La trataban algo mejor que al resto porque sabían que tenía a una monja en la familia. Le asignaron una habitación propia. Si alguien preguntaba por ella, le explicaban que estaba pasando una temporada con amigos de la familia. «Trabajábamos en la guardería», me explicó Gráinne. «Cuidábamos a los bebés de las chicas que ya se habían marchado».

Le indujeron el parto antes de tiempo para enviarla a casa lo antes posible. En algún momento, le administraron petidina, un opiáceo sintético. Recuerda que le dijeron que había tenido un niño y que luego perdió el conocimiento. Durante tres días no le permitieron levantarse de la cama; luego, pudo visitar a su hijo en la guardería y cogerlo en brazos. Con el tiempo, sus padres se la llevaron de vuelta a casa. Seis semanas más tarde, regresó para firmar los papeles de la adopción, que aceptó porque le insistieron en que era lo mejor para el bebé. Le dijeron que quedárselo sería un acto egoísta; que renunciaría a su propio futuro y privaría del suyo a su pequeño.

Pronto empezó una nueva relación. Le reveló a su novio la historia del bebé que había dado en adopción y su profunda sensación de pérdida. Él fue muy comprensivo, lo que fortaleció aún más su vínculo. Deseaba quedarse embarazada otra vez y lo consiguió en pocos meses. «Tuvimos un sueño en el que huíamos», me contó. Planeaban abandonar Irlanda para criar juntos a su hijo.

El sueño, sin embargo, no tardó en desvanecerse. Gráinne, sometida al escrutinio constante de sus padres, ni siquiera les había contado que tenía un novio, convencida de que lo desaprobarían. Seguía siendo una adolescente. Pronto, en lugar de planear una nueva vida para su joven familia, la paralizó la vergüenza que imaginaba que experimentarían sus padres, y lejos de huir con su pareja, rompió la relación y tomó otro camino. «Lo único que se me ocurrió fue quitarme de en medio», me confesó. La Rotunda Girls' Aid Society la derivó a Ard Mhuire, el hogar materno-infantil de las Hermanas del Buen Pastor en Dunboyne. Desde allí, un minibús las llevaba a Holles Street para las revisiones médicas. Por el día, trabajaban doblando y empaquetando tarjetas de felicitación en un prefabricado cercano al convento, y Gráinne, ocasionalmente, limpiaba la capilla. Un sacerdote acudió para celebrar la misa y, durante la confesión, le ofreció lo que a ella le pareció una solución práctica: «El cura me preguntó si me gustaba el sexo y me aconsejó: "Si eres de ésas, búscate un chico y cásate"».

En Ard Mhuire había una cabina telefónica que funcionaba con monedas. En una ocasión, estaba hablando con su madre y se quedó sin saldo. Su madre llamó a la operadora para devolverle la llamada y le informaron de que la comunicación procedía del convento del Buen Pastor. Gráinne sintió un alivio inmediato: la única razón para dar al bebé en adopción era mantenerlo oculto a su madre. «Ahora ya puedo quedármelo», pensó.

Tras dar a luz en Holles Street, con el bebé en la cuna junto a su cama, usó un teléfono del pasillo para hablar con su madre. Cuando le comunicó su decisión de no desprenderse del niño, ella le planteó una nueva objeción: «¿Cómo se te ocurre? ¿Y si tu primer hijo te encuentra y descubre que sí te has quedado con este bebé?». La duda sembrada por sus palabras «le carcomía el cerebro». No soportaba la idea de que su primer hijo pensara que no lo había querido tanto como al segundo.

El taxi que debía llevarla de Holles Street a Ard Mhuire se detuvo en St. Patrick, donde entregó a su bebé a una religiosa por una puerta lateral. Allí cobijarían al niño mientras se tramitaba la adopción. Gráinne regresó a su casa en el campo, pero cada semana tomaba un autobús a la ciudad para visitarlo. Por lo general, iba los jueves, acompañada de otros pasajeros que viajaban para hacer compras. Si se cruzaba con alguien conocido, tenía que aparentar alegría e inventarse una historia. Continuó con las visitas seis semanas, hasta que dio su consentimiento para la adopción.

Cuando comencé a investigar sobre los hogares materno-infantiles, solía pensar en una conocida mía de hace tiempo: la madre de un exnovio. Blánaid había tenido un hijo siendo joven y soltera. Yo sabía que había sido dado en adopción y que ella estaba intentando localizarlo, pero desconocía si había pasado por alguna de estas instituciones.

Un día busqué su nombre en internet y encontré su página web como artista. La idea de ponerme en contacto con ella me inquietaba; no estaba segura de si estaría dispuesta a hablar del tema. Sin embargo, encontré un enlace a un documento de 1997, redactado por el Grupo de Revisión de Adopciones y sellado por el Departamento de Salud, donde figuraba como representante del Grupo de Apoyo para Madres Biológicas de Barnardos. Y eso me animó a escribirle.

Cuando hablamos por teléfono, le sorprendió descubrir el tema sobre el que estaba escribiendo. «Pensé que a los jóvenes no les interesaba», comentó.

Conocí a Blánaid cuando tenía diecinueve años y era una estudiante universitaria que cruzaba sigilosamente el jardín delantero de su casa con las botas en la mano, intentando escabullirme tras pasar la noche en secreto con el que era mi novio. Desde una ventana, me vio y, creo, me saludó con la mano.

Justo antes de las Navidades de 2018, por primera vez en una década, volví a sentarme en su cocina. Era más alta de lo que recordaba, casi de mi misma estatura, delgada y elegante, con el cabello largo y rubio. Se disculpó por estar resfriada.

Revivimos, entre risas, aquella vez en que puso arroz crudo en el jardín para los pájaros con la amable intención de engordarlos antes del invierno, inconsciente de que eso podía hacerlos explotar.

Blánaid tenía veinticuatro años y vivía en Londres cuando su madre sufrió un accidente. Regresó a Irlanda el día de San Patricio de 1975. Una noche, terminó en casa de un conocido que vivía en la ciudad. «Tuvimos relaciones sexuales», me contó con toda naturalidad. «Me marché de ahí sabiendo que estaba embarazada».

En Londres había tomado la píldora, que por aquel entonces era casi imposible de conseguir en Irlanda. «Ni en sueños». Incluso vender preservativos a personas solteras seguía siendo ilegal.

El embarazo no tardó en manifestarse, y su madre lo sospechó enseguida. La llevó a un médico que no conocían. Aún recordaba aquella cita con nitidez. El médico, lejos de ofrecer apoyo, le dijo que, si había sido lo bastante estúpida para quedarse embarazada, también lo era para tener un hijo. Sus sermones y juicios resultaron más duros que los de cualquier monja. Para Blánaid, el mensaje era claro: «Has hecho algo mal y ahora debes pagar por ello». Aquello representaba la peor de las vergüenzas.

Creció en un barrio de clase media de Dublín y no sabía de nadie que se hubiera quedado embarazada fuera del matrimonio ni de madres solteras criando a sus hijos en solitario. «Sentía que era la única», me reveló. «Como una extraterrestre. No había nadie en mi situación».

Cuando su padre se enteró, quedó devastado. «Su preocupación por la respetabilidad lo paralizaba», comentó Blánaid. Ella misma era, en aquel momento, una católica devota. Su hermano la llevaba a una iglesia fuera de su parroquia para que pudiera asistir a misa de forma anónima. Aun así, se sentía demasiado avergonzada para confesarse y admitir su estado, temerosa de que no hubiera perdón. Tiempo después, tras la adopción, habló con un cura, pero la falta de comprensión que percibió quebró su confianza en la Iglesia.

Sabía que nunca podría criar a su hijo en casa. «No habría hecho pasar por eso a mis padres, porque los quería». Nunca fue una opción, «ni por un instante». La expectativa era clara: debía dar al bebé en adopción. «Todos pensaban que era lo mejor para el niño. A veces, yo también lo creía. No tenía nada que ofrecerle». Aunque fue su decisión, todo la había empujado a ello. «No puedo decir que me obligaran», reflexionó, «pero sí que me condicionaron».

En aquel momento, Blánaid acababa de empezar a trabajar en el departamento informático de una empresa azucarera semiestatal. Su jefe, al tanto de su estado, guardó el secreto ante el resto de la oficina. Estaba a prueba y temía perder el empleo si decidía quedarse con su hijo. A su entender, no había otras madres solteras trabajando allí. Si apenas hacía unos años que se había levantado la prohibición de que las mujeres casadas ocuparan puestos en el sector público... Además, el subsidio para madres solteras, implementado en 1973, casi no daba para subsistir y el estigma social del alquiler a mujeres solteras con hijos seguía vigente.

El médico recomendó a Blánaid que acudiera a la St. Patrick's Guild, donde se reunió con dos religiosas en la sede de Haddington Road. «A partir de entonces, fue como un proceso automático», me explicó. Continuó trabajando durante los primeros seis meses de embarazo. Su altura le ayudaba a disimular el volumen del vientre y el aumento de peso.

La St. Patrick's Guild la derivó al priorato dominico de Dominick Street, cerca del hospital materno de Rotunda, en Dublín. Allí se entrevistó con uno de los sacerdotes de la agencia católica Ally para hablar sobre una posible colocación en una familia. Aunque sus padres estaban al tanto, era crucial guardar el secreto ante los vecinos. Resulta casi surrealista imaginar a una mujer en su estado buscando ayuda en un santuario de hombres vestidos de blanco, con sus escapularios, sus capuchas y sus rosarios colgando de cinturones de cuero.

En los años setenta, aunque instituciones como St. Patrick y Bessborough seguían operando, las agencias católicas impulsaron nuevas estrategias para ocultar a las madres solteras. Una de ellas era colocarlas en domicilios privados de familias respetables. Al mismo tiempo, el sistema estaba profesionalizándose: los trabajadores sociales adquirían un rol cada vez más destacado en estas instituciones y agencias. Desde principios de esa década, Ally recopilaba listas de familias voluntarias dispuestas a acoger a mujeres encintas. A menudo, éstas trabajaban como *au pairs* no remuneradas a cambio de alojamiento y comida. Por todo el país, se ofrecían habitaciones a madres solteras que más tarde daban a luz en las instituciones y entregaban a sus hijos en adopción. Hoy, pocas de ellas hablan de lo que vivieron.

Algunas de las que pasaron por estas instituciones intentaron ayudar a otras en situaciones similares. El director de documentales Paul Duane, adoptado en la abadía de Sean Ross en 1966, me contó que, cuando se reencontró con su madre biológica, ella le reveló que en su casa siempre había una habitación libre para chicas embarazadas en situación de vulnerabilidad. Quería ofrecerles un lugar donde estar tranquilas y tomar sus propias decisiones. Ella misma se había quedado embarazada siendo adolescente, y su padre la llevó a Roscrea, donde permaneció hasta el parto. Después, la recogió. Su familia, considerada acomodada, le garantizó un trato preferente, pero aquello le generó un profundo y duradero sentimiento de culpa, pues ella misma vio a otras mujeres sometidas a servidumbre, retenidas hasta que sus bebés eran adoptados y sin posibilidad alguna de llevárselos a casa.

Durante los años setenta y ochenta, la madre biológica de Paul se convirtió en una empresaria exitosa y se casó. Su esposo conocía la historia de su hijo. Dejar siempre libre una habitación para cualquier mujer que necesitara refugio «era su forma de sobrellevarlo», me explicó Paul. Su madre también le contó que, para algunas mujeres, el aborto podía ser la mejor opción, mientras que separarse de un bebé solía convertirse en un trauma de por vida. Confiaba en que Paul lo entendería, y así fue.

En noviembre, cuando el embarazo de Blánaid empezó a ser evidente, Ally la envió a vivir con una familia del sur de Dublín. Según ella, pertenecían «a la *jet set* de la época». Cuidaba de sus dos vástagos pequeños, hacía labores domésticas y cosía para la esposa. Aunque ya había trabajado como *au pair* y contaba con los conocimientos necesarios, la familia le hizo sentir que le estaba haciendo un enorme favor. Cuando salía a pasear, notaba que les desagradaba que se ausentara. En la casa había fotos de todas las jóvenes que habían «acogido» antes que a ella, una prueba de su orgullo por cumplir lo que consideraban su deber cristiano.

Una noche, apenas una semana después de haberse mudado, la familia celebraba una reunión en el piso inferior. Blánaid, ya en la cama, escuchó fragmentos de la conversación. «El tema era yo», me dijo. «Y se estaban riendo».

Sus padres le permitieron regresar a casa, donde se ocultó los últimos meses. A los conocidos que preguntaban, les decían que estaba en Londres. En enero, cuando llegó el momento del parto, evitaron las maternidades de Dublín y la llevaron al hospital de St. Columcille, en Loughlinstown. Una prima, que había adoptado a un niño en Temple Hill, le prestó su alianza para que pudiera pasar por casada, pero la matrona y las enfermeras conocían la verdad. Le asignaron una habitación separada, no con una cama normal, sino con un banco acolchado situado bajo unas estanterías repletas de pañales. Blánaid no había asistido a clases prenatales y estuvo sola todo el parto. Tras dar a luz, una enfermera le colocó al bebé encima. «Qué amor», exhaló

Blánaid al recordar aquellos instantes. El vínculo fue inmediato e inconmensurable.

Se quedó diez días ingresada en el hospital debido a la hipertensión. Cuando le dieron el alta, la misma prima que le había prestado su alianza la llevó en coche a Temple Hill, donde entregó al bebé por la puerta lateral. Durante los tres meses y medio siguientes, realizó múltiples viajes en autobús para pasar con su hijo la media hora que le permitían. Su madre la acompañaba. Me enseñó un álbum de fotos donde aparece con su cabello castaño, un jersey azul de cuello alto y vaqueros acampanados, sosteniendo a su bebé vestido con un bodi amarillo y envuelto en una manta del mismo color, tal y como describía Cathy Garton. Su madre lleva un abrigo de *tweed* con un sombrero carmesí. Detrás, la pared es de un tono azul pálido y la alfombra de un horroroso *paisley* marrón.

En una ocasión, Blánaid entró por error en otra estancia. Vio hileras de cunas y trató de adivinar si su pequeño estaría allí. Le preocupaba cómo trataban a los bebés y cómo sería la vida de su hijo cuando ella no estaba presente. «Me dio vergüenza incluso revelar las fotos», me confesó. No tenía anillo en el dedo ni un marido a su lado.

Seguía pensando en formas de quedarse con el niño. Creyó que, si se casaba, su hijo podría ser legitimado tanto por la Iglesia como por el Estado. Antes de firmar los papeles definitivos de la adopción, volvió a encontrarse con el padre en un bar y le entregó una foto de su hijo. Intentó plantearle la posibilidad de casarse, pero «él no lo asimiló». No estaban enamorados y sabía que nunca habría funcionado.

La St. Patrick's Guild le informó de que su hijo iba a ser adoptado, pero, después de meses de visitas, no pudo afrontar una despedida definitiva. Mandó hacer un pequeño medallón de oro con una cruz en relieve en la parte delantera. En la parte trasera, grabó las palabras: AMOR Y BENDICIÓN DE DIOS junto con el año.

También tejió una manta de ganchillo y compró un peluche, destinados a acompañar a su hijo cuando lo adoptaran. Él no los recibió hasta que cumplió veintiún años.

A lo largo de los años, Blánaid continuó visitando la sede de la organización en Haddington Road. Concertaba citas con la hermana Gabriel y la hermana Francis Ignatius Fahy, llevando siempre consigo un sobre con un pequeño donativo. Le habían hecho comprender, en sus intentos de obtener fotos o información sobre su hijo, que todo tenía un coste. Entregaba el dinero que podía, pequeñas sumas que para ella representaban un gran sacrificio. «Mendigabas información. Estabas a su merced». Las religiosas decidían qué se escribía en su expediente y qué detalles podría llegar su hijo a conocer en el futuro. Ellas sabían dónde estaba y con quién vivía. Blánaid había firmado la orden de adopción, renunciando oficialmente a todos sus derechos. Una vez adoptado, se esperaba que guardara el más absoluto secreto sobre la existencia de su hijo.

Blánaid, con su nieto en brazos y bañada en lágrimas, vio por televisión al papa Francisco cuando, en su visita a Irlanda, afirmó públicamente que buscar a los hijos no era pecado: «Fue la primera vez que escuché a alguien decir: "No has obrado mal"».

En 1991, tras la muerte de su padre, su madre le reveló que una de sus tías también había tenido un hijo fuera del matrimonio. Por primera vez, dejó de sentirse como la oveja negra de la familia, esa anomalía que había avergonzado a un hogar respetable. Aquel mismo año, se unió al Grupo de Apoyo para Madres Biológicas de Barnardos. La mayoría de ellas había pasado por las instituciones. Blánaid comenzó a abogar por la creación de un registro voluntario de preferencias de contacto que permitiera a las personas añadir sus datos con la esperanza de reencontrarse con familiares consanguíneos. Se reunió con varios ministros y trató de explicarles la importancia de la iniciativa. Por aquel entonces, las personas adoptadas no tenían derecho a acceder a su propia información de nacimiento. La propuesta encontró una fuerte resistencia por parte de la Junta de Adopciones y el Gobierno. Al final, un grupo de voluntarias creó su propio registro, que comenzó a funcionar en 1999. Seis años después, la Dirección de Adopciones implementó el Registro Nacional de Contacto según Preferencia.

Blánaid sólo ansiaba el reencuentro con su hijo. Fue la hermana Francis Ignatius Fahy, de la St. Patrick's Guild, quien se encargó de contactar con él para organizarlo. Él tenía poco más de veinte años en aquel momento.

Nunca recibió respuesta. En una ocasión, buscó su nombre en el *Iris Oifigiúil*, un boletín oficial de avisos legales que se publicó bisemanalmente hasta finales de los años ochenta y que solía incluir los nuevos nombres de los niños adoptados y sus fechas de nacimiento, lo que permitía a madres e hijos intentar localizarse de forma independiente. Más tarde, con la llegada de las redes sociales, Blánaid logró encontrarlo en internet. Ya sólo saber que estaba vivo y que parecía feliz le brindó tranquilidad. Quería respetar su decisión.

«Le quiero igual», me confesó. En el salón, me enseñó un marco con fotos de ella sosteniendo a su pequeño en brazos, junto a imágenes de sus otros dos hijos.

16

EL CASTILLO

En octubre de 2018 estaba en Donegal con una amiga, visitando a su tía. De regreso a Dublín, le propuse desviarnos a Newtowncunningham, un pequeño pueblo situado entre Letterkenny y la ciudad de Derry. Había visto imágenes de una construcción abandonada, conocida como «el Castillo», que en otro tiempo fue un hogar para madres y bebés. Apenas existía información de dominio público sobre él.

Al llegar a Newtowncunningham, divisamos desde la carretera el viejo caserón tapiado, separado de la verja de entrada por un campo cubierto de maleza. Como estaba lloviendo, decidimos refugiarnos en el pub Coyle's, al otro lado de la carretera, para tomar algo, cargar el móvil y ver si alguien recordaba algo sobre el Castillo. Unos cuantos clientes habituales estaban sentados en taburetes en la barra. Nos acomodamos en una mesa en la esquina y examinamos las fotos de personajes influyentes de la zona que había en las paredes. Pregunté a una joven que atendía las mesas si sabía algo del hogar. Me contestó que debería hablar con la dueña del local. Esperé unos minutos en la barra hasta que apareció una mujer desde la parte trasera. Se llamaba Patricia, tenía el pelo gris claro y llevaba una camisa rosa. «Las chicas venían aquí por la noche a tomarse un refresco», nos contó. «La mayoría eran trabajadoras». Intenté imaginar a las profesoras embarazadas que describía bebiendo la limonada roja fosforita TK.

Una de ellas le confió que tenía una amiga en Belfast que le enviaba postales a su familia. De ese modo, hacía creer a sus parientes que estaba trabajando allí en lugar de pasando su embarazo en un pueblecito de Donegal.

Salimos del pub y cruzamos la carretera hasta la entrada del Castillo, en una pared de piedra. Aprovechamos un momento en que no pasaban coches y saltamos la valla. La vegetación había tomado el lugar. El caserón de dos plantas, con tristes pintadas en sus muros, estaba abandonado. El Servicio Ejecutivo de Salud (HSE, por sus siglas en inglés) tenía previsto demolerlo. De hecho, ya se había aprobado un proyecto para construir un nuevo centro de atención primaria, pero se había paralizado por las preocupaciones de la Junta de Urbanismo sobre la demolición de un edificio del siglo XVIII.

Saltamos de nuevo la valla para salir y me dirigí al otro lado de la calle, unas puertas más abajo, hacia una casa cuya dirección me había facilitado Patricia. Siempre me resulta algo antinatural presentarme en la puerta de alguien; pone los nervios a prueba. Uno de mis primeros trabajos fue vender servicios de recogida de basura puerta a puerta en Dublín. Aún recuerdo a una persona que se empeñó en charlar conmigo a través de la ranura del buzón en el portón y a otra que me invitó a un «funeral en vida», donde tuve que presentar mi propuesta frente a un anciano muy frágil, aunque sonriente, sentado en un sillón. Dos mujeres de mediana edad lo acompañaban ante una mesa repleta de ceniceros, vasos, una botella de *whisky* y latas.

Cuando planteaba el tema de las instituciones, las conversaciones solían bifurcarse en dos direcciones. Algunos guardaban un repentino silencio, elogiaban el papel de la Iglesia y hablaban de «aquellos buenos tiempos». Otros, en cambio, se lanzaban a compartir historias personales, ya fueran vivencias propias o de seres queridos. A veces, ambos caminos se cruzaban.

Norah Doherty me recibió con una actitud serena y abierta: «¿Qué quieres saber?».

Nos acomodamos en un salón de tonos neutros, con la televisión de fondo. Me contó que el Castillo había abierto sus puertas como hogar materno-infantil a mediados de los años ochenta. Aquello me sorprendió. Una cosa era saber que algunas instituciones habían seguido en activo hasta los años noventa y otra bien distinta que se hubiera fundado una tan recientemente.

Según Norah, se trataba de una iniciativa transfronteriza impulsada por el obispo de Raphoe y el obispo de Derry. Ella trabajaba como «supervisora del hogar», contratada por la Junta de Salud. A las mujeres se las remitía al hospital de Letterkenny o al de Derry para dar a luz.

El puesto de trabajo salió anunciado en un periódico, aunque, echando la vista atrás, no creía que el anuncio incluyera demasiados detalles concretos. Norah tenía experiencia como enfermera, pero el puesto no requería conocimientos de enfermería. La supervisora era simplemente la encargada. Durante el proceso de selección, se reunió con un asistente social de la Junta de Salud, otro de la diócesis de Derry y un sacerdote de la misma diócesis. La institución tenía capacidad para unas catorce mujeres, remitidas por las agencias provida de embarazos en situación de vulnerabilidad Cura y Life, o por trabajadores sociales adscritos a la municipalidad.

«Por lo general, eran chicas que querían salir de sus casas, no tanto por sus padres como por sus vecinos», me explicó Norah. «Ya sabes cómo era Irlanda». Venían mujeres de todo el país, hasta del otro lado de la frontera. Aunque todos sabíamos de chicas que cruzaban a Inglaterra para abortar, nunca había oído hablar de que viajaran desde el Norte a la República de Irlanda para dar a luz. «También tuvimos protestantes... tres o cuatro», añadió. «Y una muchacha paquistaní. Había discutido con su padre y necesitaba escapar. Era un lugar seguro».

Las mujeres solían llegar a los seis meses de embarazo y podían quedarse allí de seis a ocho semanas después del parto, aunque no eran muy estrictos al respecto. En muchos casos, ese tiempo les servía para decidir sobre la adopción. «Deseaban quedarse con sus bebés, pero dadas las circunstancias... no podía ser. Y querían seguir con su formación, terminar lo que estuvieran haciendo». Algunas eran universitarias, otras estaban en pleno periodo de exámenes del instituto. Cocinaban sus propias comidas y, los domingos, casi todas asistían a misa. Al principio, pagaban dieciséis libras semanales, aunque en años posteriores la cuota subió a treinta y cinco.

Norah procuraba no interferir en las decisiones de las madres respecto a sus hijos, aunque siempre estaba dispuesta a escucharlas y apoyarlas. «Venían y lloraban», recordó. Los trabajadores sociales, por lo general de los condados de origen de las chicas, acudían al menos una vez a la semana. Ellas vivían con sus bebés en las habitaciones y asumían su cuidado por completo. Algunas llevaban al Castillo a sus hijos mayores, que asistían a la escuela local durante su estancia en Newtowncunningham. Cuando pregunté por qué muchas se esforzaban tanto en ocultar un embarazo, a pesar de haber criado ya a otros hijos como madres solteras, Norah fue clara: «No querían que las vieran embarazadas. Ya habían cometido el error, así que no podían permitirse que las descubrieran reincidiendo».

Algunas optaban por quedarse con sus pequeños y, según me contó Patricia en el pub, al menos un par no volvieron a sus casas: se quedaron en Newtowncunningham y se casaron allí. Por su parte, varios de los niños dados en adopción fueron referidos a lo que Norah describió como una «guardería» en Fahan, un orfanato llamado Nazareth House.

Conversamos sobre el origen de la vergüenza. «Ninguna de las chicas se avergonzaba de estar embarazada», señaló. La vergüenza provenía del entorno, se les inculcaba desde fuera. Una, por ejemplo, regresó a Sligo con su hijo, pero el cura local se negó a bautizarlo porque no estaba casada. «Aquello no estaba bien. ¿Quiénes eran ellos para decidir no bautizar a un bebé? ¡A un bebé inocente!». La madre regresó a Newtowncunningham y el sacerdote local se encargó del bautizo. «Y luego se preguntan por qué la gente ya no va a la Iglesia…».

Las noticias sobre Tuam la horrorizaban. «No encuentro palabras para describir aquello. Me recuerda a los nazis. Una fosa común. Ser un país cristiano y hacer algo así. Cuesta asimilarlo». Aun así, no le sorprendía del todo: «Las monjas y tal», comentó. «Personas que estaban a un paso de la santidad, porque así se consideraba a las religiosas. Se las veneraba».

El Castillo fue la única institución investigada por la Comisión que continuaba operativa después de 1998, lo que la hacía susceptible a la Ley de Libertad de Información. Solicité a Tusla los registros relacionados con las admisiones, altas, adopciones y financiación. Me respondieron que debía delimitar mi consulta —existían restricciones en los recursos asignados a este tipo de peticiones—, así que requerí una muestra de documentos con la esperanza de que dieran una idea, por parcial que fuera, de la actividad de la institución. Por lo que dijo el funcionario, me dio la impresión de que, cuatro años después del inicio de la investigación estatal, aún quedaban archivadores con expedientes sin clasificar circulando por las oficinas. Además, me confesó que era la primera persona en solicitar información sobre esos registros.

Entre los archivos que me entregaron había recibos de la tienda Centra: leche, bollos, patatas fritas, guisantes, curri, plátanos. Y un diario. Aunque la mayoría de los nombres estaban censurados, el contenido ofrecía una buena panorámica de la vida cotidiana en el Castillo. Una entrada de 1999 mencionaba una llamada con una trabajadora social de Sligo y, sobre una interna: «Hoy está mejor: ha ido caminando a la ciudad». Una madre fue a hacer una visita. También se hablaba de fontaneros, ingenieros y una lavadora que hacía ruido. A una mujer iban a llevarla a «la clínica»: «Mañana la ingresarán para inducirle el parto». Se indicaba que estaba «muy tranquila». Otra chica estaba «deseando que llegue mañana» —el día que salía de cuentas, supuse—, aunque le advirtieron de que «quizá no fuera tan rápido».

El diario recogía llamadas de gente que buscaba ingresar a mujeres en la institución. A un hombre le informaron de que «no podían aceptarla» hasta que hubiera más personal disponible. Se mencionaba una casa de acogida para mujeres y, en otra entrada, una llamada en la que alguien notificó que «la chica se había negado a acudir» y que solicitarían al juzgado una orden para obligarla. Algo que parecía ser «Life» —el nombre de una de las agencias católicas dedicadas a embarazos en situación de vulnerabilidad— estaba anotado entre paréntesis junto a una solicitud para admitir a una chica dentro de cuatro o cinco semanas, cuando otra se hubiera marchado. A las que iban a la ciudad se les pedía que trajeran alimentos para bebés o enviaran una carta.

Los registros de admisiones comprendidos entre 1998, cuando entró en vigor la Ley de Libertad de Información, y 2006 ofrecían un panorama del número de mujeres que acudían al Castillo cada año. En 1998, se produjeron doce ingresos; en 1999, trece, y un bebé falleció ese mismo año.

En 2000, fueron quince las admisiones, mientras que en 2001 hubo diez, entre ellas «tres no embarazadas». ¿Podrían haber sido mujeres que entraron en pánico tras un encuentro sexual? ¿O acudieron con uno o varios niños que necesitaban otro tipo de ayuda? En los últimos años del Castillo, aumentó el número de ingresos infantiles. En algunos casos se trataba de hijos previos de embarazadas, en otros parecía estar relacionado con protección de menores. Documentos adicionales de la Junta de Salud del Noroeste indicaban que, desde finales de los años noventa, el Castillo funcionaba como residencia para niños de doce a dieciocho años. Los registros mostraban gastos en regalos de cumpleaños, alquiler de vídeos, ropa de emergencia y uniformes escolares.

Los documentos revelaban deficiencias estructurales en el edificio: humedades y problemas de seguridad contra incendios. En 2003, un informe destacaba un «problema importante en el tejado», cuya reparación se estimó en hasta diez mil euros. El servicio se encontraba en declive y ya existían planes para trasladarlo, «financiado, con suerte, por la Crisis Pregnancy Agency [Agencia de Embarazos en Situación de Crisis], con una organización voluntaria como St. Mura's Adoption Society [Sociedad de Adopciones de St. Mura] o Cura, que asumirían el proyecto con la junta como socia».

Dos años después, en 2005, una inspección constató que el tejado seguía sin reparar y que el agua entraba a través de un agujero en un dormitorio trasero. Además, una de las escaleras estaba en malas condiciones, lo que requería evaluar si el lugar era «apto para la habitación humana». Al igual que en Tuam en 1961, el cierre definitivo llegó tras el debate de las autoridades locales sobre si invertir para garantizar la seguridad. Pese a todo, en 2005 se admitió a «cuatro chicas». En 2006, el último año de funcionamiento del Castillo, hubo un único ingreso.

Cuando contacté con la diócesis de Derry para preguntar por su relación con el Castillo, la mujer que me atendió expresó incredulidad ante la posibilidad de cualquier implicación, incluso mínima. Por su parte, al llamar a la diócesis de Raphoe, en Letterkenny, para indagar sobre su conexión con el Castillo, la archivera confesó que le sorprendía saber que la institución había funcionado hasta 2006. Según dijo, no había encontrado nada al respecto en los registros.

Después de ausentarse unos minutos, volvió con un directorio de la diócesis de 2003, donde se hacía referencia a un hogar materno-infantil en Ballaghderg. Intrigada, busqué información sobre Ballaghderg, un pueblo al norte de Letterkenny, pero no hallé datos sobre la existencia de un hogar. Tampoco en el mandato de la Comisión figuraba institución alguna allí. Por impulso, telefoneé a una tienda local del pueblo. Una mujer amable, de unos sesenta años, a la que llamaremos Mary, respondió. Aunque llevaba más de veinte años viviendo en la zona, nunca había oído hablar de un hogar materno-infantil. Sin embargo, sí conocía el Castillo. Entonces, inesperadamente, añadió: «Yo estuve allí. Cuando era un hogar materno-infantil».

Le pregunté en calidad de qué, asumiendo que podría estar refiriéndose a un embarazo que hubiera querido ocultar. Resultó que había trabajado como voluntaria para Cura en los años noventa, ofreciendo lo que ella misma describió como «acompañamiento para las chicas».

Según su experiencia, las mujeres tenían un miedo atroz de contar a sus familias que se habían quedado embarazadas fuera del matrimonio. Tras la sentencia del caso X en 1992[21], se introdujeron enmiendas constitucionales en Irlanda que garantizaban el derecho a viajar al extranjero para acceder a un aborto legal, así como el derecho a recibir información y derivaciones a servicios de aborto en otros países. En los años noventa y principios de la década siguiente, muchas de las mujeres que contactaban con Cura probablemente habrían encontrado el número en la guía telefónica. No era raro que buscaran esas agencias con la esperanza

[21] El caso X fue un caso judicial clave en Irlanda que involucró a una adolescente de catorce años que se quedó embarazada como consecuencia de una violación. La Corte Suprema permitió que viajara al extranjero para abortar, lo que generó un importante debate sobre los derechos reproductivos en Irlanda. (N. de la T.).

de obtener información sobre la interrupción del embarazo sin sospechar que eran organizaciones antiabortistas. ¿Pudo ser, quizá, el temor a que las mujeres se marcharan al extranjero para abortar un motivo detrás de las derivaciones al Castillo?

«Desde luego», respondió Mary. «Protegíamos al niño».

Me explicó que Cura buscaba que las chicas tomaran decisiones informadas, considerando todas las opciones, incluida la posibilidad de viajar desde cualquier punto de Irlanda para ocultar sus embarazos en el Castillo. Evocó el caso de una madre que enviaba sus cartas a una amiga en Belfast para que ésta las reenviara. Me pregunté si sería la misma de la que me había hablado la dueña del pub en Newtowncunningham o si habría más mujeres en Belfast ofreciendo ese tipo de servicio.

Cuando Cura remitía a una mujer al Castillo, alguien de la oficina de Letterkenny organizaba una visita de una voluntaria. Mary mencionó que en numerosas ocasiones actuaban como «compañeras de parto». Aunque intentaba ser cuidadosa para no influir en las decisiones de las chicas, reconoció que algunas personas sí opinaban sobre lo que consideraban «la mejor opción». Según ella, muchas, especialmente las del campo, podrían haberse quedado con sus bebés si hubieran recibido el apoyo necesario. Recordaba a tres chicas con las que trabajó que eligieron ese camino. Para prepararlas, hacía juegos de roles, simulando ser sus padres, y practicaban cómo darles la noticia. Este enfoque marcaba un claro distanciamiento de la postura tradicional de la Iglesia católica, que durante mucho tiempo había considerado la adopción como la mejor solución para una chica embarazada fuera del matrimonio. Tampoco era nuevo; precedía incluso al caso X. Como señaló el obispo Casey en la inauguración de una sede de Cherish en 1975: «Fue necesario un alarmante aumento de abortos en nuestra sociedad para que la mayoría reconociera y aceptara la bondad fundamental de la madre soltera».

A finales de los noventa, me contó Mary, una mujer acudió a Cura decidida a dar a su bebé en adopción: «De ninguna manera en la santa tierra de Dios» podía llevarse al bebé a casa. Fue al Castillo, donde una trabajadora social gestionó el proceso. Mientras tanto, una voluntaria de Cura tomó fotos de la mujer con su hijo en el Castillo, las imprimió y se las entregó en un pequeño álbum. Cuando llegó el momento de que los padres adoptivos recogieran al bebé, la madre se echó atrás. Entonces fue a visitar a sus padres, les enseñó el álbum y les dijo que el niño era su hijo. La madre le preguntó por qué había sentido la necesidad de marcharse. El padre primero guardó silencio, luego se levantó, se puso el abrigo y anunció que se iba a conocer a su nieto.

«Había un estigma, una vergüenza», explicó Mary. «A las mujeres les aterrorizaba volver a casa con su bebé».

Mary me había dicho que trataba de no entrometerse en las decisiones de las chicas, pero sus historias permitían entrever otra cosa. Una de las primeras chicas que conoció a través de Cura «vino porque quería abortar». Llegó acompañada de su novio. «¿Alguno de los dos tiene hermanos o hermanas con hijos?», les preguntó Mary. Respondieron que no. «Éste sería el primer nieto», comentó entonces. Según me contó, tras esas palabras, algo cambió en sus expresiones: un destello de luz iluminó sus ojos. Años después, vio a la pareja con un niño de la edad que debería tener el bebé para entonces y supo que no habían viajado para abortar.

Mary me recomendó que investigara al obispo de Killala, John Fleming, que había presidido Cura. Descubrí que, en 2005, cuatro voluntarias de Cura en Donegal protestaron contra la organización por repartir a sus usuarias los folletos oficiales del Gobierno de Positive Options [Opciones Positivas], pues contenían información sobre cómo abortar en el extranjero. Se las expulsó por hablar públicamente del tema. «Cura no participaría en ninguna actividad o práctica que hiciera del aborto una opción más probable en un embarazo en situación de vulnerabilidad», declaró aquel año el obispo Fleming. La agencia recibía cientos de miles de euros en financiación gubernamental anualmente.

La controversia se prolongó durante años. Por fin, el Gobierno suspendió el contrato de Cura por su negativa a proporcionar información completa de los servicios disponibles. Sin embargo, la financiación estatal se reanudó y continuó hasta que se anunció su cierre en 2018, poco después del referéndum sobre el aborto en Irlanda.

Mary también me dijo que el antiguo obispo de Raphoe, Séamus Hegarty, había ayudado a establecer la oficina de Cura en Letterkenny junto a cuatro o cinco «personas de la alta sociedad», esposas de médicos y dentistas. «Con pedigrí», comentó con ironía. Cuando Hegarty se trasladó a la diócesis de Derry, su sucesor, el obispo Philip Boyce, conservó la relación con Cura. Un sacerdote solía celebrar misa para las voluntarias y ofrecer orientación espiritual.

Más tarde, llamé al número del obispo Boyce que figuraba en la página web de la diócesis de Raphoe. Hablé con una mujer llamada Marie, que me preguntó por qué quería contactar con él. Me dijo que estaba de peregrinación y, además, aseguró que el Castillo «no había tenido nada que ver con la Iglesia».

Según Mary, a las mujeres de Donegal que acudían a Cura no se las enviaba al Castillo, sino a sedes de la organización más alejadas, donde nadie las reconociera. Sugirió la posible existencia de casas similares al Castillo en Galway y Athlone.

Le pregunté qué pensaba que harían las mujeres ahora que Cura ya no existía. Supuso que recurrirían a «míster Google».

Mary no se equivocaba. En los primeros meses de 2019, cuando las mujeres pudieron acceder por primera vez al aborto legal en Irlanda, muchas buscaron en internet información sobre adónde acudir.

Entre los resultados apareció una página web que ofrecía asesoramiento y exploraciones a mujeres con embarazos no deseados, utilizando el mismo nombre que el servicio oficial del Gobierno, MyOptions. Más tarde se descubrió que pertenecía a Eamonn Murphy, un activista antiabortista involucrado en la gestión de agencias de embarazos en situación de vulnerabilidad no reguladas en Irlanda desde los años noventa.

17

LOS MUERTOS Y LOS VIVOS

En abril de 2019, casi cinco años después de que los hallazgos de Catherine Corless sobre el hogar materno-infantil de Tuam conmocionaran al mundo, la Comisión de Investigación presentó un informe provisional sobre las prácticas de enterramiento en estas instituciones donde murieron miles de niños.

Durante una rueda de prensa celebrada en los edificios gubernamentales, Katherine Zappone, ministra de Infancia y Juventud, destacó una de las conclusiones más relevantes del informe: había personas que sabían más de lo que habían admitido sobre el destino y localización de los restos de los niños. Mirando fijamente a las cámaras de televisión situadas al fondo de la sala, lanzó una exhortación: «Dígannos dónde están sepultados»

Tras la conferencia, me senté a examinar el informe página por página. Hubo un pasaje que captó mi atención: el apartado 4.41, en la página 36:

> En 1994, una antigua residente de Bessborough se puso en contacto con la Congregación de los Sagrados Corazones de Jesús y María para solicitar documentación de su estancia en la institución. También presentó una consulta formal sobre el lugar de enterramiento de su hijo. El niño había estado interno en Bessborough

con su madre en 1960 y murió en el hospital de St. Finbarr aquel mismo año.

El informe indicaba que, como respuesta, los Sagrados Corazones se dirigieron al hospital de St. Finbarr, donde el niño había fallecido. La capellanía del hospital remitió la solicitud al administrador, quien confirmó que había sido inhumado en el cementerio del distrito de Cork, en Carr's Hill. Sin embargo, según el informe, esta información nunca llegó a la madre. En su lugar, «una miembro de la congregación [de los Sagrados Corazones]» le aseguró que «habían enterrado al bebé en el camposanto de la congregación, en Bessborough».

Los detalles y las fechas descritas me resultaban inquietantemente familiares. Coincidían con la historia de William, el bebé de Bridget Cantwell y hermano de Carmel Cantwell. Bridget llevaba años intentando descubrir dónde reposaba su hijo. Tomé una foto de la página y se la envié a Carmel por mensaje privado en Facebook. Su respuesta fue contundente: «Por Dios, ¿cómo puede ser que nadie se lo haya dicho a mi madre?».

El informe sobre los enterramientos se publicó un miércoles, antes de la Semana Santa. Aquel Viernes Santo me reuní en la entrada del cementerio de Carr's Hill con Carmel y su hijo adoptivo de tres años y medio. La última vez que la había visto fue el verano anterior, en la conmemoración en Bessborough. Allí, junto a su madre, colocó una lápida en honor a William, cerca del lugar donde, casi cincuenta años atrás, la hermana Sarto aseguró que estaba enterrado.

Carr's Hill se ubica al sureste del centro de Cork, junto a la Carrigaline Road. El antiguo camposanto carecía de aparcamiento, por lo que Carmel dejó el coche en un apartadero con las palabras PROHIBIDO APARCAR pintadas en el suelo, al borde de una carretera transitada por camiones y vehículos que pasaban a toda velocidad. La verja, pintada de negro, tenía una pequeña cruz en la parte superior y un letrero amarillo que advertía de la presencia de cámaras de vigilancia.

Numerosos niños de Bessborough fallecieron en el hospital del distrito, más tarde conocido como St. Finbarr. Un antiguo administrador del hospital, con acceso a los registros mortuorios, declaró ante la Comisión que la Junta de Asistencia del sur de Cork se encargó de enterrarlos y que probablemente a «muchos de esos niños» se les dio sepultura en Carr's Hill. Aun así, no se ha logrado localizar el libro de enterramientos donde deberían constar estos datos.

Carr's Hill se creó como cementerio municipal durante la Gran Hambruna, cuando otros cementerios de la ciudad estaban desbordados. La noche anterior a mi viaje a Cork hablé por teléfono con Pat Gunn, historiador local, quien me contó que llevaba años pidiendo a las autoridades locales que lo cuidasen, que cortaran la hierba y lo hiciesen más accesible. Según me explicó, el Cork City and County Famine Group [Grupo de la Hambruna de la Ciudad y el Condado de Cork], al que pertenecía, encontraba muchas dificultades para organizar actos conmemorativos para las víctimas de la Gran Hambruna. No había zonas seguras para aparcar, la carretera era muy peligrosa y el acceso al camposanto complicado. Me dijo que estaba «dejado de la mano de Dios».

Carmel, su hijo pequeño y yo remontamos el camino. Pasamos junto a la entrada de una granja destartalada y, atravesando la alta hierba, continuamos por un sendero apenas marcado. Al otro lado de una valla baja, se extendía una pradera donde pastaba el ganado.

Al subir, notamos que dos personas seguían nuestros pasos: un hombre de mediana edad y una mujer mayor. Las vacas del prado cercano, inquietas y nerviosas, corrían de un lado a otro, atropellándose y brincando con una energía inusual. En la cima, nos topamos con el muro y la puerta del cementerio: un alambre nos bloqueaba el acceso.

Unas veinte vacas se alinearon frente a nosotros, observando mientras tratábamos de superar el obstáculo final. Sospechamos que el alambre, que delimitaba la pradera y cortaba el paso al ganado, podía estar electrificado. Carmel se agachó para comprobarlo, pero, al inclinarse, su espalda rozó el cable, y la descarga eléctrica la derribó. Se levantó al momento, sacudiéndose la tierra.

Carmel formaba parte del Mother-and-Baby Home Collaborative Forum [Foro Colaborativo sobre Hogares Materno-Infantiles], creado por la ministra Zappone para representar los intereses de los supervivientes. Había acompañado a su madre, Bridget, cuando declaró ante la Comisión, y también escribió a Zappone para relatar su experiencia. Tras leer el apartado 4.41 del informe provisional, envió un correo electrónico a la Comisión pidiendo confirmación de que se refería a William.

Ahora, sin noticias de la Comisión sobre el niño que evidentemente era su hermano, estaba allí, con la cara manchada de tierra, intentando visitar el lugar donde descansaban sus restos. El servicio estatal de salud era propietario del cementerio, y una comisión estatal había publicado un informe que sugería que era posible que más de cien niños de Bessborough estuvieran enterrados aquí. Sin embargo, quienes pretendían visitarlo debían enfrentarse a verjas oxidadas y pastores eléctricos. Todo parecía surrealista. Encontré un palo grande para sujetar el cable y permitir que el hijo de Carmel, el hombre y la mujer cruzaran sin problemas.

El camposanto era un vasto terreno en pendiente, rodeado de un muro y árboles. En su centro, destacaba una enorme cruz hecha de barras de acero y malla metálica, sostenida por cables anclados al suelo. Una placa indicaba que databa de los años cincuenta y que había sido creada por un taxista de Cork llamado Jack Sorensen, quien, convencido de la necesidad de un monumento para los muertos, lo había construido con sus propias manos. En 1997, el embajador de Estados Unidos inauguró una placa conmemorativa en las proximidades en honor al centésimo quincuagésimo aniversario de la Gran Hambruna y a los miles de ciudadanos de Cork allí enterrados. Se creía que este cementerio albergaba la mayor fosa común de Cork, con decenas de miles de cadáveres procedentes de la casa de trabajo, así como un número desconocido de personas que acabaron aquí provenientes de instituciones o simplemente porque eran demasiado pobres. No está claro cuándo se produjo el último entierro. El día anterior, escuché en la radio a un lugareño que recordaba haber visto un carro rumbo a Carr's Hill, con los pies de los cadáveres, entre ellos los de niños, sobresaliendo bajo una lona. No había ni una sola lápida en el recinto.

Los cinco nos quedamos contemplando la cruz. Carmel empezó a hablar sobre su hermano con los dos desconocidos. La anciana mencionó que una pariente suya, una mujer de unos cincuenta años, había descubierto hacía poco que era adoptada. El Estado le había informado de que figuraba en los registros de la St. Patrick's Guild como hija natural de sus padres adoptivos, aunque lo cierto es que había sido registrada ilegalmente. También habían manipulado su fecha de nacimiento. Su identidad resultó ser una mentira.

Sin una lápida concreta que visitar, Carmel recorrió el cementerio con la mirada, evaluándolo con calma. «No es deprimente», comentó. «Le diré a mi madre que no es deprimente». No estaba cerca de los muros de ninguna institución: era un espacio abierto, el cielo abarcaba el horizonte de un extremo al otro, sin interrupciones salvo por la peculiar cruz del taxista, erigida como homenaje.

Un destello blanco llamó nuestra atención: la cola de un conejo que cruzó la maraña de zarzas y ortigas que cubría la mayor parte del terreno. Dos estructuras de madera, similares a colmenas, se alzaban entre el matorral. ¿Quién podría encargarse de cuidar abejas en un cementerio para desposeídos invadido por la maleza? Una corona de Navidad colgaba de un arbusto de tojo y entre la broza asomaba la figura de plástico de un ciervo. Mientras tanto, la cabecita de rizos oscuros del hijo adoptivo de Carmel deambulaba por las áreas despejadas, parloteando alegremente. Llevaba una camiseta con la palabra FELIZ estampada en el pecho.

Subí hasta la cima de la suave pendiente y luego la bajé, explorando en busca de alguna lápida, en vano. En lo alto, una abertura arqueada en el muro conducía a otro terreno. En los bordes, entre los matorrales, se dispersaban pequeños grupos de huesos. Eran restos de animales, o al menos eso preferí creer.

De vuelta en la casa de Carmel, me enseñó cartas y correos electrónicos enviados y recibidos a lo largo de los años relacionados con las peticiones de información sobre lo ocurrido con William.

A mediados de los noventa, cuando la hermana Sarto señaló a Bridget el lugar del cementerio de Bessborough donde supuestamente yacía su hijo, ésta asumió que le estaban diciendo la verdad. Sin embargo, con el tiempo, Carmel empezó a albergar dudas, en especial tras conversar con otras personas que habían recibido información errónea de las órdenes religiosas.

En 1999, Carmel y Bridget visitaron el hospital de St. Finbarr, pero el departamento al que acudieron no pudo ayudarlas. Poco después, obtuvieron las partidas de nacimiento y defunción de William. La búsqueda se interrumpió cuando Bridget padeció una grave enfermedad y ambas abandonaron la investigación durante años. En 2013, enviaron su primera solicitud de libertad de información. Un año más tarde, en un recorrido por Bessborough, pidieron al director que contactara con las monjas para obtener datos sobre el lugar de enterramiento. En 2015, a través de un abogado, escribieron a las religiosas, a la oficina de estadística, al hospital de St. Finbarr y al registro civil solicitando los papeles de William. La diócesis local les confirmó que William había sido bautizado en la iglesia de St. Michael al día siguiente de su nacimiento. El HSE, por su parte, le indicó que no disponía de registros sobre el entierro de William ni sobre su estancia en St. Finbarr. Carmel también requirió al Ayuntamiento de Cork los registros de enterramientos en los cementerios.

Cuando leyó en el informe provisional los detalles del sepelio de William, contactó con un abogado que trabajaba para la Comisión y con quien ya había hablado antes. «Estaba desconsolada, no podía dejar de llorar», me confesó. Él le explicó que, por motivos legales, a la Comisión le era imposible proporcionar información sobre enterramientos individuales, tal como dijeron en una declaración que se publicó en el *Irish Examiner* en la que aseguraba que sería «un delito [...] revelar o publicar cualquier prueba aportada o el contenido de cualquier documento presentado», por lo que «no podemos informar a las familias».

Pese a todo, Carmel ahora sabía que siempre había existido documentación que demostraba que los Sagrados Corazones de Bessborough habían escrito al hospital de St. Finbarr tras la solicitud de información de Bridget en 1994, y que éste había determinado que William yacía en Carr's Hill. ¿Cómo era posible que esta información no hubiera salido a la luz antes? ¿Por qué le contaron a Bridget la mentira de que su hijo estaba cerca de la parcela de las monjas en Bessborough?

Entre 1922 y 1998, según la Comisión, murieron más de novecientos niños en Bessborough. Sólo se consiguió determinar el paradero de sesenta y cuatro.

El informe provisional documenta asimismo la muerte de catorce internas adultas en Bessborough. Nueve fallecieron por complicaciones relacionadas con el embarazo o el parto, pero no se proporcionaron causas para las demás. Ni se ha encontrado el lugar de enterramiento de ninguna. Además, algunas nunca abandonaron la institución y, al morir, eran consideradas «sirvientas». Entre 1927 y 1985, se inhumó a doce internas en una parcela privada propiedad de los Sagrados Corazones. La lápida de dicha parcela está rota y resulta ilegible, y la Comisión señala que «es poco probable que lleve los nombres de estas mujeres». Una de ellas ingresó en Bessborough en 1922, con veinte años, y murió en 1984, a los ochenta y dos. En contraste, cada monja allí enterrada tiene una cruz colocada con esmero y con su nombre tallado.

La Comisión consideró «muy probable» que hubiera niños sepultados en los terrenos de Bessborough. Pero, a pesar de contratar a arqueólogos forenses y analizar imágenes aéreas y mapas antiguos, no halló pruebas físicas de fosas infantiles. Tampoco consideró factible excavar las casi veinticinco hectáreas de la finca actual de Bessborough, mucho menos las más de cincuenta hectáreas de la original, parte de las cuales se vendieron.

En cuanto a Carr's Hill, a la Comisión sólo le cupo especular sobre el número de niños de Bessborough enterrados allí porque el HSE, propietario del cementerio, aún no había presentado registros sobre quién reposaba en el lugar. En St. Finbarr existieron registros mortuorios detallados hasta 2001 y la Comisión estaba tratando de localizar un libro de enterramientos que, al parecer, se había depositado en el hospital de Maternidad de la Universidad de Cork. Se sabía que un antiguo conserje mantenía un registro de los entierros y que vivía cerca del cementerio. La Comisión realizó «averiguaciones casa por casa» en la zona para intentar localizarlo sin resultado alguno.

Los Sagrados Corazones, según la Comisión, «apenas aportaron pruebas de los arreglos funerarios».

En 1994, el administrador del hospital que localizó el registro del entierro de William recordó su existencia gracias a un libro titulado *A Tale of Two Hospitals* [Historia de dos hospitales]. Escrito por la hermana M. Emmanuel Browne, narra la historia de la casa de trabajo y el hospital de St. Finbarr, donde las Hermanas de la Misericordia trabajaron como matronas hasta 1978. Browne describe la casa de trabajo de Cork como «una de las peores de Irlanda» y menciona una tumba para desposeídos conocida como «el hoyo de Carr's». Un entierro decente era importante. La gente temía la vergüenza de morir en la casa de trabajo y terminar en una tumba poco profunda y sin nombre. «Los pobres lo temían más que a nada, pero no tenían elección».

En los registros que obtuve gracias a una solicitud de libertad de información había actas de una reunión celebrada en agosto de 2014 entre dos empleados de Tusla y una religiosa de los Sagrados Corazones. El documento identificaba a la monja por su nombre y la describía como «directora» de Bessborough entre 1981 y 2007: se trataba, sin duda, de la hermana Sarto Harney. La religiosa había solicitado la reunión para informarse sobre los expedientes que pudieran vincularse con ella, preocupada por encontrarse en inferioridad de condiciones si en el futuro se iniciaba una investigación sobre el funcionamiento de Bessborough y no podía «rendir cuentas de su mandato». En la reunión, que se produjo pocos meses después de que salieran a la luz las noticias sobre Tuam, los funcionarios de Tusla le explicaron que no podían proporcionarle acceso a los archivos de su interés, y que tendría que enviar una solicitud de expedientes concretos, como cualquier otro ciudadano.

Los funcionarios aprovecharon para hacer preguntas a la hermana Sarto. Uno de ellos, Lesley Honan-Loucks, había trabajado en la investigación del informe McAleese, centrado en las conexiones entre Bessborough y las lavanderías de la Magdalena. Es casi seguro que los empleados de Tusla conocían el borrador de un informe del HSE de 2012 que expresaba graves preocupaciones acerca de las altas tasas de mortalidad en Bessborough, la legalidad de las adopciones y los pagos efectuados por madres, familias y potenciales adoptantes. Este informe, que recomendaba una investigación sobre los hogares materno-infantiles, se redactó dos años antes de que se hicieran públicos los hallazgos de la fosa común de Tuam.

Cuando le preguntaron por los lugares de enterramiento de los bebés nacidos muertos, la hermana respondió que comprobaría la información con el conserje, pero admitió no recordar su nombre. Sobre las posibles ubicaciones, sugirió que podían haber sido depositados en «fosas familiares». Aseguró que durante su mandato, entre 1981 y 2007, sólo murieron tres bebés en Bessborough, y que a los tres les dieron sepultura en el cementerio de las monjas. Según ella, la institución formaba a las mujeres para trabajos como limpiadoras y a las chicas «les encantaba» estar allí. También mencionó que había guardado una caja con fotos de bebés y madres biológicas, además de notas de agradecimiento de mujeres a las que habían «ayudado».

A diferencia de Bessborough, los otros dos hogares materno-infantiles gestionados por los Sagrados Corazones —la abadía de Sean Ross y Castlepollard— contaban con zonas designadas para sepultar a los niños. Sin embargo, al igual que en Bessborough, no se conservaron registros de los enterramientos: o nunca se elaboraron, o se extraviaron, o fueron destruidos. El informe provisional de la Comisión ponía seriamente en cuestión las afirmaciones de la orden religiosa respecto al destino de los niños fallecidos. Una declaración jurada presentada a la Comisión se describió como «especulativa, inexacta y engañosa en muchos aspectos». Resultaba «difícil de comprender» que las religiosas no tuvieran conocimiento alguno sobre los enterramientos en Bessborough. En su declaración jurada, insistían en que los niños enterrados en Sean Ross y Castlepollard «fueron inhumados sin que ello supusiera coste alguno para las arcas del gobierno local o central». Este comentario parecía sugerir que las autoridades no estaban interesadas en el lugar donde se enterraba a los bebés, siempre que no les representara un gasto, algo que la Comisión rebatió, señalando la existencia de una factura por ataúdes enviada por Sean Ross a una autoridad sanitaria local.

Los registros revelan que más de mil niños murieron en la abadía de Sean Ross, ya fuera en la institución o en el hospital de Roscrea. También fallecieron veintinueve madres, en su mayoría debido a complicaciones del embarazo o el parto. Aunque en los terrenos de la institución existía un cementerio infantil, éste carecía de lápidas y de registros. Poco antes de redactarse el informe, se había realizado una excavación preliminar para la cual se instalaron pantallas forenses, mientras los *gardaí* vigilaban el área día y noche.

En Castlepollard, el tercer hogar materno-infantil de los Sagrados Corazones en Irlanda, murieron doscientos veinte niños, ya fuera en la institución o en hospitales asociados, así como ocho madres debido a complicaciones del embarazo o el parto. Se depositó a los bebés en un estrecho pasillo de tierra al que se accedía por un camino que partía de la antigua casa señorial. Este cementerio estaba delimitado por un murete en un lado y un muro más alto en el otro. Se decía que antes existía un muro adicional que dividía la parcela en dos, con una puerta cerrada que separaba el área de enterramiento de las monjas de la zona donde se inhumaba sin nombre a los bebés. Se erigió una cruz de piedra en memoria de las religiosas, sin mención alguna a los niños. En una conmemoración en Castlepollard, conocí a Frances, una mujer que había dado a luz allí. Me contó que, mientras estaba embarazada, cuidó del bebé de otra mujer, un niño llamado Dominic. Estaba pálido y demacrado. Aunque durante tres semanas intentó alimentarlo, no lograba que retuviera la leche. Informó a las monjas y pidió atención médica para el bebé, pero no llamaron a ningún especialista. «Persevera, se pondrá bien», le dijeron. Una noche, Dominic murió, y Frances les preguntó dónde lo habían enterrado; no quisieron decírselo.

Cada año, los supervivientes se reúnen en los terrenos de Castlepollard para celebrar una conmemoración organizada por Paul Jude Redmond. Nacido en Castlepollard en 1964, Redmond obtuvo los registros de defunciones mediante su propia investigación. Éstos mostraban un marcado descenso en la tasa de mortalidad infantil en la institución tras la introducción de la adopción legal en 1953. Redmond vio una evidente conexión causal: con la legalización de la adopción, los Sagrados Corazones comenzaron a percibir que los niños «ilegítimos» adquirían un valor económico. La reducción de la mortalidad infantil en Castlepollard, que pasó de una media del 13 % en sus primeros años al 0,5 % en sus dos últimas décadas, era demasiado drástica para explicarse únicamente por mejoras en la higiene o en la atención médica. «Cuando, de repente, los bastardos irlandeses pasamos a valer más que una vaca, dejamos de morir por millares», escribió Redmond.

En un homenaje en el cementerio Glasnevin a los supervivientes del hogar materno-infantil de St. Patrick, unas treinta personas se reunieron alrededor de una parcela cubierta de hierba. Un historiador que trabajaba allí contó a la pequeña multitud que en aquel pedazo de tierra reposaban hasta sesenta mil cuerpos, desde bebés nacidos muertos hasta niños de ocho años. La parte de «tierra para pobres» de la necrópolis se denominó «parcela de los ángeles» debido a la gran cantidad de bebés y niños que allí yacían. El historiador destacó que llamaba la atención que existieran registros con los nombres de todas las personas sepultadas en Glasnevin, «desde el gran O'Connell hasta la persona más nimia e irrelevante».

Cerca del muro que bordea la carretera del camposanto se erige una torre de vigilancia de piedra gris, rematada por una torreta. Esta estructura, construida en 1842, vigilaba la esquina más alejada de la «antigua parcela de los ángeles». Una placa informativa explica que se construyó para «impedir el robo de cuerpos destinados a las escuelas de Medicina». Algunos de los niños enterrados procedían de hogares materno-infantiles de Dublín y, antes de ser sepultados, ya habían utilizado sus cuerpos para estudios anatómicos. En 2011, el programa *Prime Time* de RTÉ reveló que los restos de más de cuatrocientos niños habían sido enviados desde instituciones como St. Patrick a diferentes facultades de Medicina irlandesas. Hasta los años sesenta, cuando se inició una campaña para promoverla, la donación voluntaria de cuerpos para estos fines era una práctica poco común. Las facultades dependían de los cadáveres «no reclamados», que procedían de casas de trabajo, hogares del condado, instituciones psiquiátricas y hogares materno-infantiles. Según la ley, debía transcurrir un periodo de espera de cuarenta y ocho horas tras el fallecimiento antes de considerar un cuerpo como «no reclamado». Sin embargo, el informe provisional de la Comisión reconocía que era poco probable que las madres tuvieran conocimiento de este requisito.

Los cadáveres de novecientos cincuenta niños fallecidos en instituciones de la Dublin Union[22], incluida St. Patrick, se enviaron a tres facultades de Medicina de Dublín: la UCD, el Trinity College y el Real Colegio de Cirujanos. Según el registro combinado de todas ellas, excepto dieciocho, los cuerpos que se donaron para los estudios anatómicos eran de hijos «ilegítimos».

En su informe provisional, la Comisión señaló que la hermana Marie Ryan, directora nacional del Buen Socorro, declaró en 2018 que desconocía cuáles habían sido las disposiciones sobre enterramientos en Tuam. Según explicó, las religiosas estaban

22 La Dublin Union era una institución de asistencia social establecida en el siglo XIX para gestionar la ayuda a los pobres mediante casas de trabajo donde los necesitados recibían refugio y empleo en condiciones muy duras. Fue especialmente importante durante la Gran Hambruna irlandesa (1845-1852). (N. de la T.).

«conmocionadas y devastadas» por los hallazgos relacionados con las inhumaciones en la «estructura subterránea» y creían que los niños merecían un «sepelio adecuado que no tuvo lugar». La hermana Ryan expresó en nombre de la orden su «profundo pesar» y ofreció disculpas «sin reservas».

Ese mismo año, en una carta divulgada por la organización Right To Know [Derecho a Saber], el Buen Socorro escribió a Zappone en respuesta a una solicitud de reunión, diciendo que «siempre estaban dispuestas a dialogar». Sin embargo, mostraron sorpresa ante la intención de discutir sobre la institución de Tuam antes de que la Comisión publicara su informe definitivo. Le recordaron secamente que las autoridades locales habían pedido a sus monjas que se ocuparan del hogar: «Se trataba de una institución creada y operada por el Estado irlandés». La hermana Ryan añadió que, en su opinión, «el Consejo del Condado de Galway, el Departamento de Salud y el médico empleado por la autoridad local habrían sido conscientes de las muertes acaecidas y, sin duda, sabían que habría que tomar medidas para enterrar los restos».

La cuestión de cómo llamar a la «estructura subterránea» fue objeto de intensos debates. El Buen Socorro, tras recibir un borrador del informe sobre los enterramientos, contrató a un arqueólogo para revisarlo. Uno de sus argumentos fue que la estructura «podía haber sido concebida como una bóveda funeraria». Las pruebas detalladas esbozadas por los arqueólogos, en colaboración con un ingeniero especializado en instalaciones de alcantarillado, así como las muestras que dieron positivo a marcadores de restos humanos, llevaron a la Comisión a concluir que era «muy probable» que la estructura en la que se depositaron los bebés estuviera «relacionada con el alcantarillado», y que también era «probable que las cámaras se hubieran usado durante un tiempo indeterminado como tanques de aguas residuales».

La Comisión determinó que era improbable que hubiera restos humanos en la estructura antes de 1937, lo que sugería que los niños fallecidos entre 1925 y 1937 podrían estar enterrados en otra parte de los terrenos de la institución. Una posibilidad es que reposen en lo que hoy son los jardines traseros de las casas de la urbanización de Dublin Road. El problema del alcantarillado había sido persistente en la institución. En los años treinta, los residentes de las viviendas cercanas protestaron por el «hedor ofensivo e insalubre procedente de la salida del alcantarillado del hogar infantil». En 1937, los vecinos exigieron la eliminación de un pozo negro situado detrás del edificio, pues se consideraba una amenaza para la salud pública. En esa misma época, un ingeniero del condado inspeccionó las instalaciones y recomendó construir nuevos lavabos, señalando que los existentes se encontraban en mal estado y carecían de iluminación y ventilación.

La impactante conclusión del informe provisional de la Comisión era que muchos de los ochocientos dos niños fallecidos en Tuam están sepultados en esas cámaras. Asimismo, la Comisión descartó que las hermanas del Buen Socorro se encargaran personalmente de los enterramientos; las personas contratadas por el Consejo del Condado, junto con sus miembros y personal, «debían tener conocimiento» de estos hechos. También observó que «debe de haber personas en Tuam y sus alrededores que saben más sobre los enterramientos y que no han facilitado la información».

Antes de la publicación del informe provisional, hablé con Niamh McCullagh, la arqueóloga forense encargada de la excavación de prueba en Tuam. Me comentó que no se le ocurría «ninguna comparación moderna» con la manera en que se enterró a los niños en Tuam. Mencionó ejemplos de épocas antiguas, como restos infantiles colocados en vasijas en Grecia alrededor del año 1000 a. C. o cuerpos de personas asesinadas durante el conflicto en la antigua Yugoslavia, que a veces se depositaban en pozos: «Trataban de ocultar lo que estaban haciendo». Recordó una visita al cementerio de Letterfrack, cerca de la antigua escuela industrial, donde leyó una placa que señalaba que no se sabía cuántos niños estaban enterrados allí. «No me lo podía creer», me confesó. «¿Cómo podemos aceptarlo? ¿Cómo puede estar bien? Son niños. Quizá por eso era aceptable».

McCullagh me explicó que, cuando se exhumen los huesos del cementerio de Tuam, en algunos casos debería ser posible analizarlos para determinar la causa de la muerte. Al preguntarle qué causas se podían identificar mediante el análisis óseo, respondió: «Desnutrición».

La primera página del informe provisional reconocía la labor de Catherine Corless como la principal impulsora de la investigación.

Conocí a Corless en persona en Galway, durante la presentación de una iniciativa para crear un archivo de historias orales que preservara los testimonios de las instituciones. Esto ocurrió en febrero de 2019, unas semanas antes de que se publicara el informe sobre los enterramientos. En Tuam, algunos retrataban a Corless como ávida de protagonismo, pero mi impresión fue completamente distinta. Me pareció una persona un tanto esquiva, cuya única motivación era comprender lo sucedido en el hogar del Buen Socorro y en otras instituciones similares.

Le hablé del hombre al que llamé Jim, el mayordomo de Knock que buscaba a sus parientes consanguíneos, y su historia la conmovió. Cuando le conté que él estaba reuniendo el valor para pedirle ayuda para encontrar a su madre o, al menos, su tumba, expresó su deseo de que la contactara. «Lo hago continuamente», reconoció. «Hay muchísimos. Es impresionante. Cientos de correos electrónicos, de llamadas de teléfono. Personas que llaman a mi puerta». Desde el otro lado de la línea, se percataba al instante de cuándo alguien trataba de localizar a otra persona: la voz revelaba una vacilación, una pizca de esperanza y la incomodidad de tener que pedir un favor.

«Me siento privilegiada por ayudarles, es muy importante para mí», comentó. «No saben quiénes son». Muchas veces, apenas cuentan con unos pocos detalles: la edad de la madre, el condado. Una semana antes de nuestra conversación, una mujer había recurrido a ella. Corless recordó que había conocido a su prima un par de años atrás, también en busca de respuestas, y logró ponerlas en contacto. «No sabía que todas estas personas existían hasta que empezaron a acudir a mí». Sentía que la creciente conciencia sobre la cantidad de afectados había fomentado una mayor empatía entre los vecinos de Tuam hacia los supervivientes de la institución y sus descendientes, y percibía un cambio en cómo la veían a ella: «Ya no soy la mala que abrió la caja de los truenos». Un repentino y sonoro timbrazo interrumpió nuestra conversación. Corless sacó de su bolso un viejo móvil, de esos robustos modelos con botones esponjosos y una pantalla cuadrada amarillenta. «Me empeño en seguir usando este teléfono arcaico. Es indestructible».

Hasta que comenzó su investigación, no tenía ni idea de lo que había ocurrido tras los muros de la institución ni de cómo se separaba a los niños de sus madres para darlos en adopción. Había ido al colegio con niños del hogar, pero no era un sitio sobre el que se hicieran preguntas. «Pensaba que eran huérfanos», hizo memoria. «Unas monjitas amables que cuidaban de niños sin padres».

Algo que suele pasarse por alto en las historias sobre Corless es que, al principio, intentó con mucho ahínco que las religiosas, la Iglesia y el Consejo del Condado asumieran la iniciativa. Les llevó la información que había recopilado, convencida de que les interesaría. «A nadie le importó», dijo. «Eso me afectó mucho».

Cuando preguntó a las monjas del Buen Socorro si tenían más registros, le respondieron con «una carta amabilísima», recordaba, en la que decían estar «encantadas» con su interés por recopilar la historia del hogar, pero aseguraban que no disponían de registros. El Consejo del Condado le recomendó dirigirse a la Junta de Salud, que, a su vez, declaró que sólo conservaba registros privados del hogar. Por su parte, la archidiócesis de Tuam afirmó que carecía de documentación alguna. Al principio, el ayuntamiento local accedió a reunirse con el comité de tumbas, ofreciendo unos trescientos euros para costear las placas conmemorativas. «En un primer momento, no estaban dispuestos», me contó. «Casi enloquecen cuando se enteraron de que íbamos a nombrar a todos los niños». Alegaron que las madres podrían sentirse ofendidas si se hacían públicos los nombres o que podría haber problemas legales. Sin embargo, Corless sospechaba que, en realidad, temían que alguien investigara más. «Nos opusimos».

Ella y otra lugareña, Mary Moriarty —que había encontrado huesos tras la antigua institución de Tuam en 1975—, se reunieron con el arzobispo de Tuam, Michael Neary, y su entonces secretario, un tal padre Waldron. Corless le pidió al arzobispo que escribiera a la orden del Buen Socorro y al Consejo, instándoles a usar su influencia de manera compasiva en favor de las personas afectadas por las instituciones. «No respondió ni que sí ni que no», revivió. «Con absoluta indiferencia».

La mañana siguiente a la publicación de los hallazgos de Corless en un reportaje de Alison O'Reilly en el *Irish Mail on Sunday*, recibió una llamada de la hermana Marie Ryan, directora del Buen Socorro, solicitándole una reunión. El encuentro tuvo lugar en un hotel de Galway. La hermana Marie acudió acompañada de otra religiosa, mientras que Corless se presentó con su marido y dos miembros del comité de tumbas. «Unas estiradas», me confió Corless. Les expuso los hechos que había descubierto y expresó su convicción de que un número importante de los aproximadamente ochocientos niños fallecidos que había identificado estaban enterrados en el tanque en desuso ubicado dentro de los antiguos muros de la institución.

El mensaje del Buen Socorro fue contundente: no tenían registros y todas las religiosas que habían trabajado en el hogar de Tuam estaban muertas o no podían hablar. «¿Era yo consciente del dolor que estaba causando a sus hermanas, del daño y la angustia que les generaba? Y, de todos modos, ¿adónde pretendía llegar?». Corless recordaba haber respondido que los supervivientes del hogar llevaban sufriendo toda su vida. «No hubo ningún ofrecimiento de ayuda: sólo negación, nada más. Su preocupación se centraba en ellas mismas y lo que representaban. En realidad, me pedían que abandonara». Le sugirieron que, a partir de ese momento, tratara con Terry Prone, su representante de relaciones públicas. Corless nunca llegó a hablar con él.

Le pregunté por qué pensaba que el Buen Socorro podría haber enterrado a bebés en un tanque. «Dinero, dinero, dinero, dinero, dinero», respondió con cautela. «¿Qué otra razón? Molestias, gastos y tener que llamar a alguien para que cavara los hoyos».

Le relaté mi encuentro con algunas de las monjas del Buen Socorro en Cork, durante su reunión de Navidad. Ella quiso saber más sobre las mujeres con las que había hablado. Su voz se animó y percibí un anhelo en sus preguntas. Le conté que una de las religiosas había comentado que deseaba que los afectados obtuvieran respuestas y que pensaba en ello todos los días. «Es posible que no tenga permiso para hablar», respondió negando con la cabeza. «Si la ves de nuevo, pregúntale si quiere hablar conmigo. No para la prensa, sino para saberlo, cara a cara».

Corless me aseguró que, si alguna de las religiosas del Buen Socorro accediera a reunirse con ella, iría a Cork sin dudarlo. «Lo necesito para mí misma, para saber que puede haber una persona caritativa ahí dentro», explicó. «El simple hecho de oírlo sería sanador para mí. Estoy dolida y decepcionada, además de conmocionada por la reacción tanto de las hermanas como de la Iglesia. Insisto: debe de haber alguna mujer compasiva que sepa cosas. Sé que hacen voto de obediencia o lo que sea, pero sería sanador para mí». En la escuela y en su juventud, admiraba a las religiosas porque creía que enseñaban valores importantes a las alumnas: «Cómo tratar a los demás y cómo vivir». Las recordaba como personas realmente amables. Ahora ya no va a misa ni participa en actividades eclesiásticas, pues siente que hacerlo la haría cómplice. Prefiere pasear por el campo con sus perros, dejando que su cabeza se llene de nuevos pensamientos o liberando la energía mental acumulada: «Hay algo que me guía, definitivamente».

Catherine Corless tenía lo que parecía una respuesta directa a la pregunta de por qué los niños de Tuam estaban enterrados en un tanque de aguas residuales: dinero. Con todo, tampoco era gratis dar sepultura adecuada a las religiosas de la propia congregación, y la orden del Buen Socorro se había tomado la molestia y había asumido el gasto de exhumar los restos de las monjas de los terrenos del hospital Grove para reenterrarlos en Knock.

Willie Walsh, antiguo obispo de Killaloe, proponía una teoría muy distinta: que, como los niños habían sido bautizados, «existía una cierta actitud de que sus restos no importaban». Esta explicación tampoco se sostenía: los hijos bautizados de padres casados sí recibían un entierro con el ritual y respeto habituales; sus restos importaban.

Otra hipótesis planteaba que los enterramientos en los terrenos de los hogares nunca se marcaban porque la visión de cientos de pequeñas cruces podría desanimar a los padres adoptivos que los visitaban. Sin embargo, tampoco había una necesidad real de inhumar los cuerpos justo allí. Si las hermanas hubieran querido brindarles una sepultura digna y discreta, hubiera sido posible.

A la mayoría de los bebés nacidos en los hogares materno-infantiles se los bautizaba a matacaballo; lo que no pareció evitar que sus cuerpos siguieran cargando con el estigma del pecado. Tampoco era muy diferente en el caso de las madres.

Un documental de la cadena RTÉ realizado en 2018 por Conor Keane y Liam O'Brien narraba la historia de Peggy McCarthy, una joven soltera del condado de Kerry que murió de eclampsia tras dar a luz en 1946. Durante el parto, un vecino, que era taxista, la llevó de un hospital a otro, pero nadie quiso atenderla porque no estaba casada. Cuando llegó el momento de enterrarla, el cura se negó. Aquella noche, un grupo de hombres forzó las puertas de la iglesia. Acabó en la parcela de su familia, aunque sin misa funeral. El bebé sobrevivió y sus abuelos lo criaron hasta que la abuela falleció. A los dieciocho años, un sacerdote envió a la hija de Peggy a una lavandería de la Magdalena, donde pasó el resto de su vida.

Historias como la de Peggy, al igual que las pruebas de cómo se enterraba a los bebés en los hogares, indican que aquellos a quienes se consideraba manchados por el pecado sexual ocupaban una categoría moral propia. Cuando la ilegitimidad y la transgresión sexual han de ocultarse incluso en la muerte; cuando se venera y protege más la institución de la familia que los seres humanos que la conforman y la respetabilidad superficial es más importante que la compasión, el resultado eran las fosas comunes. Los rituales tradicionales —que garantizaban que a los católicos bautizados se los inhumara y conmemorara ostensiblemente en tierra consagrada— no se aplicaban a estos casos. La Iglesia se empeñó en que sacerdotes responsables de abusos en serie recibieran sepultura con todos los honores, mientras que niños inocentes no merecieron el mismo respeto. La lógica del secreto y la vergüenza que sustentaba estas instituciones explicaría por qué las órdenes religiosas no llevaban registros precisos de los enterramientos. Y la lenta toma de conciencia de que se habían cometido grandes injusticias justificaría por qué las órdenes han colaborado tan poco con quienes buscan la verdad.

En la primera semana de junio de 2019, más de un mes después de la publicación del informe provisional de la Comisión sobre los enterramientos, Bridget, la madre de Carmel Cantwell, recibió un documento de Tusla que confirmaba que William reposaba en Carr's Hill. El documento contenía una carta fechada el 12 de diciembre de 1994, escrita por J. Devery, administrador del hospital de St. Finbarr en Cork, y dirigida a la hermana Eleanor Redican, del departamento de capellanía del hospital. «Le escribo con relación a la solicitud de información que ha recibido del hogar de los Sagrados Corazones», comenzaba. «He comprobado mis registros y he encontrado la entrada en el "libro de entierros" correspondiente a 1960».

El pequeño William Gerald Walsh murió el 2 de diciembre de 1960 y fue inhumado en Carr's Hill el 13, un mes después de haber ingresado en la sala de St. Anthony. El hospital se encargó del sepelio. En el registro, el domicilio de la madre constaba como el hogar de los Sagrados Corazones.

Tras décadas de búsqueda para averiguar dónde descansaban los restos de su hijo, Bridget por fin tuvo en sus manos el documento que confirmaba su paradero. La carta ofrecía una posible explicación de por qué nunca se le informó de la verdad. «Si está involucrada en la divulgación de información sobre el lugar de enterramiento, le recomiendo proceder con extrema cautela», advertía el administrador del hospital. Carr's Hill, añadía, «en origen era la necrópolis de la casa de trabajo ¡y un lugar que la mayoría preferiría no conocer!».

El informe de la Comisión sobre este intercambio de 1994 muestra una notable ambigüedad. Según el informe provisional, el administrador del hospital «proporcionó un resumen completo de la estancia del niño en St. Finbarr, incluida la causa de la muerte y el lugar de inhumación». Sería lógico asumir que éste se facilitó a los Sagrados Corazones de Bessborough. Sin embargo, la carta que leyó Carmel en 2019 era correspondencia interna del hospital. Aunque la Comisión pone en duda las afirmaciones de los Sagrados Corazones de que desconocían el destino de los niños, no hay pruebas de que la información contenida en esa misiva se compartiera con Bessborough. La ausencia de pruebas que demuestren que las monjas recibieron esta información, así como la advertencia del administrador del hospital sobre «proceder con extrema cautela», abre la posibilidad de que nunca se revelara a las religiosas que William estaba enterrado en Carr's Hill. No obstante, lo más probable es que St. Finbarr hubiera comunicado la verdad a los Sagrados Corazones, y que luego se la ocultaran a Bridget. Es posible que lo hicieran asumiendo que ella preferiría pensar que su hijo yacía en una parcela destinada a las monjas, o por miedo a posibles acciones legales, o por ambas razones. Carmel está convencida de que las monjas conocían la verdad y decidieron mentir.

Ahora que Bridget y Carmel conocían la fecha exacta en que William había sido enterrado, descubrieron otra mentira. La monja que informó a Bridget sobre la muerte de su hijo le aseguró que ya había recibido sepultura. Ahora estaba claro que el cuerpo del pequeño seguía en la morgue del hospital de St. Finbarr cuando Bridget se marchó de Bessborough. Si hubiera sabido la verdad, habría podido visitar la morgue para despedirse de William y asistir a su sepelio.

Los años que Bridget y Carmel habían pasado buscando respuestas acerca del paradero de William pesaban en la mente de Carmel. La verdad había estado disponible durante veinticinco años, pero ninguna de sus incansables pesquisas logró sacarla a la luz. Ambas se aferraban a la idea de que quizá nada de esto se habría conocido sin las preguntas que Bridget dirigió a las monjas en 1994.

Hablé con Bridget por primera vez en junio de 2019, unas semanas después de la publicación del informe sobre los enterramientos.

Su voz se quebró cuando me dijo: «Podría haberme permitido recuperarlo y darle sepultura».

Su hijo estaba aún en la morgue del hospital cuando la enviaron en un taxi desde Bessborough hasta el puerto para embarcarla. Habría supuesto apenas un pequeño desvío. Podría haber tenido un breve momento con William antes de que lo enterraran. Pero nada de aquello ocurrió, y en su lugar pasó décadas atormentada por la incertidumbre de cómo y dónde habían sepultado a su pequeño.

Se había dado cuenta de que William estaba enfermo tres días después del parto. La obligaron a sentarse en un taburete en un pasillo frío, frente a la guardería, para amamantarlo. «Le dije a la monja que no comía», relató. «Me lo arrebató de los brazos y me acusó de no alimentarlo en condiciones. Luego, le metió el biberón por la fuerza». Según su historial médico, al niño le costaba tragar. Bridget sufría abscesos en los pechos, pero la monja presionaba su boquita contra el pezón hasta que al bebé le costaba respirar. La brutalidad con la que los trataban la horrorizaba. «No estaban capacitadas para cuidar a niños», afirmó sobre las monjas.

Otra joven en Bessborough confesó a Bridget que rezaba para que la erupción en la piel de su bebé no se curara, esperando que así no lo dieran en adopción. Algunas de las chicas se escabullían de los dormitorios para visitar a sus bebés en la guardería, pero casi siempre encontraban las puertas cerradas con llave. A veces, las monjas llevaban a las mujeres a pasear en grandes grupos por los terrenos. Bridget sentía que las hacían marchar como prisioneras. En una ocasión, la sorprendieron encima de una cama, mirando por la ventana a los cuervos que anidaban en los árboles. Como castigo, la obligaron a quedarse de pie en un rincón, embarazada de siete meses, hasta que la monja regresó. Cada semana, un sacerdote iba al hogar para celebrar misa. Bridget recordaba que mantenía la distancia, repartiendo la comunión desde muy atrás, como si no quisiera ni acercarse a ellas. Él desayunaba huevos, beicon y un pomelo, alimentos que a las mujeres nunca les ofrecían.

Cuando escribían cartas a sus casas, una de las hermanas las espiaba por encima del hombro. Las de Bridget se enviaban primero a la Crusade of Rescue de Londres, que luego las redirigía «a mamá», para mantener la farsa de que estaba trabajando allí. Bridget era cocinera para una familia que criaba caballos cuando descubrió que estaba embarazada. A pesar de su experiencia cuidando a bebés en casa, nunca supo de dónde venían. Lo ignoraba todo sobre métodos anticonceptivos, excepto por las historias que oía sobre mujeres condenadas a muerte por practicar abortos ilegales. Nunca le contó la verdad a su novio, el padre del niño. Si alguien se enteraba, pensó, perdería su trabajo y su familia quedaría marcada por la vergüenza, de modo que no volverían a encontrar empleo. Temía que acabaran sin hogar.

La vergüenza ya había alterado el curso de su vida antes. A los trece años, mientras trabajaba en un convento, las Hermanas de la Caridad la alentaron a convertirse en postulante porque conocía muy bien sus oraciones. Aceptó, creyendo que sería una recompensa para su abuela, que la había criado. «Se llevó una inmensa alegría», recordó. Sin embargo, cuando cumplió dieciséis años y estaban a punto de enviarla a las misiones extranjeras, le pidieron su partida de nacimiento. Todo se vino abajo: «Me repudiaron cuando se enteraron de que yo misma era ilegítima». Bridget tenía diecisiete años cuando se quedó embarazada y cumplió los dieciocho en Bessborough.

Décadas después de abandonar aquel lugar, en una tarde de verano aún luminosa, la llevaron al cementerio de las monjas de Bessborough y le dijeron que William estaba enterrado allí. Le vino a la memoria una religiosa menuda, la hermana María, señalando el lugar exacto a la hermana Sarto mientras golpeaba el suelo con el pie: «Tres cuartos más abajo, en el lado derecho».

Cuando le informaron de que no podía colocar una placa con el nombre de su hijo, sintió que la cultura del secreto seguía intacta.

«Es humano querer saber dónde yacen nuestros bebés». Su deseo era que William fuera enterrado con ella algún día. Pronto estaría en Irlanda, visitando Carr's Hill. Saldría a comprar un par de patucos para colgarlos en algún lugar del cementerio. Y continuaría haciendo preguntas.

«En Bessborough nos repetían que era la voluntad de Dios», recordó. «Todo era la voluntad de Dios. William murió por la voluntad de Dios».

Ahora, la gente quería conocer la verdad.

EPÍLOGO

En junio de 2019, mientras terminaba este libro, la conmemoración anual de los supervivientes de Bessborough se celebró bajo techo, a resguardo de una lluvia persistente. Por primera vez, los asistentes mencionaron públicamente el número de fallecidos en Bessborough, gracias al informe provisional de la Comisión sobre los enterramientos. Ann O'Gorman estaba sentada entre los supervivientes. El informe no había arrojado luz sobre el paradero de su hija Evelyn, y poco después de su publicación, fue a Bessborough y retiró los adornos que había dejado en el cementerio de las monjas como tributo a su hija.

Bridget, la madre de Carmel Cantwell, viajó desde el Reino Unido para asistir. El día anterior había visitado Carr's Hill y se detuvo en el campo cubierto de maleza donde, según los registros, yace su hijo William.

Este homenaje me recordó cuánto ha impactado el entramado industrial de la vergüenza en las personas y en la sociedad irlandesa. En 2016, el Gobierno publicó un proyecto de ley para liberalizar el acceso a la información de los adoptados y sus padres biológicos. Sin embargo, tres años después, justo antes de la conmemoración de Bessborough, el proyecto quedó «pausado». La gente con la que hablé estaba satisfecha: coincidía en que los adoptados merecen un derecho absoluto a conocer su origen y consideraba que la legislación propuesta se quedaba muy corta. Pero lo cierto es que la suspensión dejó vigente el restrictivo régimen de acceso a la información sobre adopciones.

La publicación del informe definitivo de la Comisión de Investigación, ya pospuesto en dos ocasiones, estaba previsto para febrero de 2020[23]. Los supervivientes más ancianos temían morir antes de obtener respuestas o algún tipo de reparación. Aunque la Comisión no tiene competencias en este ámbito, muchos temían que el Gobierno ni siquiera valorara la posibilidad de reparaciones hasta la publicación del informe.

Durante la investigación para este libro, hablé con Catriona Crowe, exjefa de proyectos especiales de los Archivos Nacionales, quien ha abogado por abrir los archivos de la Iglesia como una forma de reparación. La Comisión no permitió testimonios públicos, como deseaban algunos supervivientes, y los planes de reparación anteriores con frecuencia conllevaban secretos de sumario y cláusulas de indemnización que acallaron aún más sus voces. Estaba previsto que las actas de la Comisión Ryan sobre abusos a menores permanecieran selladas en los Archivos Nacionales durante setenta y cinco años. Maeve O'Rourke, abogada y defensora de derechos humanos, ha señalado que esta obsesión del Estado por el secreto demuestra que «seguimos siendo capaces de silenciar y esconder a quienes no consideramos "nosotros": a quienes hemos marginado y estigmatizado».

Ante las restricciones, algunos supervivientes han recurrido a la Ley de Libertad de Información. Clodagh Hourigan, que trabaja en el Parlamento Europeo de Bruselas, fue adoptada a través

[23] El 12 de enero de 2021 se publicó el informe definitivo de la Comisión de Investigación sobre Hogares Materno-Infantiles en Irlanda. El documento reveló que cerca de nueve mil niños fallecieron en las dieciocho instituciones investigadas entre 1922 y 1998, una cifra que casi duplica la tasa de mortalidad infantil promedio en el país. También se detallaron prácticas como adopciones ilegales y ensayos de vacunas realizados sin consentimiento. El informe completo puede consultarse en la página web del Gobierno irlandés. (N. de la T.).

de Temple Hill. Después de que dos hermanas, nacidas del matrimonio de su madre biológica, la localizaran, las tres decidieron solicitar conjuntamente los registros. Dieron su consentimiento mutuo para que cada una pudiera acceder a los documentos, defendiendo así el derecho al acceso completo de la información. Entre los documentos que recibieron, se encontraba correspondencia entre las religiosas y su madre biológica, donde se detallaban los esfuerzos de esta última por pagar las tasas.

El Estado también ha comenzado a reconocer las implicaciones del escándalo de adopciones ilegales en la St. Patrick's Guild. En junio de 2019, el número de partidas de nacimiento falsificadas conocidas había aumentado de ciento veintiséis a ciento cuarenta y ocho. A muchas de las personas afectadas aún no se las ha localizado ni informado. Algunas sabían que eran adoptadas, pero otras —en su mediana edad o ancianidad— están recibiendo información que cambia por completo su identidad. Muchas más ni siquiera lo saben.

Fergus Finlay, exdirector general de Barnardos, habló en la conmemoración de Bessborough de 2019. Después, me contó que, trabajando en el Departamento de Asuntos Exteriores, fue de los primeros en ver pruebas de la exportación masiva de bebés irlandeses a Estados Unidos. Ninguno de los formularios de adopción que revisó llevaba la firma de una madre; los rubricaban representantes de la Iglesia. Estaba convencido de que miles de niños pudieron haber sido registrados ilegalmente y enviados para su adopción al extranjero.

La hermana Eileen McLoughlin, una monja de los Sagrados Corazones con la que mantuve contacto para entrevistar a otros miembros de la congregación, estuvo presente en la conmemoración de Bessborough; llevaba platos de galletas de acá para allá sin interactuar con los presentes. Días antes, hablé por teléfono con Thomas Quigley, director del Bessborough Centre, sobre la afirmación de la Comisión de que las órdenes religiosas, incluidos los Sagrados Corazones, sabían más de lo que revelaban sobre los enterramientos. Quigley mencionó a la hermana Mary McManus, que trabajó en Bessborough desde los años cuarenta y aún vivía en el convento moderno dentro del recinto. Mary aparecía como testigo de fallecimientos en los registros de defunción de niños de Bessborough a finales de los años cincuenta.

Con esta conversación en mente, me acerqué a la hermana Eileen y le pregunté cómo explicaba que ninguna hermana pudiera proporcionar información sobre los enterramientos. No tenía explicación. Al mencionar a la hermana Mary, sugirió que podía tratarse de otra mujer con el mismo nombre que ya había fallecido.

NOTA SOBRE LAS FUENTES

Este libro es una obra periodística basada principalmente en los testimonios de las personas que compartieron sus historias conmigo. También me he apoyado en obras publicadas por historiadores, periodistas y memorialistas pioneros; en investigaciones realizadas por el Estado y grupos de apoyo, así como en documentos estatales y eclesiásticos. Algunos están disponibles en archivos públicos, mientras que otros los obtuve a través de la Ley de Libertad de Información. Durante la redacción, he procurado mostrar de forma transparente mi proceso de trabajo en la medida de lo posible. Aunque muchas de mis fuentes principales se mencionan en el texto, otras no aparecen. Lo que sigue no es una lista exhaustiva de las fuentes no humanas que he consultado, sino un reconocimiento a quienes merecen crédito por su contribución.

Hay varias asociaciones de supervivientes cuya investigación me ha sido especialmente útil. Entre ellas están la Adoptions Rights Alliance, la Coalition of Mother and Baby Home Survivors, First Mother, CLANN Project, Justice for Magdalenes Research, Beyond Adoption, Know My Own, la Tuam Home Survivors Network, el Tuam Babies Family Group y los numerosos grupos de Facebook dedicados a instituciones concretas.

Christine Buckley, superviviente de la escuela industrial de Goldenbridge, en Dublín, compartió su experiencia en el programa de radio de Gay Byrne en 1992 y más tarde colaboró con el director Louis Lentin en su documental *Dear Daughter* [Querida hija], emitido por RTÉ en 1996. Su testimonio y activismo revelaron los abusos sistémicos en las instituciones carcelarias religiosas de Irlanda. Más tarde, el documental *States of Fear*, dirigido por Mary Raftery y emitido en 1999, obligó al público y al Estado a encarar la herencia de estas instituciones. Estas páginas destacan el papel de Catherine Corless en la investigación sobre los fallecidos de Tuam, así como el de Alison O'Reilly al publicar los hallazgos de Corless en el *Irish Mail on Sunday*. A lo largo de los años, otros periodistas han contribuido significativamente a la investigación sobre los hogares materno-infantiles y las lavanderías de la Magdalena. Ninguno ha estado tan comprometido como Conall Ó Fátharta, del *Irish Examiner*, cuyos reportajes —en particular sobre Bessborough— han ampliado en gran medida nuestra comprensión de estas instituciones y su legado. Su cobertura de 2010 sobre las experiencias de Tressa Reeves demostró que las autoridades estatales ya eran conscientes de las adopciones ilegales al menos desde los años noventa.

Como documentaron Ó Fátharta y otros, y como yo misma experimenté durante esta investigación, el acceso a documentación esencial se enfrenta a numerosos obstáculos. Sin embargo, algunas fuentes archivísticas públicas contienen información reveladora sobre estas instituciones.

Entre los recursos clave están las transcripciones de los debates de la Asamblea y el Senado desde los primeros años del Estado Libre Irlandés, disponibles en internet. También consulté la página web irishgeneralogy.ie, que alberga registros civiles de defunciones de 1864 a 1968, nacimientos de 1864 a 1918 y matrimonios de 1845 a 1943.

Los informes del Gobierno local recopilados por el Departamento de Gobierno Local y Salud Pública de 1922 a 1945 detallan las cifras de los hogares materno-infantiles y los menores en régimen de acogida.

En los Archivos Nacionales, los documentos del Departamento de Salud incluyen referencias a los hogares materno-infantiles, madres solteras y menores acogidos. Aunque se han retirado algunos, como los relativos a las «madres solteras», encontré información relevante sobre St. Patrick / Pelletstown en el archivo A8 / 331, relacionado con propuestas de reforma de las instituciones de St. Kevin.

Los detalles sobre los cierres los obtuve de las actas de las reuniones de la Junta de Salud del Este del 9 de enero de 1986 y del 6 de febrero de 1986.

En cuanto a Tuam, mi relato de sus operaciones y su eventual clausura se basa en material procedente de los archivos del Consejo del Condado de Galway:

- Finanzas / Estimación de gastos, 1905-1967, con lagunas, GC/F/1
- Finanzas / Resúmenes de cuentas, 1920-1975, GC/F/2
- Finanzas / Libros mayores, 1947-1987, GC/F/3
- Consejo de Salud, Resúmenes de cuentas, 1926-1942 (GC5/22) y 1929-1942 (GC5/23)
- Comité de Hogares y Asistencia Doméstica, Resúmenes financieros y estadísticos, 1923-1944 (GC5/22 y 28b)

Los Archivos Diocesanos de Dublín supusieron otra fuente valiosa:

- Documentos de adopción del arzobispo McQuaid
- Adopciones L11/A/1-122
- Carpeta L11/A/1-6: Hogares
- L11/A/4: Tasas de mortalidad en Bessborough, 1939-1944
- Carpeta L11/C/8/1-26: Certificados de bautismo

En el momento de escribir estas líneas, el trabajo de la Comisión de Investigación sobre hogares materno-infantiles está todavía en curso, y su informe definitivo está programado para febrero de 2020. He hecho uso de los informes provisionales, en particular el quinto, que aborda las disposiciones sobre los enterramientos en estas instituciones.

BIBLIOGRAFÍA SELECCIONADA

LIBROS

Barrett, Cecil J., *Adoption: The Parent, The Child, The Home*, Dublín, Clonmore & Reynolds, 1952.

Binchy, William, *A Casebook on Irish Family Law*, Dublín, Professional Books, 1984.

Browne, M. Emmanuel, *A Tale of Two Hospitals: St. Finbarr's Hospital – Regional Hospital*, Cork, D&A O'Leary, 1989.

Clerkin, Rosemary, *A Heart for Others*, Chigwell, Sisters of the Sacred Hearts of Jesus and Mary, 1983.

Creighton, Mary, *The Baby Snatchers*, Londres, Blink Publishing, 2017

Deeny, James, *To Cure and to Care*, Dublín, Glendale Press, 1989.

Earner-Byrne, Lindsey, *Mother and Child: Maternity and Child Welfare in Dublin, 1922–60*, Mánchester, Manchester University Press, 2007.

Ferriter, Diarmaid, *Occasions of Sin: Sex and Society in Modern Ireland*, Londres, Profile Books, 2009.

Finnegan, Frances, *Do Penance or Perish: Magdalen Asylums in Ireland*, Oxford, Oxford University Press, 2001.

Goulding, June, *The Light in the Window*, Dublín, Poolbeg Press, 1998.

Hamilton, Phyllis, *Secret Love: My Life with Father Michael Cleary*, Edinburgo, Mainstream, 1995.

Lawless, Sharon, *Adoption Stories*, Nueva York, Carnegie Hill Publishing, 2016.

Leinster, Derek, *Hannah's Shame*, autoedición, 2005.

Luddy, Maria, *Prostitution and Irish Society, 1800-1940*, Cambridge, Cambridge University Press, 2007.

McIntyre, Angus, *The Liberator: Daniel O'Connell and the Irish Party 1830-47*, Londres, Hamish Hamilton, 1965.

Milotte, Mike, *Banished Babies: The Secret Story of Ireland's Baby Export Business*, Dublín, New Island, 1997.

Murphy, Annie, *Forbidden Fruit: The True Story of My Secret Love Affair with Ireland's Most Powerful Bishop*, Boston, Little, Brown and Company, 1993.

O'Reilly, Alison, *My Name Is Bridget*, Dublín, Gill, 2018.

Palmer, Caitríona, *An Affair with My Mother*, Dublín, Penguin, 2016.

Prunty, Jacinta, *Our Lady of Charity in Ireland, 1853-1973*, Dublín, Columba Press, 2017).

Raftery, Mary and Eoin O'Sullivan, *Suffer the Little Children*, Dublín, New Island, 1999.

Redmond, Paul Jude, *The Adoption Machine*, Newbridge, Merrion Press, 2018.

Richards O'Dea, Maura, *Single Issue*, Dublín, Poolbeg, 1998.

Sixmith, Martin, *The Lost Child of Philomena Lee*, Londres, Pan, 2009. Trad. cast. de Eva Carballeira Díaz: *Philomena: La conmovedora historia real de una madre y el hijo al que tuvo que renunciar*, Madrid, Suma de Letras, 2009.

Smith, James M., *Ireland's Magdalen Laundries and the Nation's Architecture of Containment*, Notre Dame, University of Notre Dame Press, 2007.

Whyte, J. H., *Church and State in Modern Ireland, 1923-1979*, Dublín, Gill and Macmillan, 1980.

Barry, Dan, «The Lost Children of Tuam», en *The New York Times*, 28 de octubre de 2017.

Beatty, Aidan, «Where Does the State End and the Church Begin?: The Strange Career of Richard S. Devane», en *Studi Irlandesi*, 9, 2019.

Delaney, Finn, Jacinta Kiely y Linda Lynch, «Archaeological Excavation Report, Toberjarlath, Tuam», en *Eachtra Journal*, 17, abril de 2014.

Devane, Richard, «The unmarried mother: some legal aspects of the problem», en *The Irish Ecclesiastical Record*, 5(23), enero-febrero de 1924.

Duncan, Pamela, «Extent of child deaths in Dublin home revealed», en *The Irish Times*, 21 de junio de 2014.

Luddy, Maria, «Sex and the Single Girl in 1920s and 1930s Ireland», en *The Irish Review*, 35, verano de 2007.

Meehan, Niall, «Church and State and the Bethany Home», suplemento en *History Ireland*, 18(5), septiembre-octubre de 2010.

Murray, Peter, «A Militant Among the Magdalens – Mary Ellen Murphy's Incarceration in High Park Convent During the 1913 Lockout», en *Saothar*, 20, 1995.

Ó Fátharta, Conall, «Focus of Mother and Baby Homes Investigation has Moved onto Headline-Generating Institutions», en *Irish Examiner*, 17 de abril de 2019.

O'Rourke, Maeve, Claire McGettrick, Rod Baker, Raymond Hill y otros, *CLANN: Ireland's Unmarried Mothers and their Children: Gathering the Data: Principal Submission to the Commission of Investigation into Mother and Baby Homes*, Dublín, Justice For Magdalenes Research, Adoption Rights Alliance, Hogan Lovells, 15 de octubre de 2018.

Shannon, Geofrey, «Human Rights issues at the former site of the Mother and Baby Home, Tuam, Co. Galway», Departamento de Infancia y Juventud, 26 de octubre de 2018.
Sheridan, Ann, «Irish Bishop Was Accused of Raping His Own Niece», en *Daily Mail*, 24 de marzo de 2019.
Summerville, Joseph, «Tuam Diocesan Assembly Bundoran, 23-29 October 1983», en The Furrow, 35(1), enero de 1984.
Walshe, Barbara y Catherine O'Connell, «Consultation on the Options and Appropriate Courses of Action available to Government in relation to the site of the former Mother & Baby Home, Tuam, Co. Galway», 16 de abril de 2018.

PELÍCULAS DOCUMENTALES

Humphries, Steve, director, *Sex in a Cold Climate*, Channel 4, 1998.
Mullarkey, Mia, directora, *Mother & Baby*, Ishka Films, 2017.
Sillem, Tanya y Katie Hannon, productoras, «Anatomy of a Scandal», en *Prime Time*, RTÉ, octubre de 2011.

DOCUMENTALES DE RADIO

Milligan, Becky, productora, *The Home Babies*, BBC Radio 4.

AGRADECIMIENTOS

Debo este libro a quienes compartieron sus historias conmigo. En Irlanda, muchas personas están rompiendo su silencio por primera vez, ya en público ya en su vida privada. A las mujeres que se quedaban embarazadas fuera del matrimonio se las llamaba «infractoras», «penitentes» o cosas aún peores, y a menudo sentían que no tenían ni voz ni poder de decisión. Hace falta una enorme resistencia y determinación para superar la vergüenza impuesta por la cultura y las instituciones. No se puede hablar por otro: es necesario abrir un espacio en el que se puedan escuchar otras voces.

Una amiga de una de las madres que conocí durante la redacción de este libro llevaba tatuado en la espalda: NO HAY MAYOR AGONÍA QUE GUARDAR UNA HISTORIA NO CONTADA EN TU INTERIOR. Todavía hay personas que guardan historias no contadas, incluidas aquellas que trabajaron en las instituciones o dentro del sistema que ocultaba los embarazos de mujeres solteras y facilitaba la adopción de sus hijos. Irlanda ha vivido tiempos de cambios radicales, cimentados por quienes alzaron la voz cuando parecía imposible hacerlo. Sin embargo, aún persisten sistemas que perpetúan esta historia de institucionalización. Hemos de escuchar y aprender de las personas afectadas por el sistema institucional de un pasado muy reciente.

Apenas pude hablar con una pequeña parte de los supervivientes, y sólo he contado las historias de algunos de ellos. Mi profundo agradecimiento a los que aparecen en estas páginas, ya sea con sus nombres reales o con seudónimos, así como a las muchas cuyas historias no están recogidas en este libro pero que, con generosidad, dedicaron su tiempo a compartir conmigo sus experiencias, lo que enriqueció mi comprensión del tema: Sheila O'Byrne, Laura y Mary Collins, Anna Corrigan, Terri Harrison, Francis Timmons, Beth Wallace, Carmel Larkin, Catherine Coffey, Theresa Hiney Tinggal, Ann Crowe, Gerry Corbett, Michael Donovan, Edel Furlong, Marie Barry, Mary Smith, Noleen Belton, Kathleen Byrne, Joanne Byrne, Maureen O'Sullivan, Carol Cosgrove, Clodagh Hourigan, Elaine Mackey, Jane Conlon, Alice Young, Fiona Mills, Susan Dunne, Coleen Anderson, Kevin Battle, Peter Mulryan, Margaret McKinney, Deidre Wadding, Jarvia Foxter, Conrad Bryan, Damien O'Hare, Rita Collins, Siobhan Harman y muchos otros. En paz descansen Kathy McMahon y Dennis McKenney.

Por sus ideas y recomendaciones, quiero dar las gracias a: Catriona Crowe, Mary McAuliffe, Patricia White, Margaret Dromey, Donal O'Keeffe, Margot Doherty, Caitríona Palmer, Alison O'Reilly, Phil Garland, Charles Delap, Conor Dodd, Ruairí McKiernan, Helio Leon, Mia Mullarky, Sylvia Tighe Murphy, Jill Dinsdale, Paul Rouse, James M. Smith, Ailbhe Smyth, Frank Crummey, Maeve O'Rourke, Clodagh Malone, James Gallen, Ursula Halligan, Lisa Connell, Annmarie Kennedy, Susan Lohan, Lorraine Quinn y Sharon Lawless.

Agradezco especialmente a la archivera Patria McWalter su ayuda en los archivos del Consejo del Condado de Galway y a Noelle Dowling el haber facilitado mi investigación en los Archivos Diocesanos de Dublín. Gracias al personal de los Archivos Nacionales, los Archivos de la Ciudad y el Condado de Cork, la Biblioteca Nacional de Irlanda, la Biblioteca del Trinity College y la Oficina del Registro General. Asimismo, a Theresa Friel y Loraine McGrattan les agradezco haberme dado acceso a solicitudes de libertad de información en Tusla.

No sería la autora que soy sin haber colaborado con Brendan Barrington. Su ayuda como editor ha sido excepcional e inestimable: desde la primera historia que le presenté para la revista *Dublin Review* como joven autónoma que cubría Siria, su perspicaz labor de edición me ayudó tanto a perfeccionar mi escritura como a atreverme a experimentar. Fue él quien creyó que había que escribir un libro sobre el entramado industrial de la vergüenza en Irlanda. Su visión y su confianza lo hicieron posible. También agradezco a Michael McLoughlin, Shân Morley-Jones y al equipo de Penguin Random House su contribución a que este libro se convirtiera en realidad.

El Irish Writers Centre, que me ofreció la inestimable oportunidad de enseñar no ficción creativa a escritores emergentes, me apoyó generosamente para que asistiera a su residencia para escritores de Cill Rialaig en 2018. Pasé unos días inolvidables en una casa de campo anterior a la Gran Hambruna, al borde de un acantilado en la remota y espectacular costa de Kerry, donde conocí a un maravilloso grupo de escritores.

Gracias a Simon, Ana, Ariane, Maryam, Aoife, John, Ruth, Niamh, Matt, Amy, Dave, Hugo, Olivia, Nicky y Orla por su apoyo constante. Quiero agradecerle a Caitríona Daly que fuera una de las primeras personas externas en leer este libro.

Le estoy profundamente agradecida a mi abuelo Bill, quien, con sus historias extraordinarias, me inspiró para ser escritora. A mi abuela Mary, cuya respuesta comprensiva al embarazo de mi madre me dice todo lo que necesito saber sobre la mujer amable e independiente que era. A mi abuela Máire, cuyo círculo de amigas era legendario. A mi abuelo Joe, que cantaba «Tit Willow» y solía contarme con orgullo que de niño se negó a estrechar la mano de De Valera. Joe falleció en paz el año pasado, a los noventa y tres. Les dedico este libro a ellos, en espíritu.

Se lo dedico también a mis rebeldes padres, con todo mi amor. A mi madre, Róisín, que cree que todo es posible. A mi padre, Dermot, que está a mi lado en todo momento. Y a mi hermano, Rory, cuyos sabios consejos y gran corazón son un salvavidas.

La república de la vergüenza es el centésimo noveno libro de la colección El Pasaje de los Panoramas. Compuesto en tipos Dante, se terminó de imprimir en los talleres de KADMOS por cuenta de ERRATA NATURAE EDITORES en abril de 2025, unos cuatro siglos después de que se registrara el primer testimonio de la existencia de los *cillíní* —esos cementerios secretos y muchas veces ilegales, creados en lugares que habían tenido una función religiosa previa, por lo general pagana, donde se enterraba a los bebés nacidos sin vida o que murieron sin bautizar, así como a los discapacitados mentales, los suicidas, los mendigos, los ahorcados y las víctimas de naufragios—, y en cuyas tumbas siempre se encuentran piedras de cuarzo blanco, y no por casualidad: cualquier aficionado a la litoterapia sabe que a esta piedra se la considera «la Gran Sanadora», pero para los celtas, que habitaron la actual Irlanda durante más de mil años, el cuarzo blanco era no sólo el símbolo de la eternidad sino el puente necesario de una vida a la otra.